新潮文庫

花匂う

山本周五郎著

新潮社版

2997

目次

解説　木村久邇典

花匂う

宗太兄弟の悲劇

「では私共の仇討《あだうち》は、理に適《かな》っておらぬと申されるか」

一

「如何《いか》にもそうだ」

「確《しか》と左様か」

「諄《くど》いことを」

「うぬ」

若い武士は、ぱっと膳《ぜん》を蹴《け》って起《た》つ、と真向《まっこう》から抜打に斬《きり》つけた。中年の武士は居ながらに体を交して刃《やいば》を潜《くぐ》る、

「小癪《こしゃく》な」

火花の散るような体当り。そこで座の者が総立ち、両方に分かれて二人を抱止めた。

「村上氏《うじ》、待たれい、待たれい、狼藉《ろうぜき》でござるぞ」

「白川殿まず、まず」

刀を奪いとられた若い武士、村上宗六は蒼白《そうはく》な面に癇癪筋《かんしゃくすじ》をきりきりと立て、喘《あえ》ぎながら、抱かれた腕の中で絶叫する。

「余りに、余りに慮外な言い分だ、理非を糺《ただ》してくだされい、このままでは私一分《いちぶん》が立ちませぬ」

こちらでは中年の武士、白川弥門、呼吸も変えず、冷たい面に軽侮の色を仄《ほの》めかして立つ、彼は逸《はや》り狂う村上を尻目《しりめ》に嘯《うそぶ》いた。

「理非はとくに分明だ、一分が立たねば立つようにしたがよい」

「よし、その言葉をお忘れあるな」

文化六年正月十日の夜、小笠原掃部《おがさわらかもん》の江戸詰《づめ》家老、矢田部信濃《やたべしなの》赤坂榎坂《えのきざか》の邸に於《おい》て、十日正月の祝宴半ばに起った事件である。

では白川弥門のいう「理に適わぬ仇討」とは何を指すか。

一昨年の春。つまり文化四年の三月、二十日の夜のこと、麻布飯倉にある家老次席田野義太夫《たのぎだゆう》の邸で、花月の宴が張られ十数人の客が招かれたが、席上馬廻《うままわり》役三百石を食《は》む村上宗左衛門が、小納戸《こなんど》五十石の若侍、柳川和助《やながわわすけ》の為《ため》に斬られた。

宗左衛門は当年辰《たつ》の五十歳、馬廻を勤めていたが、槍《やり》が達者で師範の腕を持っていた。性来豪直を以《もっ》て矜恃《ほこり》とし、烈《はげ》しい強情家。しかも非常に自尊心が強い。往来で犬が吠えついたというので、飼主の家まで押かけて行き、武士の体面がどうのこうのと談じつけた男である。その上彼は酒癖がある、酔うとまず家柄の自慢が際限もなく弘《ひろ》げられる。――そもそも村上の家たるや後宇多《ごうだ》帝三代の後裔《こうえい》、鷹司《たかつかさ》摂家の後にして――と。それが終ると自分の槍術《そうじゅつ》の講釈だ。誰にも口を入れる事を許さぬ。もし異論でも挿《はさ》んだら事だ。

　こういう性格の彼が人に好かれる筈《はず》はない。藩中誰一人として村上一家と交際する者がない。皆かかずらわない。併《しか》し彼はそんな事を苦にする男でなかった。集会といわず招宴といわず、どしどし行く。招待を受けようが受けまいがお構いなし、こっちから押かけて行って、

「や、御免蒙《こうむ》る。永日の気晴しには佳《よ》きお招きじゃ、やれ」

　と、それから好きなだけ酒を飲んで、そもそも村上の家たるや――である、しかし遂《つい》に、それが破滅の因をなす日がきたのであった。

　文化四年三月二十日の夜、田野義太夫邸の招宴に出掛けて行った宗左衛門は深更に近く、瀕死《ひんし》の重傷を受けたまま三名の同僚付添いで、芝片門前の家に担《かつ》ぎ込まれた。

「事の顚末書《てんまつしょ》に、家老田野義太夫殿外《ほか》、同座の者連署で役向《やくむき》へ願出《ねがいい》でござるが、柳川和助と些《さ》細《さい》な口論にて宗左衛門殿より抜刀、仲裁の者起つ間もなく、和助も抜きつれ、遂にかかる結果と相成りました。和助は座よりただちに逐電、追跡させましたが行衛《ゆくえ》

という口上である。妻八重、長男宗太、次男宗六は驚愕《きようがく》して為《な》すところを知らなかった。

和助の逐電行衛不明は表面の口実である。日頃から好感を持たれていなかった宗左衛門、しかも顚末書によると、その夜も例によって家柄自慢、槍術の講釈、人も無げなる振舞、ついに血気の和助が勘忍《かんにん》の緒を切ったのである。

従って同席の者の同情は若い柳川和助に集まった。皆はその場から路用の金子旅支度等を揃《そろ》えて、彼を落としてやったのである。

父は討たれた、敵は逐電した。当然兄弟は仇討に出なければならぬ。がさて、彼等がいよいよ仇討に出るという段になると、藩内に表立ってではないが、非難の声が起こった。

「村上兄弟が仇討に出るとは理に合わぬ、宗左衛門が討たれたは非分あっての事だ、口論を蒔《ま》いたも先に抜刀したも宗左衛門だ、柳川和助がこれに応じたのはやむを得なかった事だ」

また別な一派では言っていた。

「なに、元来が、自慢なは家柄ばかりで通った村上の家だ、親父《おやじ》は強がりで死んだが、小伜共《こせがれ》は臆病故《おくびようゆえ》、仇討などは得為《ようう》すまい」

兄弟は必死の覚悟で仇討に出た。そして三月の後に、駿府《すんぷ》城下で仇を討ち、柳川和助の首級《くび》、及び証拠の品々を携えて戻ってきた。

兄弟の仇討は、主君の認むるところとなった。村上家は食禄《しよくろく》相違なく、長男宗太が跡目を継いで事件は納まったのである。

ところが意外な事が始まった。

宗太には既に約婚の女があった。馬廻同役二百五十石米村弥太七の娘小夜《さよ》、当時十八歳である。ところが、兄弟が仇討から帰って半年後、弥太七は仲人役を勤める家老次席田野義太夫を通じて、

「娘儀、近年とかく気分勝《すぐ》れず、到底お約束に堪えませぬ故、恐縮ながら約婚の儀は破談に願いたく」

と破約を申込んできた。宗太は慇懃《いんぎん》に――健康が勝れぬからとあれば、両三年婚礼を延期してもよいと、返辞をしたが――それでは養生する娘の気も安まらぬからと、相手はきっぱり破約を要求した。今はどうにも致し方がない。

これが、藩中の者の村上一家から乖離《かいり》する口火となった。

「兄弟は卑怯《ひきよう》にも、病床に身動きもできぬ和助を討ったのじゃそうな」

こんな噂《うわさ》が段々露骨に家中に弘まって行った。

「親が理不尽なれば子もまたそうだ。仇討面《づら》は片腹痛い」

そうして一人去り、二人去り、遂には村上兄弟は全く白眼環視の裡《うち》に孤立してしまったのである。

しかも、健康が思わしくないからと破約を申込んだ米村弥太七の娘小夜は、破談の後、半年にて他へ嫁《か》したのであった。

二

「兄上残念だ」

宗六は兄の部屋へ入ると、そう叫びながら男泣きに泣いた。

「どうしたのだ」

「満座の中で恥辱を受けた、私共の仇討は、理に適っておらぬと言うのだ、無法に人を斬ったと言われたのだ」

宗太は思わず胸に手をやった、今日まで、危くも触れずにきた傷手《いたで》をむざと指先で掻挘《かきむし》られたように感じたのである。

「相手は――」

宗太の声は低く鋭かった。

「白川弥門」

「一人か」

「大村孫太郎、石田八左衛門、そればかりではない外の者も皆、座中誰一人私の為に口を利《き》く者はない」

「分った、その後を言うな」

宗太は手を振って、弟の言葉を遮《さえぎ》った、が、宗六は押返して叫ぶ。

「いや私は言う、私達は何故こんなに除《の》け者にされるのだ、私達は父を討たれた、父の討たれたのは、父が悪かったからかも知れぬ。御家老殿もそう証拠立てられておるから。だがそれでは何故皆は私達兄弟を仇討に追いやったか、御主君は何故仇討の許可をしたのだ、もし父が非分あって斬られたのであるなら、何故皆は私達を仇討に行かねばならぬように為向《しむ》けたのだ」

「止《や》めい、女々しい愚痴は聞きたくもない」

「いや止めぬ、言うだけは言う、兄上もそうだ、米村弥太七の人もなげな振舞を何故黙っている、躯《からだ》が勝れぬからと無理矢理に兄上との婚約を破談しておきながら、面当てがましく、半年も経たぬ内に小夜殿は嫁に行ったではないか」

「宗六、止めぬか」

宗太は抑えつけるように叫んだ。

「母上のお耳に入ったら何とする、それでなくてもこの頃は世を狭う暮らされておるのに」

「だから言うのだ。それは皆我々兄弟が卑屈に世を渡っている故ではないか、私達一家は、まるで日蔭者《ひかげもの》のように世を渡っている、今日までは嘲《あざけ》られても蔑《さげす》まれても黙って忍んできた、それは兄上も知らるる通りだ。しかし私はもう我慢が切れた、我々が正しいか彼等が正しいか――思い知らせてやる」

兄宗太は黙って弟から外向《そむ》いた。

襖《ふすま》の陰では、母親が息を殺して聴いていた。

三

ぼしょぼしょと雨の降る晩である。

「御免くだされい、御免くだされい」

白川弥門の家の表に、こう言って訪れる声がした。

弥門は甥《おい》の松本用三郎と碁を囲んでいた。未《ひつじ》の下刻である。

「どなた」

下男が出る。

「弥門殿に御意得たい、村上宗太で御座る」

弥門は取次をきいて摑《つか》んでいた石を取落した。カチリという寒い音、

「お通し申せ——唯今《ただいま》碁囲みをいたしおる故、失礼は御免蒙ると、な」

村上宗太が案内されて来る。——色の蒼白《あおじろ》い病身な男、軀は瘦《や》せて長く眼のみが鋭い、刀を左手に提げてずいと部屋に通る。

「いま少しで一局終ります、どうぞ暫《しばら》く」

宗太は軽く会釈《えしやく》を返して座した。

ぼしょぼしょという雨の音が続いている。

「用三郎、狼狽《ろうばい》いたすな、ここが危いぞ」

弥門は静かに笑いながら盤面を指す。ぱちり、という音。長い沈黙。

「そりゃ、また伯父の勝じゃ」

やがて、そう言って弥門は碁盤を押やった。改めて茶を命じ、菓子を勧め三人快くこれを吸って後、用三郎を別間に退けた。

「雨中といい、夜に入ってお訪ねは何か至急の御用でも」

「されば」

　宗太はぐっと膝《ひざ》を寄せる。

「昨日、拙弟め、貴殿に御無礼を申上げしと、取敢えずその御詫《おわび》やらなにやら」

「おおこれは何を言われることか――」

「また」

　と宗太の眸《ひとみ》はきらりと輝いた。

「その節貴殿が仰《おお》せ下された、お言葉の趣意も承りたく、な」

「趣意――」

「左様。貴殿、私兄弟の仇討を理不尽な為方《しかた》と仰せられました、と」

「――」

「無論、そう仰せらるるは貴殿御一人では御座らぬ、私、それをよく承知いたしおります、しかし」

「――」

「満座の中で明かにそう仰せられては、私兄弟とても御趣意を承らねばなりませぬ、それは貴殿もお分かりくださろう、な」

「申上げよう」

弥門は暫らく沈黙して低く、呻《うめ》くように言った。

「儂《わし》はそう申した、して事実お身方の仇討は理不尽で御座るよ、宗左衛門殿の果てられたは、全く御自身の招かれた禍《わざわい》で御座った、儂も同座した一人、事の始終はとくと見ております」

「では、何故御主君は、私兄弟に仇討のお許くだされましたか」

「御主君を軽々に御引合い申すは慎しまれい」

弥門は息を引いて黙った。

「御身方が仇討をせねばならなかったのは事実で御座ろう。父御を討たれたのだから。しかし御身方の仇討が理に適っておらぬのも事実だ」

「分かりました」

宗太は低く言って刀を引寄せた。

「お命を頂戴仕《ちようだいつかまつ》ります」

「なに」

宗太は抜いた、弥門は咄嗟《とつさ》に跳退《とびしさ》って小刀を構える。

ぼしょぼしょという雨の音。

やっ、やっ。そしてずしりと人の倒れる響――下男と甥の松本用三郎の馳《は》せつけた時、首のない弥門の屍《しかばね》が紅に染まって倒れていた。

四

ぽしょぽしょという雨の音。

「御免くだされい、御免くだされい」

馬廻役米村弥太七の邸の門をこう言って訪れる者がある。

「どなたでござる」

「御主人に御意得たい、手前、村上宗太で御座る」

弥太七は部屋で書見をしていた。鬢髪《びんぱつ》の白い初老の男、癇癪《かんしゃく》の強そうな赭顔《あからがお》、取次の者を振返って、村上宗太という名に眉《まゆ》を寄せたが、

「客間へお通し申せ」

と命じた。

主客は軽く会釈を交して相対した。五拍子ばかりの沈黙。

「何ぞ火急の御用かな」

「されば」

宗太は、凝《じっ》乎と眼を相手に注ぎながら、低く、鋭く言う。

「承りたき儀がござって、な」

「して」

「勿論《もちろん》こう申せば御分りの筈《はず》と存ずる、小夜殿の婚約破談お申越の言葉に依《よ》れば、小夜殿健康勝れず、とあった。両三年間お待ち仕ると申上げたれど、それでは養生全うからずとて、強《た》って破約をお迫りでござった」

「――」

「しかるに、半年を出ず、小夜殿は他家へ嫁されたと」

「――」

「余りの為《な》されかた、その心得が承りたいと、な」

「破約相済む上は、御身家とそれがし家とは何の縁もない筈」

弥太七は不興げに言い放った。

「今更となって、苦情がましい儀は見苦しい事だ」

「止《や》められい。貴殿から修身の道教えは頂かぬ」

宗太はずいと寄る。

「この度の御扱に就《つい》ては、貴殿、原《もと》よりそのお覚悟ある筈、それとも、村上一家の者は、撲《ぶ》たれてもただ尾を巻いて去る犬とのみ思われたか」

「こやつ、強談か」

「起《た》たれえ、お命を頂戴仕る」

「うぬ」

声と共に座を蹴《け》って弥太七は起つ、なげしの槍《やり》に手が掛る、とたんに宗太が跳び込んだ。

やっ、ずしり――ぼしょぼしょという雨の音。

物音に驚いて家人の馳せつけた時、槍を片手にした、首のない弥太七の屍が、空《むな》しい部屋に倒れていた。

五

「兄上か」

「宗六――無事か」

「かすり傷を負った、が大した事ではない、貴方《あなた》は」

「無事だ、これを見ろ」

重たげに提げていた風呂敷包を見せた。

「私も」

宗六も同じような荷物を提げている。彼は石田八左衛門、大村孫太郎両名を討って来たのだ——闇の中、二人は淋しく笑顔を交した——冬とは思えぬひそかな雨は降り続いて止まぬ。

二人は黙って雨の中を歩いて行った。

六

「御免くだされい、御免くだされい」

赤坂榎坂にある小笠原家の家老、矢田部信濃の邸の裏門に訪れる声がした。

「夜中ながら大事につき、御家老に御意得たい、村上宗太兄弟でござる」

「暫らくお待ちを」

取次の者は奥へ去る。宗六は傘をすぼめて、体にかかった雨の滴《しずく》を払いながら、左手の肱《ひじ》の縛った傷を見せた、そして頰笑んだ。

「どうぞこちらへ」

再び現れた取次の者は、こう言って兄弟を導いた。

庭に面した広間、燭台《しょくだい》が三基、うす暗く部屋の中を照している。兄弟はずっと通って座した。

茶菓が運ばれた。兄弟は静かに茶を啜《すす》り菓子を摘まんだ。

「お待たせ仕りました、唯今主人お眼にかかりまする」

そう言って用人が挨拶《あいさつ》をした、そして信濃が出てきた。

「いやそのまま」

信濃は兄弟の座をすべろうとするのを制して座についた。

「挨拶は後といたして、何か大事の儀で御入来の由《よし》、それをまず承りましょう」

「はっ」

宗太は弟に眼配せする、——兄弟の者は持参の風呂敷包を開く、四個の首級が現れた。宗太はそれをずいと信濃の前に並べた。

「とくと御検分を」

「む」

さすがに信濃の顔色が変る。

「白川弥門、米村弥太七、大村孫太郎、石田八左衛門、四名の首級でござる、私兄弟、意趣あって討果たしました」

重たい沈黙、ぼしょぼしょと雨の音は絶えない。

「母御を、どうなさる」

「母は、昨夜自害してあい果てました」

「――」

「私兄弟、家に引取りおります、四名の者の遺族、もし仇討の望みなどござらば、快く立合う所存、お含みおきくだされい」

「お気の毒だ」

信濃の声は涙をふくんでいた。

「お身方のお心は分かる。辛《つら》いことだ。武家の掟《じょう》は、のう」

「御免なされい」

宗太は礼をして首級を押包んだ。宗太は自分達の陥った苦境、母の自害そして自分達の決心などを語ろうと思ってきたのである、が相手はとくにそれを察しているようであった。

「今となっては、何も申上げる事はござりませぬ――御推察」

兄弟は家老邸を引上げた。

七

文化六年正月十二日の朝である。

村上兄弟は四個の首級を、母の亡骸《なきがら》の枕辺《まくらべ》に供えて、名残の酒をくみ交しかいがいしく身仕度をして討手の来るのを待っていた。

この時分六人の若侍が、介添の武士数名と共に、芝片門前の村上邸へと向かっていた。

白川弥門の甥松本用三郎、米村弥太七の息弥太郎、同弥五郎、大村孫太郎の弟源二郎、石田八左衛門の子三弥、弟五左衛門、介添の武士は目付役の差遣わした者——いずれも着込みをつけ、足拵《あしごしら》え身仕度をととのえ、槍術《そうじゅつ》の達者、師範役の瀬川小太夫後見として粛々と進んだ。

「兄上、来たようでござる」

「よし、お前は裏手へ向かえ、おれは表を引受けよう。必ず卑怯《ひきょう》に振舞うな私達の望みはこの瞬間にある、潔《いさぎよ》くやれ」

「しかと」

兄弟は手を握り合った。お互いの眼がしっかりと結びついた。

ばりばり、みしり、表裏同時に門を押破る音。

「村上宗太兄弟、出合え」

「おお」

二人は仁王立になって迎えた。

「急《せ》くな」

瀬川小太夫は皆を制した。

「意趣を名乗ってかかれ、卑怯の振舞あるな」

「石田八左衛門の子三弥、父の敵、覚悟」

「来い」

宗太は落着いて構える。

「米村弥太七の子弥太郎、父の仇《かたき》覚悟」

「来い」

宗六は兄と背を合せて弥太郎に対した。

争闘は四半刻《とき》、討手に向かった六人はことごとく重傷、しかしみな急所を外してある。宗六も、宗太もかなりな手傷である。二人は血沼の中にぺったりと坐る。

「天晴《あっぱ》れな働きであった」

後見として付き添ってきた瀬川小太夫が言った。

「目付衆も始終を見届けられたぞ、——何か言いおく事はないか」

宗太が顔を挙げた。

「藩の人達に告げられたい」

宗太の顫《ふる》え声が叫んだ。

「御覧の如《ごと》くこの人々の傷はみな急所を外して御座る。お手当くださらば必ず蘇生《そせい》する筈。この人々が再び元の体になられた時。さて、藩の方々はこれをどうお扱いなさるか。となー―ただ、母が気の毒でござったよ」

「八幡《はちまん》、その趣しかと承った、お腹をめされい。介錯仕《かいしやく》る」

「御厚志、かたじけのう存ずる」

兄弟は自刃《じじん》、瀬川小太夫がこれを介錯した。『容斎見聞録』という写本に見えた仇討後日譚《ごじつたん》の抜書である。――その後は知らぬ。


（「日本魂」昭和三年七月号）

秋風不帰

一

「ねえお侍さん、乗っておくれよ」

「しようのない奴だな」

狩谷夏雄は苦笑しながら振返って、

「何度も云う通り拙者は城下まで行くのだ、ここはもう柳縄手の町外れではないか、ここから馬に乗ってどうするのだ」

「それでも、……ねえ乗って下さいよ、……じゃなければ草鞋《わらじ》を一足買っておくんなさい、お侍さんのは、もう緒が切れそうだよ」

年は十六か七であろう、まっ黒に日焼けのした顔に似合わず、頬冠りの下から覗《のぞ》いている眼は、人懐《なつ》こい艶々《つやつや》とした光を帯びて、肯《き》かぬ気らしい唇許《くちもと》も、娘のようにしっとり湿っている。……畦道《あぜみち》のかかりから痩馬《やせうま》を曳《ひ》いて、しつこく従《つ》いて来るのだが、その調子がどこかしら普通の馬子《まご》でないものを持っているということに、夏雄はすこしも気付かなかった。

「ねえ、草鞋を買っておくれよ」

「うるさいな馬子、拙者は城下に家があってそこへ帰るのだ、五年の旅を終えていま家へ帰るんだから、草鞋だっていりはしないよ」

「じゃあ、お侍さんは御家中の人かい」

「そうだ」

「それじゃあねえ、若《も》しや……」

馬子が、つと側へ寄ろうとした時、

「おい、その馬ぁ空いているのか」

と後から声を掛けた者がある。

……馬子と一緒に夏雄も思わず振返った。町人風の眼の鋭い男が二三間後からこっちを見ていた。

「急ぎの用なんだ、空いているなら、ちょいとやってくんな」

「それ客だ、行ってやるがいい」

そう云って夏雄は道を急いだ。

信濃国《しなののくに》西条の城下町、小山備前守《びぜんのかみ》四万石のお城が夕日に赤々と映えている、……六年め、本当に五年振りで見る故郷だった。

狩谷夏雄の父は与右衛門と云って、西条藩の槍《やり》奉行を勤めて三百二十石、夏雄はその二男で伊兵衛という兄がある。……兄は実直一方の男で早くから御側《おそば》へ上り、二十歳の時には御書院番として、役料五十石を貰《もら》っていたが、夏雄は武芸好きで既に十歳の頃から、藩の進武館へ入り、十九歳で筆頭の札を掲げるほど才分に恵まれていた。進武館で認められた者は、江戸へ遣わされて柳生家の稽古《けいこ》を受けられるのだが、夏雄はそれを嫌っていた。

——もう柳生の剣法は古い。伝統の型に憑《つ》かれて本来の魂を失っている、自分はもっと広く世間を見て、自由に大きく伸びたい。

慢心ではなく、極めて謙虚な気持でそう思っていた彼は、二十二歳の春、父を説き主君の許可を得て兵法修業の旅に出た。

……以来五年、出来るだけ山間僻地《へきち》を廻っては隠れた剣人を尋ね、剣法を職業としない人々のみが持っている純粋なものだけを学んで来た。

さもあらばあれ、夏雄の胸はいま帰郷の感動でいっぱいである。帰路は駄馬の脚がはずむという。五年相見ぬ家がもうそこに近づいているのだ。父を思い、兄を想《おも》い、友の誰彼を思う心は、そのまま足に表われて、一日路には無理な山路を元気いっぱいに歩き通して来たのだった。

お城の天守を染めている西日が落ちた。

晩秋の遽《あわただ》しい黄昏《たそがれ》が、町外れのごみごみした家並の軒に這《は》い始めて、帰り惜しむ童たちのけざわしい唄声が、裏街の方からもの哀《がな》しく響いて来る。

――あの角を曲れば家が見える。

樽屋町へかかって、二三丁先にある四辻《よつつじ》の大松をみつけて彼が、ふっと胸を熱くしながらそう呟《つぶや》いたとき、

「……狩谷氏ではないか」

と、うしろから声をかけられた。

夏雄は知人の誰かだろうと思って、不用意に振返る、その面上へ、意外にもいきなりぱっと抜打ちをかけられた。

意外と云って、このくらい意外なことはないだろう、五年振りで帰る家をま近にして、こっちは気もそぞろに急いでいるときだ。……それをうしろから呼止められて、物も云わず抜打ちを掛けられたのだから、不意も不意、全く絶体絶命の一刀だった。

しかし、相手も焦《あせ》っていたらしい、間合が僅《わず》かに外れて、あっと反った夏雄の面上を、一寸遠く白刃が辷《すべ》った。

「なにをする！」

仰天しながらも、さっと左へ跳ね退いて、

「拙者は狩谷夏雄、人違いするな！」

と喚《わめ》きながら、見廻す。

わっ、と逃げ散る往来の人々の中から、充分に身拵《みごしら》えをした武士たちが十二三人、道の上下を断ってじりじりと詰め寄るのが見えた。

「待て、どうするのだ」

夏雄は再び叫んだ。

二

「理由を話せ、次第に依《よ》っては手向いはせぬ。訳を聞こう、狩谷夏雄と知っての事か」

「問答無用！」

初めに抜打ちを掛けたのが喚いた。

「おのおの、討ち洩《も》らすな」

「心得た！」

刃の垣は見る見る縮まって来る。

——ふしぎだ？

夏雄はまだ夢でも見ているような気持である。なんのための討手だろう、何事が起ったのだろう、若しや彼等は五年間の修業の腕を試みに来たのではなかろうか？

「……えいッ」

気合と体と白刃が一つになって、左手から一人が火のような打ちを入れて来た。

夏雄は、右足を縮めて身を捻《ひね》りざま、背負っていた袋を解き木剣を抜出しながら、左へ左へと体を移した。……僅かのあいだではあるが、取巻く人数の殺気が、のっぴきならぬものだということを知った。

——唯事《ただごと》ではない。

夏雄は、ようやく事の重大さを感じ始めた。なにかあったのだ、留守中になにか事件があったのだ、そう気付いた。

また一人、うしろ右手から、

「えいッ、とう！」

絶叫と共に突《つき》を入れる刹那《せつな》、

「かあっ」

と、真正面から上段へ叩《たた》きつけて来た。

丁度挟殺《きょうさつ》のかたちになった、しかしその瞬間の隙《すき》を截《た》って夏雄の体が躍動し、戛《かつ》！

という響と共に一本の剣は空へ叩きあげられ、正面から踏み出した一人は烈《はげ》しくのめって行って、町家の障子ごと家の中へ顚倒《てんとう》した。

脈数にして二つ。

夏雄の両足は元の土を踏んで寸分も動かず、木剣は青眼、鼻梁《びりよう》の上にぴたりと静止していた。

「手強《てごわ》いぞ、油断するな！」

「脇《わき》を詰めろ」

「待て、逸《はや》まるな、助勢が来る」

短い叫びだが、夏雄の耳には、一語々々針のように突刺さった。

――事情が分るまでは、一人も斬《き》りたくない。

そう思ってはいるが、必死を期しているらしい人数に、若しこのうえ助勢が来たらこのままでは済まなくなる。

――切り抜けるなら今のうちだ。

覚悟を決めたとき、凄《すさ》まじい蹄《ひづめ》の音がして、町外れの方から一頭の放れ馬が狂気のように疾駆して来た。正に天の祐《たす》けである。

「危い、馬だ！」

「馬だ」

呼び交わして刃襖《はぶすま》の一方が割れる。

——隙だ。

夏雄は猛然と踏み出しながら、

「行くぞ、えいッ、えいッ」

初めて絶叫する、と同時に、だあっと疾駆して来た放れ馬のうしろを飛鳥のように、南側の町家の露地口へとびこんだ。

「逃げたッ」

「やるなッ」

声は夕闇《ゆうやみ》のなかに、千切れ飛んだ。

三尺そこその露地である、表の騒動をこわごわ覗いていた町人たちが、悲鳴をあげつつ家の中へ逃げ込むのを、眼の隅にまざまざと見ながら夏雄は一気に走り抜けた。

裏の草原は空地だった。

本能的に右へ行こうとしたが、その方には武家屋敷のあることに気付いて踵《きびす》を返す、とたんに右足の草鞋の緒がぷつりと切れた。

——しまった。

と、思ったが追手の足音はせまっている、足に絡《から》まる草鞋をそのまま左手へ脱兎《だつと》の如《ごと》く走りだす、とすぐ家裏の暗がりから、

「その方には手が廻ってるよッ」

と、呼びながら夏雄の前へとび出して来た者があった。

「ここへ隠れな、早く」

「誰だ」

「誰でもいい早くッ、そら来るよッ」

云いながら夏雄の手を取って、鼠のように家の蔭《かげ》へと引摺《ひきず》り込んだ。

貧乏長屋の裏手で、薪小屋と繭《まゆ》乾《ほ》し場の並んでいるあいだに二尺ばかりの隙間がある、二人がもぐり込んだのはそこだった。息をつく暇もなく外を走り過ぎる追手の足音が聞えた。……際《きわ》どい、ほんのひと足違いのことであった。

「黙って、……おいらのする通りにしてな、大丈夫逃げてみせるから」

――さっきの馬子だ。

夏雄は、そう気付いた。

――では今の放れ馬もこの少年の……。

「よし、さあこっちだ」

少年は夏雄に囁《ささや》くと、静かに外の様子を窺《うかが》ってから、薪小屋の蔭へととび出して行った。

草原の向うで、追手たちの呼び交わす声が、濃くなった夕闇を揺るように聞えていた。

三

風が出たのであろう、裏の竹藪《たけやぶ》が寒々と、葉ずれの音をたてはじめた。

夏雄は、旅装も解かず坐っている。

ひどい家だ。……軒は傾き壁は落ち、柱は危く屋根を支えているというばかり、煤《すす》けた古行燈《ふるあんどん》の光に照しだされた家の内は、まるで洪水にでも流されたように家財らしい物は一つもなく、ここに人が住むかと疑われる有様だ。

月昌寺の森をぬけて、大篠山の中腹から杖折峠の裏と思われる谷間の、ここは殆《ほと》んどどん詰りに当っているらしい。……二里近い道をひた走りに逃れて来た夏雄は、いま馬子の口から驚くべき話を聞かされたところである。

彼は正に動顚していた。

一昨年の春、父与右衛門は城中で突然乱心し、主君備前守正治に斬りつけようとして、近習の者に刺殺されたという。

兄伊兵衛は非番で家に居たが、即日切腹を命ぜられて自殺、食禄《しょくろく》召上げ家名断絶、しかも……旅中の夏雄にも、放し討ちという処断が発せられたというのである。

「……おまえは」

暫《しばら》くして夏雄は眼をあげた。

「どうして、それを知っているのだ」

「はい、わたくしはお屋敷にいたのです、若さまはお忘れでございましょうか」

「屋敷にいた？」

「下男の嘉右衛門の娘でございます」

夏雄は眼を瞠《みは》った。……云われて初めて気付いたのである。少年の姿こそしているが、眼許《めもと》や体つきにどことなく、しんなりしたふくらみがあるとは思っていた。なるほどよく見直してみれば、襤褸《ぼろ》を着た胸元から腰へかけての、円みを帯びた弾力のある線や、短く切って男結びにした髪も艶々《つやつや》と美しい。

嘉右衛門は実直者で、夏雄の少年時代にはよく外出の供をした。娘が一人あったことも覚えている。夏雄が旅に出る頃は、庭の柿の木になど登って、叱《しか》られていた乱暴の少女だった。……するともう十七か八になっている筈《はず》だ。

「嘉右衛門の娘か、……そうだったか」

「名はお高と申します」

娘は名乗ってから、急に言葉つきまで違って来たし、ゆきたけの合わぬ着物の、衿《えり》や褄《つま》を恥しそうに引合せるのが、男姿だけ余計に、清純ななまめかしさを帯びている。

「旦那さまや、大きい若さまが、大変にお会いなさると、御家来衆は、みんな自分大事にお立退《たちの》きなされました。父は泣いて口惜しがりました。……旦那様から御生前あんなに目を掛けて頂いた人たちが、一人として御遺骸《いがい》の始末をして差上げもせず、逃げて了《しま》うのですもの、犬畜生の集りだと云って、父は死ぬまで口惜しがって居りました」

「嘉右衛門は死んだのか」

「はい、……お取棄てになった旦那さまと、大きい若さまの御遺骸をそっと運び出し、この谷間へお葬《とむら》い申しましてから寝つき、わたくしは男装になって馬子をしながら、毎日あなたさまのお帰りをお待ち申していたのですが、今年の春、とうとう死んで了いました」

「……そうか。では……父や兄の墓はここにあるのだな」

「はい、大切にお護《まも》り申しております」

夏雄はようやく、父や兄の死が実感になって胸へ訴えて来た。

「線香があるか」

「はい、粗末な物でございますけれど」

「出してくれ、お目にかかって来よう」

お高は立って行った。

家を出て、藪を横に廻って行くと、谷の斜面に密生している松林がある。その林の一隅に自然のままの丸石が、二つ並んで据えてあった。……前には一節切《ひとよぎり》の竹筒に、樒《しきみ》と線香の灰がこぼれている。

お高が火をつけて来た線香の束を、二つの墓前に立てながら、夏雄はそこへ両手を突いた。

「父上、唯今立帰りました、留守中の大変、なんとも、……なんとも残念に存じます、父上が御乱心などと、夏雄には信じられぬ事でございますが、如何《いか》なる仔細《しさい》か、慥《たし》かめましたうえで御供を仕《つかまつ》ります」

お高の噎《むせ》び泣く声がした。しかし夏雄は涙を見せず、静かに手桶《ておけ》の水を墓石へそそいだ。

「兄上、御最期《さいご》に遅れて申訳ありません。夏雄は父上御乱心の始末を糺《ただ》しましたうえお後を追います。それまで父上のお守りをどうぞ」

合掌して暫くのあいだ瞑目《めいもく》していたが、やがて振返って、

「お高、嘉右衛門の墓はどれだ」

「……あれにございます」

父子の墓からやや右手に離れて、拳《こぶし》ほどの石が置いてある、……夏雄は静かにその前へ移って膝《ひざ》を突いた。

「嘉右衛門や、礼を云うぞ」

初めて、夏雄の眼から涙が溢《あふ》れ落ちた。初めて嗚咽《おえつ》が唇をついて洩れた。

「……武士たる者がみな逃げ去るなかに、下郎の身で主人の遺骸を拾い、世を忍んでよく三年のあいだ墓を守ってくれた、しかも娘の奇智で自分までが、危地を免れることが出来たのだ。……礼を云う、忝《かたじけな》かった」

四

「だが馬を暴れ込ませた智慧《ちえ》はあっぱれだ、あの場合よくあれに考えついたな」

「わたくし馬をお勧め申しましたでしょう。あの時から若さまではないかと思っていましたの。それで隙があったら、お呼び掛けしようとしていましたら後から呼ばれて、

あの男はお仕置方《しおきがた》の手先で、もう若さまだということを察していたらしいのです。ですからお高はすぐ戻って、後を跟《つ》けました、そうすると、あの騒ぎです。おまけに加勢まで来るのが見えましたから、思い切って馬のお尻《しり》を小刀で」

「切ったのか？」

「そうするより他《ほか》に、仕様がございませんでしたもの、でも可哀そうでございました」

夏雄は支度を終えて土間へ下りた。

「では行って来るぞ」

「どうぞくれぐれもお気をつけて……」

「出ないで待っているのだぞ、昨日のことで恐らくおまえも疑われているだろうから。いいか、出てはいけないぞ」

「はい」

お高はじっと夏雄の眼を見詰めながら頷《うなず》いた。

もう黄昏《たそがれ》であった。

昨夜ひと晩考えた末、彼は先《ま》ず第一の手順として七沢吉郎兵衛を訪ねることにした。……ここで云って置かなければならぬ事は、彼には許嫁《いいなずけ》があった。同藩の納戸《なんど》役を勤める若林善之助の妹で町子、もう十年も前からの約束で年は夏雄と六つ違いの二十一になる。

本来なら善之助とも幼少からの親友だし、第一に彼を訪ねたいのだが、許嫁という縁に惹《ひ》かされることが憚《はばか》られた。

ゆうべ逃げて来た道を逆に、月昌寺の森まで来ると、もう晩秋の日はとっぷりと暮れていた。……むろん表通は歩けない。裏道を用水堀に沿って馬場まで行き、そこから寺町の暗がり伝いに武家屋敷へ出た。七沢吉郎兵衛の家は柳小路の地端《じはず》れにある。夏雄は見覚えの黒塀《くろべい》に行き着くと、それを東裏へ廻った、……吉郎兵衛の居間の横へ通ずる木戸があるのだ。

——夜講の戻りによくここから訪ねた。

あの頃は平気で押し明けた木戸だが、今は微《かす》かなきしみも耳に痛い。

入ると直ぐ植込みで、三間ほど先に灯影《ほかげ》の明るい障子が見える。吉郎兵衛の居間だ。

誰か客があるとみえて静かな話し声が聞える。

夏雄は植込みの中に身を踞《かが》めて待った。

話し声はなかなか絶えない。

城の櫓《やぐら》で打つ八時の太鼓が聞えた。

それから更に半刻《はんとき》も待ったであろうか、やがて賑《にぎや》かな笑い声と共に立ち上る気配がして、障子をあけて客が出て来た。……客は二人、それも若い夫婦づれである。

——小野欣弥だな。

蒼白《あおじろ》い細面の顔で男の方はすぐ分った。筆頭国家老小野儀兵衛の二男だ。もう嫁を娶《めと》ったのかと眼を移した夏雄は、新妻の横顔を見るなり、

——あっ！

と危く叫びそうになった。

夫婦はすぐに廊下を去って行ったので、ほんの一瞥《べつ》に過ぎなかったが、女の横顔は焼き着くように眼に残った。

——慥かに、否……まさか。

夏雄は植込みから出た。

廊下を吉郎兵衛が戻って来た。……そのまま障子をあけて入ろうとした時、夏雄はすっと縁先に近寄りながら、

「七沢……」と、声を掛けた。

「……？」

「拙者だ」

吉郎兵衛は相手を認めると、驚きながら素早く四辺を見廻してから、黙って入れという身振をした。

灯火を片寄せて対座すると、

「挨拶《あいさつ》は抜きにする、七沢」

と、夏雄はすぐに切り出した。

「昨夕の樽屋町の騒ぎは聞いたろうな」

「……聞いた」

「まるで夢のようだ。父が逆上してお上へ刃《やいば》を向けたなど、拙者には到底信ずることは出来ぬ。若《も》し事実なら放し討ちの手を待つまでもなく、むろん割腹して父の後を追うつもりでいるが、……五年振りで帰って、いきなり聞かされても、とてもそうかと信じられないのだ」

「無理はない、それは当然だ」

「くわしい事が知りたいのだ。父はあの通りの人間で理由もなく乱心するとか、しかもお上へ刃を向けるなどという事は有得ない。……拙者は有得ないと信ずる。七沢、なにか仔細があるのではないか、なにか」

「正直に云うが、拙者にはなんとも返答が出来ない」

吉郎兵衛は苦し気に眼を伏せた。

「貴公だけでなく、与右衛門殿の気質を知っている者は、誰しも乱心などということは考えられないだろう。そのために色々と噂《うわさ》も立った。しかし実否はどこまでも知る法がない」

実否を知る法がない筈はない。

五

夏雄は膝を進めた。

「父が逆上したという時、御前にいて刺し止めた近習番というのは誰だ」

「一人は井上銀之丞、しかしこれは駆けつけたとき既に与右衛門殿は絶命していたという。他に四人いたのだが、誰々だか分らない」

「どうしてだ、なぜ分らぬ」

「御家老の申付けで秘中にされたと聞いた」

「御家老。……小野国老か」

「そうだ」

夏雄はふっと口を噤《つぐ》んだ。

——果してなにかある。

そう直感したのだ。筆頭家老小野儀兵衛は権望家で、才腕もあると同時に専横を以《も》って聞え、藩政は殆どその手に掌握されていた。近年はまるで秘密政治の観さえあったほどだ。……武辺一徹の父は政治向きに就《つい》ては全く語らない方だったが、それでも或る時、

——どうにかしなくてはならぬ。

と洩《も》らしたことがあった。

原因は案外そんなところにあるのではないか、夏雄はそう思った、……ただ乱心したというだけで、なにも仔細が分らない、刺し止めた者の名も秘密になっているというのは、それらが公表されると国老に不利な事実が表われるからではないのか。

「七沢、貴公に頼みがある」

「…………」

「明日でも明後日でもよい、銀之丞を拙者の許まで連れ出してくれ」

「それで、……どうする」

「銀之丞は知っている筈だ、いや、事の始末を知らなくとも父を刺し止めた近習番が誰だかということは知っている筈だ。拙者はそれを知りたい、どうしても知らずには

置かぬ」

「いま貴公はどこにいる」

「杖折峠の裏に谷があるだろう、大篠山の裾伝《すそづた》いに行ったところだ、あの岩の奥に藪《やぶ》に囲まれた荒屋《あばらや》がある。そこにいる」

「やってみよう」

吉郎兵衛は暫《しばら》く考えてこう云った。

「ただ昨夕の騒ぎで貴公が帰ったことを知っているだろうから、余り急いでは気付かれると思う、二三日余猶を置いて貰《もら》いたいが」

「迷惑をかけて済まぬが、……頼む」

夏雄は膝に手を揃《そろ》えて低頭した。

谷間の廃屋の位置など、なおくわしく説明した後、茶をと云われるのを辞退しながら立ち上ったが、大剣を腰に差そうとしてふと、

「拙者の眼違いかも知れぬが、さっき欣弥と一緒に来ていたのは、若林の妹ではないか」

「……そうだ」

吉郎兵衛は眼を外そうとした。

「矢張り、そうだったのか、……まさかという気もしたが、……そうか」

「しかし狩谷、これは他に仕様のない……」

「いや分ってる！」

夏雄は、さすがに寂しさを隠しきれぬ調子で遮《さえぎ》った。

「考えてみれば当然だ、拙者はこういう身上になったのだから、もう約束を果すことは出来ないし、許嫁を反古《ほご》にしなければ若林兄弟も安全ではいられないだろう、……だが、なんだか拙者は、待っていてくれそうな気がした」

「……分るよ、狩谷」

「善之助とは莫逆《ばくぎゃく》だったし、……あの女《ひと》の気持も多少は知っていたと思った、……それで少し意外だったのだ、殊《こと》に相手が……小野国老の伜《せがれ》とは」

吉郎兵衛は答える言葉に窮した。

「愚痴だな、ははは」

夏雄は空《むな》しく笑って、

「しかしここへ来たお蔭で知ることが出来た。知らずに会ったら善之助を困らせることになったろう、拙者もこれで身が軽くなったよ」

そう云って静かに障子をあけた。

隣屋敷から、さびのある声で「鉢の木」を謡《うた》いだすのが聞えた。……夏雄は庭に下り、よろっとしたかたちのまま、棒を呑《の》んだようにそこへ立ち竦《すく》んだ。

「……六郎左殿が、謡っているな」

ぎゅと、胸が緊《し》めつけられるようだった。

徒士頭《かちがしら》の木暮六郎左衛門の謡曲は誰知らぬ者がない。殊に「鉢の木」が得意で、夏雄も少年の頃から何十回となく耳に慣れていた。

同じ声調である。

昔の通りの静かなさびのある、謡いぶりである。

恐らく寝る前の一刻を、居間に端坐して心ゆくまで独り楽しんでいるのであろう、

……その平和な声調が、自分たち一家の悲運と鮮かな対照をなして夏雄の胸を衝《つ》いたのだった。

吉郎兵衛は黙ってその姿を見ていた。

六

寝苦しい一夜だった。

三日めの朝の光のなかで眼覚めた夏雄は、ようやく悲運を受止める力を盛返してい

た。……刺殺された父、切腹した兄、反《そむ》き去った許嫁、しかも自分も追われている、一時にのしかかって来たこれらの悪運が、三日めの今日になって、ようやく彼のなかに強い反撥《はんぱつ》力を呼び覚したのだ。

「……御膳《ぜん》の御支度が出来ました」

お高の声がした。

「よし、起きよう」

起き上る夏雄の側へ、お高が恥しそうに近寄って来た。

――や。

夏雄は思わず眼を瞠《みは》った。

粗末ではあるが、垢《あか》のつかぬ着物に替えている。朱の入った帯を緊めている、髪も梳《くしけず》って、背へ束ねてある。すっかり娘らしい姿だ、しかし驚いたのはその顔だった。まっ黒だと思ったのは日に焼けたのではなかった。恐らく谷川で沐浴《もくよく》をしたものであろう、小麦色ではあるがしっとりと潤《うるお》いのある肌、触れば黒曜石《こくようせき》の露となってこぼれそうな眸《ひとみ》に、あくまでも紅《あか》い蕾《つぼみ》のような唇、……それはまるで人の違ったような美しさである。

「これは……、まるで、見違えるぞ」

「まあ、なにをおっしゃいますの」

お高は眩《まぶ》しそうにまたたいた。自分では意識していないのだろうが、じっと見詰めながらまたたきをするその表情には、相手が自分の美しさを認めてくれたことに対する本能的な満足感が表われていた。

「お高、おまえ何歳になる」

夏雄は初めて見るように云った。

「若さまと十違いでございます」

「十七か、……驚いたなあ、昨日までとあんまり違うので、眼が覚めた」

「着替えましたから、それで……」

「そればかりではない、一昨日馬を曳《ひ》いていた時とはまるで人が違ったようだ。いまのおまえを見ると、あの馬子姿など思い出すことは出来ない。まして柿の木へ登っては叱《しか》られたあの頃のおまえを考えると」

「まあ若さま、あんなことを御存じでございますか」

お高はふと眼のふちを染めながら、なにか溢《あふ》れるような眸で夏雄を見上げた。

そういう露《あら》わな凝視がどんな意味をもつか、まるで知らないらしい。年から云えばもう立派な娘になっている筈《はず》なのだが三年このかたの苦辛の生活は彼女の心を身体《からだ》と一緒に育てる暇がなかったのであろう、……それだけに却《かえ》ってひたむきな、大胆な凝視は夏雄を狼狽《ろうばい》させた。

「さあ、拙者も川へ行って旅の垢を洗って来よう。それから食事だ」

夏雄は自分の感動を隠すような声で云った。

谿流《けいりゅう》の水は冷たかった。しかしその冷たい沐浴は彼の心を新しくした。寝苦しかった一夜の疲れがさっぱりと抜けて、生死を超脱した気持は清々《すがすが》しいくらい張りを持って来た。

——こんな気持で腹を切りたいな。

平静にそんなことさえ、考えられたのである。その日は一日、谷を見下す崖《がけ》の上で暮らした。いつ吉郎兵衛が来るのか分らなかったからである。しかしすっかり暗くなって人の姿は見えず、折悪《おりあし》く時雨《しぐ》れて来たなかを夏雄は家へ帰った。

雨は明くる日も降り続いた。

その雨のなかを、午《ひる》過ぎの四時頃になって一人の下郎が訪ねて来た。蓑笠《みのかさ》の滴《しずく》も払わず、よほど急いでいる様子で、

「この手紙を御覧下さいまし」

と吉郎兵衛からの封書を差し出した。

夏雄はこの隠れ家を、下郎などに教えた吉郎兵衛の仕方が軽々しく思えたが、書面を披《ひら》いてみると走り書きで、

――銀之丞を、月昌寺門前の茶店まで連れ出してあるから、直ぐ来るように、この使いは自分の召使う下郎で心配のない者だ。――

ということが認《したた》めてあった。

「よし、直ぐに参る」

「御一緒に、御案内を致しまする。その方が却って人眼につかぬでございましょうと、蓑と笠を持参仕りました」

「それは忝《かたじけな》い、では」

夏雄はすぐ支度にかかった。

お高は黙って支度を手伝ったが、その顔は血気をなくしていたし、手は微《かす》かに顫《ふる》えていた。夏雄は旅嚢《りょのう》の中から金袋を取出して渡しながら、

「ここに僅《わず》かだが金がある。今夜のうちには戻って来るつもりだが、万一の場合にはこの金で身の立つように、馬子をするほどの覚悟があるのだから身一つの始末は出来るだろう」

「……はい」

「むろん、帰って来られると思うが、明日の午になっても戻らなかったら立退け、いいか」

お高は主人の眼を見詰めたまま頷《うなず》いた。

夏雄は蓑を着、笠を取って家を出た。

七

ひたひたと雨のなかを急いで、月昌寺の森を裏門へかかろうとした時である。

「狩谷さま、お待ち下さい」

と呼びながら、矢張り蓑笠を着けた者が一人追いついて来た。

「……誰だ」

「その男をお放しなさいますな！」

云いつつ走り寄って、笠をあげるのを見ると、……町子であった。

——あ！

と思った直ぐ、夏雄は、下郎の衿《えり》をひっ摑《つか》みながら、ずるずると樹間へ引き摺《ず》り込む。

「動くな、声を立てると斬《き》るぞ」

「お町どの……」

「狩谷さま……」

女は身を震わせながら、ふりしぼるような声で男の名を呼んだ。……千万の言葉に優《まさ》るたったひと言、火のような双眸《そうぼう》は、そのまま夏雄の眼の中へ食い込むかと思われた。

しかし、それは実に僅かな間のことだった。

町子は笠を捨てた。黒髪は肩までにふっつり切ってある、夏雄がそれを認めるのを待って、

「七沢さまにお会いなされる前に、わたくしから申上げることがございます」

と、震え声を、懸命に耐えながら云った。

「この度のことはみな御家老小野儀兵衛の計事《はかりごと》でございます。くわしい事実はわかりませぬが、お父上さまが御家老の私曲をお知りなされ、城中で問責なさいましたうえ、切腹をお勧め遊ばしたのです。御家老はのっぴきならず、返答にも窮した様子を、側《そば》に見ていた御家老附きの者が、うしろからいきなり……」

「誰です、それは何者です」

「二の太刀は井上銀之丞さま」

「初太刀は、第一は誰です」

「七沢吉郎兵衛さまでございます」

夏雄はふしぎにも、それが当然であるような気さえした。町子がここへ追って来たというだけで、彼の心には驚きに備える気持が出来ていたのである。

「それは、慥《たし》かなことでしょうね」

「はい、そのために……」

町子は罰を受ける者の如《ごと》く雨のなかで額を垂れた。

「そのために、町は欣弥の許《もと》へ嫁いだのでございます。そうするより他にはお父上さま御最期《さいご》の仔細を知る法はございませんでした」

「では、……では貴女《あなた》は」

「町は夏雄さまの妻でございました。欣弥の許へは死んで参ったのでございます」

そういうと共に蓑の下で、彼女の手が烈《はげ》しく動き、ぐいと体が前踞《まえかが》みになった。

「あ、なにを！」

夏雄は仰天してとびついた。

その隙《すき》に、下郎がぱっとはね起きた。夏雄は抜き打ちにその背へ一刀！

「あうッ……」

二つに裂けた蓑と共に、下郎の体はだっと飛沫《しぶき》をあげながら顚倒《てんとう》する、……夏雄はそれより早く、町子の体を抱き止めた。しかし彼女の両手は、柄元《つかもと》まで刺し通した懐剣をかたく胸の上で握って放さなかった。

「早まった、お町どの、どうしてこんな」

「いいえ、いいえ、町はもう、欣弥の許へ嫁ぐとき死んでいたのでございます、ただ、今日まで、この仔細をあなたさまにお伝え申したいため、ただそのために屍《しかばね》を保っていたのです。……夏雄さま、お父上の敵は申上げたお二人、いま寺内に、家中の者十三名と待伏せている筈です、どうぞ……おぬかりなく」

温かい血が、夏雄の手を伝って流れた。

「町子、忝いぞ」

夏雄は耳へ口を寄せて云った。

「危く罠《わな》にかかるところ、そなたのお蔭《かげ》で助かった。父上と兄の仇《かたき》はそなたのためにも敵だ、……必ず討って取るぞ」

「御……御武運、めでたく」

懐剣を放した手を、夏雄の胸へさし伸ばそうとしたまま町子は絶息した。

夏雄は暫《しばら》くそのまま屍を搔《か》き抱いていた。

良人《おっと》と決めた者のために、秘密の根を探るべく若い命を捨てて敵の手に身を投げ出し、いまその責を果して帰するが如く自害した、そのひとすじの真心が、死顔の上にも神のような清浄さを表わしている、哀れというには、あまりに満ち足りた表情であった。

夏雄はやがて屍を抱きあげた。

樹間の向うに観音堂がある、そこへ運んで行って扉をあけ、堂の中へ静かに横たえた。暫く合掌唱名した彼は蓑を脱いで、襷《たすき》をかけ、汗止を巻き、袴《はかま》の紐《ひも》を緊直《しめなお》し、刀の目釘《めくぎ》に湿りをくれてから、再び蓑と笠をひき纏《まと》って堂を出た。

雨はまだ降りしきっている。

本堂の裏を右へ、鐘楼の脇《わき》から山門を表へぬけて出ると茶店がある、……近づいて行くと、広い土間の床几《しょうぎ》に吉郎兵衛のいるのが見えた。

——待伏せの人数は？

と見廻したが、後は松の疎林、手前は門前の通りで、隣りは町屋に続いている。恐らく茶店の奥か裏にひそんでいるのであろう。

吉郎兵衛が夏雄を認めて手をあげた。

八

「遅かったな。使いの下郎は？」

「人眼につくから裏門のところに待たせてある……」

茶店の軒先に立ったまま、

「銀之丞はどうした」

「来ている、まあ入らないか」

「先ず会おう」

吉郎兵衛は眼で奥の方を示した。

土間の裏手で、手を洗う水の音が聞え、やがて銀之丞が現われた。……彼は夏雄をみつけると訝《いぶか》しげな、しかし明かに取って附けたような何気ない態度で、

「誰だ、……そこへ来たのは」

と、云いながら近寄って来た。

夏雄は蓑の緒を摑んでいた左手を放し、笠をかけながら、片足で床几の一つをぱっと蹴上《けあ》げた。床几はがらがら音高く、銀之丞の退路を塞《ふさ》ぐように横へ倒れた。

「あ！」

身を退《ひ》こうとする面前へ、

「銀之丞、父の仇だ、覚えあろう」

踏み込みざま、抜打ちに一刀、脾腹《ひばら》を存分に斬り放した。

完全に先を取った一刀。しかも五年間の修業をうち籠《こ》めた必殺の剣である。銀之丞は右へ躱《かわ》そうとした体勢のまま、吉郎兵衛の掛けている床几の端へ、だっと倒れかかった。

「狩谷、無法なことを」

と、吉郎兵衛が色を失って叫ぶ。

「黙れ吉郎兵衛」

夏雄は相手の面上へ切尖《きっさき》を突き付けた。

「父を刺し止めた者が誰か、もう分っている。父は乱心したのではない、小野国老の私曲を糺《ただ》したために国老附きの奸物《かんぶつ》に不意討ちをかけられ無念の死を遂げたのだ。しかも国老一味は己等の身を護《まも》るため、父を狂人に拵《こしら》え、お上へ刃を向けたなどと称して兄にも切腹を命じ、この夏雄の命まで覘《ねら》っている、謀略の種はすっかり分ったぞ。父を刺し止めた一人は銀之丞、もう一人は貴様だ」

「なにを、なにを云う狩谷」

「立て、武士らしく立合ってやる、来い」

吉郎兵衛は顔面をひきつらせ息を引きながら見上げていたが、突然うしろへ、床几に掛けたまま、だっと身を倒す。

「方々《かたがた》！　であえッ」

悲鳴のように叫ぶ。

と、裏口へ、ぬっと現われた一人、大剣を抜いて左手の戸を引閉《ひきた》てながら、

「助勢の者は引受けた、存分にやれ狩谷」

と、叫んだ、
町子の兄、若林善之助である。

夏雄はにっと微笑しながら、狂気のようにはね起きる吉郎兵衛を、切尖で軒から外へと追い出した。

「抜け、抜け吉郎兵衛」

「…………」

「卑怯《ひきょう》に後から騙《だま》し討ちをかける手はあっても、武士らしく刀を抜くことは出来ないのか、恥を知れ」

「……やっ！」

わっというような叫びと共に、吉郎兵衛は絶体絶命の刀を抜いた。

しかし刀身が鞘《さや》を離れるより早く、夏雄の剣は彼の真向を割りつけていた。……降りしきる雨のなかを、吉郎兵衛はつんのめるようなかたちに、だあっと倒れた。

「……みごと」

声を掛けながら、善之助が出て来た。

「加勢の者は？」

「貴公のみごとな先で、虚を衝《つ》かれたとみえて、みんな退散した。しかし恐らくすぐ手配りをするだろう、早く止《とど》めを……」

「うん」

夏雄は二人に止めを刺し、髪を切り取った。

「町に会ったか」

「……会った、……遺骸《いがい》は観音堂にある」

「褒めてやってくれ」

「うん」

夏雄は善之助の手を力限り握り緊めた。

「悲しいめぐりあわせだ、……未練だが、拙者には諦《あきら》めきれぬ」

「泣くな、町は満足して死んだ筈だ。人はそれぞれ己の運を背負っている。切り抜けられる運と、どうしても切り抜けられぬ運がある、……狩谷、貴公は新しい運を切り拓《ひら》くのだ、生きろ」

「生きる！」

「町の始末は引受ける、手配の廻らぬうちに立退《たちの》け、拙者もおっつけ江戸へ出る、また会おうぞ」

雨を浴びながら、二人はひたと眼を見交わした。……幻聴である。その短い沈黙のなかで夏雄は、六郎左衛門の「鉢の木」を謡う声をまざまざと聴いたように思った。

夜が明けかかっていた。

谿谷《けいこく》に沿って走る桟道は、濃霧に濡《ぬ》れている。杉の巨木も濡れている。頭上の空だけは高く高く夜明けの光を含んでいるが前後左右に渦巻く濃霧で、乳色の壁のように閉ざされている。

「……大丈夫か、歩けるか」

「はい、わたくしは大丈夫でございます」

お高は元気に微笑した。垂れかかる後れ毛に、霧の微粒が美しく珠を綴《つづ》っている、……黒い大きな眸子《ひとみ》は、新しい旅に出発する幸福で耀《かがや》いていた。

「道はまだ遠く、もっと嶮《けわ》しい。辛《つら》いこと、苦しいことも数限りなくあるぞ」

「若さまのお供なら、どんな苦しさでも……」

「よし、その気持を忘れるな」

夏雄は頷《うなず》いて、頭をめぐらした。

故郷の山河は、濃霧の彼方《かなた》に去った。再び帰る日はいつのことか、……仇敵《きゆうてき》の髪を供えて来た藪蔭《やぶかげ》の墓に、晴れて額《ぬか》ずく日が、果して来るであろうか。光の箭《や》が一閃《いっせん》、濃霧を引裂いた。二人のための新しい朝が始まった。

（「講談雑誌」昭和十四年十一月号）

矢_や押_{のし}の樋_{とい}

一

「あれはなんだ、衣類のようではないか」

外村重太夫は扇子で陽を除《よ》けながら、立停って顎《あご》をしゃくった。城の内濠《うちぼり》の土堤《どて》の上に、衣服と大小がひと束ねにして置いてある、六月早朝の太陽は、ぎらぎらと刺すような烈《はげ》しい光を射かけているが、まだ四方《あたり》には人の姿も見えない刻限だった。

「加兵衛、此処《ここ》へ持って来てみい」

「はっ」

供の者が直ぐに登って、衣服と大小を抱えて来た。……すると、それをみつけたのであろう、土堤の向うから慌《あわ》てて呶鳴《どな》る者があった。

「おい、それを持って行っては困るぞ、持主は此処にいるんだ、返してくれ」

「……誰かおります」

加兵衛が窺《うかが》うように見上げると、重太夫は身軽に土堤へ登って行った。……内濠の水面にぽかりと頭を浮かして、一人の若侍が泳いでいるところだった。顎骨の張った、眉《まゆ》の太い眼の大きな、そして全体にどこか剽軽《ひょうげ》た印象を与える顔だちをしていた。

「不届者、なにをしておる」

重太夫が大声に叫ぶと、若者はあっと大きく眼を瞠《みは》った、相手が勘定奉行だということを認めたらしい、ひょいと頭を下げるような身振をしたと思うと、そのままずぶりと水の中へ潜ってしまった。土堤の上から濠の水際までは急斜面で二十尺ほどもある、だから重太夫の立っている場所からは、広い濠の水面が隅々まで一望だった、それにも拘《かかわ》らず、いちど水中へ沈んだ若者はなかなか浮上って来なかった。

——何処《どこ》かで見たことのある顔だ。

そう思いながらなお暫《しばら》く待っていたが、早出仕を控えているので、やがて重太夫は土堤を下りた。

「儂《わし》は独りでまいるから、その方は此処で見張っておれ、誰の組で名はなんと申すか、確《しか》と取糺《とりただ》して来るのだ」

「畏《かしこま》りました」

「慥《たしか》めるまで衣類を渡してはならんぞ」

念を押して置いて重太夫は登城した。

彼が役部屋へ入ると、既に出仕していた蔵方の長谷伊右衛門が、待兼ねたように、一通の書状を手にして側《そば》へ来た。……重太夫はそれが、数日来待っていた大坂蔵屋敷からの書状だということを直ぐに察した。そして伊右衛門の眼色が明かに、書面の不首尾を語っているのをも見逭《みのが》さなかった。

「どう申して来た、矢張りいかぬか」

「よほど奔走した様子でございますが、奥羽諸藩一様に買付けが殺到しておりますのと、肥後、尾州、中国諸国が今年も不作模様とのことで、現銀仕切りならでは到底覚《おぼ》束《つか》なしとの文面でございます」

「……やむを得まい」

重太夫はふっと天井を見上げるようにしたが、「……では折返しこう云ってやれ、資金に就《つい》ては公儀へお貸下げを願っている、必ず近日中に為替を送る手筈《てはず》になるであろうから、いや相違なく送るから、とにかく買付けの約束を纏《まと》めて置くように」

「お言葉ではございますが」

伊右衛門はそっと眼をあげながら云った。

「お貸下げ願いの事は、公儀に於《おい》てお執上《とりあ》げにならぬという、江戸表からの書状がまいったと承わりましたが」

「……いま申した通りだ、申した通り書いてやればよい」

「然《しか》し買付け約定を纏めまして、いざ為替が送れぬと相成りましては、蔵屋敷一同の進退谷《しんたいきわ》まる仕儀に成ろうかと存じますが」

「金は送ると申しておる」

重太夫は不必要なほど大きな声で遮《さえぎ》った、伊右衛門は口を噤《つぐ》んで、昵《じつ》と勘定奉行の表情を覓《みつ》めていたが、やがて静かに自分の席へ立って行った。

延宝八年から天和《てんな》元年、二年とひどい天候不順で、奥羽一帯は五穀不作が続き、同三年の春からは処々に飢饉《ききん》状態が現われ始めていた。……羽前国向田藩は幕府直轄《ちょっかつ》の地として、松平河内守が三万石余を領していたが、同じく旱害《かんがい》のため殆《ほとん》ど山野に生色なく、城下、農村の疲弊は極めて深刻だった。それでも向田藩は伊達《だて》家の押えとして置かれたものであり、一朝事ある場合のため幕府の命で豊富な貯蔵米を持っていたし、また平常から備荒食品の研究の普及している地方なので、春まではどうやら持越して来た。然し夏月に入ると共に窮乏は蔽《おお》うべからざるものとなり、一方では僅《わずか》な例外を除いて、大部分の田地が植付けも出来ぬ状態であったから、農民たちは絶望して不穏な空気が漲《みなぎ》りだして来た。……そこで藩では非常倉の一部を開くと共に、江戸、大坂への糧米買付けを督促したが、これが資金の足らぬため一向に埒《らち》が明かないのである、それは米の大出廻り地方が不作模様であるのと、奥羽諸国の大藩が一時に買付けて来たので、現銀仕切りでないと商人が動かなくなっていたからであった。

二

——お貸下げを願う他《ほか》に策はない。

老職たちの望みはその一点に懸っていた、そして借款《しやっかん》願いを出したのだが、幕府では折から綱吉が五代将軍を継ぎ、政治改革を急いでいる時であったのと、向田藩には前将軍時代から片付かぬ借款があるため、江戸邸を通じての出頭は拒否されてしまった。然しそれで済む場合ではない、国許老職《くにもとろうしょく》は相談のうえ、改めて矢押監物《やのしけんもつ》を使者として江戸へ送った。

監物はまだ二十九歳の青年だが、矢押家は家老職たる家柄で、現国老の塩田外記《げき》には娘婿《むすめむこ》に当っていたし、後任国家老としては外記以上に嘱望されている人物だった。……彼は娶《めと》って間のない妻を弟に托《たく》し、

——出来る限り努力を致します。

と固い決意を見せて出府した。

重太夫はそのときの監物の眼をよく覚えている、そして必ず任務を果して来てくれると信じている、だから蔵屋敷へも自信を持って買付けの督促が出せたのだ。

「唯今《ただいま》あがりました」

伊右衛門が退《さが》って暫くしてから、濠端へ残して置いた加兵衛が上って来た。

「どうした、分ったか」

「はい、……それが」加兵衛は四辺《あたり》を憚《はばか》るように云った、「矢押の梶之助どのでございました」

重太夫は水面に浮いていた先刻《さっき》の顔をはっきり思出した。矢押梶之助とは、いま江戸に使している監物の弟である。

「なにか申しておったか」

「何処《いずこ》の流《ながれ》も干あがっているのに、お濠だけは満々と水がある、遊ばせて置くのは勿体《もったい》ないから水練をしているのだと申しておりました」

「不届きなことを」

重太夫は烈しく眉を寄せたが、他言を禁じて加兵衛を退らせた。

矢押梶之助は二十五歳になる。兄の監物が明敏寡黙《かもく》な老成人であるのに、彼は少年の頃から我の強い乱暴者で、兄弟の亡《な》き父監物は口癖のように、梶之助は矢押一家の瘤《こぶ》だとさえ云っていた。……いま家中若手の者たちは、五ヵ所に設けてあるお救い小屋の仕事や、また田地へ水を呼ぶための井戸を掘ろうとして、連日の炎暑を冒して山野に働いている、それは多くの人手と、馴れないための非常な困難の伴う労働だった。

けれど体力のある若者たちは競って困難に当り、農民たちの先に立って働いた。……ところが、こういう情勢のなかで梶之助だけは別だった、お救い小屋へも助《すけ》に出ないし、水脈捜しにも出ない、そのうえ暇さえあると城外北見村の豪農、吉井幸兵衛の家へ碁を打ちに通っていた。噂《うわさ》には取止めもないが、幸兵衛には加世という美しい娘があり、梶之助はその娘に執心で通っているのだとも云う、そういう穿《うが》った陰口は別としても、彼に対する家中の悪評は今はじまった事ではなかった。

――仕様のない男だ。

重太夫は幾度も舌打をしながら呟《つぶや》いた。

――監物どのの留守に間違いがあってはならぬ、なんとかしなくては。

然し事務は寸暇もなく忙しかった、お救い米が既に不足しかかっているので、一日も早く補充してくれと急《せ》きたてて来る、買付け米が到着すればいいのだ、それまで藩倉の分を出して置く法はある、けれど重太夫の心の奥には、若《も》し江戸での借款が不成功に終ったらという一抹《まつ》の不安があった。……向田藩の貯蔵米は幕府直轄のもので、特に許可のない限り、手を付けることは法度《はっと》である、今までは自分の腹一つを賭《と》して開放したが、これ以上は主家の安危に関する事だ、……だから重太夫はいま、老職一同の意見を拒《しりぞ》けて固く藩倉の鍵《かぎ》を握っていた。

午後からお救い小屋を見廻りに出た、五ヵ所に設けた施粥所《せがゆじょ》の他に、医療所と、家を失った窮民たちのために長屋が三棟建ててある。飢餓に迫られた幾十家族、幾百人という数が、老人も幼児も、男も女も、みんな憔悴《しょうすい》し切って、生きた顔色もなくがつがつと粥《かゆ》を啜《すす》り、施薬を受けていた。

——もう暫くの辛抱だ、我慢してくれ。

——もう直ぐ大坂から米が来る、そうしたら存分に喰《た》べられるぞ、辛抱してくれ。

彼は祈るような気持で心にそう呟きながら見廻って行った。

三

その翌朝であった。

例の如《ごと》く早出仕で、城中内濠の土堤まで来た重太夫は、昨日と同じ場所に、同じ衣服大小が、まるで嘲弄《ちょうろう》するように脱捨ててあるのをみつけた。……供の者があっと云うのを、重太夫は静かに制して、

「ちょっと此処に待っておれ、誰かまいったら気付かれぬように取繕って置くのだ」

そう命ずると共に土堤へ登って行った。

水際の石垣の上に、下帯ひとつの裸で、昨日の若者が立っていた。二十五歳の健康

な体を、斜に射しつける朝の日光に惜気もなく曝《さら》したまま、頻《しき》りに紙片を小さく千切っては濠の水面へ振撒《ふりま》いている、……さっきからやっているものとみえて、風に飛ばされた紙片は、まるで落花の流れ漂う如く、かなり広い範囲の水面に散らばっていた。

——埒もない、なんという馬鹿な、悪戯《いたずら》を。

重太夫はそう思いながら、なお暫く黙って見ていると、やがて若者は静かに両耳へ唾《つば》を含ませ、石垣を伝いながらずぶりと水の中へ入って行った。……正に矢押梶之助である、むろん彼の方では、重太夫が見ていることなどは知らない、巧《たくみ》に濠の北側の方を泳ぎ廻っていたが、やがてひょいと身を翻《ひるが》えして水中へ潜った、十呼吸ほどして浮上ったと思うとまた潜る、如何《いか》にも独り悠々と水に戯《たわむ》れている感じだ。

三度めに浮上ったとき、

「なにをしておられる、矢押どの」

重太夫が鋭く呼びかけた。……梶之助は振返って、慌てて潜ろうとしたが、もういちど烈しく名を呼ばれたので観念したか、ひどく具合の悪そうな泳ぎ振りで戻って来た。

「早く上って来られい」

「……唯今」

急きたてられるのを構わず、悠々と上って来た梶之助は、其処《そこ》でまた髪毛を押絞ったり、耳の水を切ったりしている、……重太夫は斜面を下りて行った。

「場所柄を憚らずなんという事をなさる」

「……はあ」

「世間の有様を考えたら、独り水練などしている場合ではござるまい、それも野外遠くででもあれば格別、この内濠《うちぼり》で水浴びなどとは不心得せんばん、余人に見られたらなんとなさる」

「まことにどうも」梶之助は低く頭を垂れた、「早朝ではあり、人眼にはつくまいと存じて」

「馬鹿なことを申されるな、当お城の内濠構えは、他国のどんな城濠とも違って重要なものだ、それゆえ水の深さ、落口の造りなどは秘中の秘にされている、そのもとの家柄は藩の老職、それらの事情を知らぬ筈はござるまい」

「……はあ、まことにどうも」

「監物どのの留守中、斯様《かよう》な事が役向へ知れたらどうなさる。家中一統、領民の末に至るまで困窮と闘っている時だ、我儘《わがまま》勝手も程にせぬと申訳の立たぬ事になり申すぞ」

黙って頭を垂れている梶之助を暫く睨《ね》めつけていたが、やがて重太夫は土堤を登って立去った。

梶之助はそれを見送ってから、大きな眼をもういちど濠の方へ振向けた。……そして水面の一部を昵《じっ》と覓《みつ》めながら、肌着を取って体を拭《ぬぐ》い、土堤を登って着物を着た。……背丈が五尺八九寸もあるので、袴《はかま》を着け大小を差すと、いま裸で叱《しか》られていた恰《かっ》好《こう》とは見違えるように立派な姿だった。

屋敷へは帰らず、城外へ出た彼は、煎《い》りつけるような日射しのなかを、北見村の豪農吉井幸兵衛の家へ訪ねて行った。

吉井家は土着の豪農で、領内随一と云われる大地主だし、その屋敷へはしばしば藩主が駕《かご》を枉《ま》げ、また名義だけではあったが士分扱いとして扶持《ふち》を貰《もら》っていた。……五十余歳になる当主幸兵衛は常に病気勝ちであるため、広い屋敷内に別棟の家を建て、家政は一子幸太郎に任せきりで、自分は娘の加世に身のまわりの世話をさせながら、殆ど隠居のような暮しをしていた。

来つけている屋敷で、殊《こと》に出入りの自由だった梶之助は、裏門から入って隠居所の方へ庭を横切って行った。……すると梨畠《なしばたけ》の脇《わき》のところで、向うから水手桶《みずておけ》を提げて来た一人の娘と出会った。娘は梶之助を見るとさっと頬を染めた、そして直ぐに手桶

を下へ置き、襷《たすき》を外しながら、

「おいであそばせ」

と叮嚀《ていねい》に挨拶《あいさつ》をした。……然し梶之助は娘の様子など気付かぬ風で、軽く目礼を返したまま大股《おおまた》に通過ぎて行った。

娘はそっと男の後姿を見送った。十七八であろう、どちらかと云うと小柄なひき緊《しま》った体つきで、睫毛《まつげ》の長い眼許《めもと》に心の温かさの溢《あふ》れるような表情がある、然しいま梶之助の後姿を見送る眸子《ひとみ》には、哀れなほど悲しげな、頼りなげな光が滲出《にじみで》ていた。

……この家の娘加世であった。

四

「ございましたか」

「有った、それも二ヵ所は慥《たしか》だと思う」

前庭に赤松の林を配した簡素な住居である。主人幸兵衛は膝《ひざ》の上に両手を揃《そろ》え、病身らしい痩《や》せた体を前踞《まえかが》みにしている。……梶之助は畳の上に懐紙を拡げ、硯箱《すずりばこ》を引寄せてさらさらと図を描きながら語を継いだ。

「此処《ここ》に一ヵ所、それから此方《こちら》に一つ、かなり強く噴出ているようだ」

「そうかも知れませぬ、一の濠から四の濠まで、例年より水位は多少低くなっても、あれだけの水量が絶えぬところを見ますと、……噴口から出る量は相当でございましょう」

「それで樋口《ひぐち》を此処へ附け、馬場の上からこう暖手《なわて》へ引いて来るとして、樋《とい》作りの木は直ぐに集ろうか」

「急場のことで木さえ選みませんければ、わたくし共へ貯《たくわ》えてあるだけでもどうやら間に合おうかと存じまするが。……然し矢押さま」幸兵衛はふと眼をあげて云った、「今になって斯様なことを申上げるのは如何《いかが》かと存じますが、この樋掛けは本当にお上からお許しが出るとお思いでございますか」

「出る、お許しは必ず出る」

「お城というものは、石垣の石一つ動かすにもむつかしい掟《おきて》があると伺いますが、この樋掛けは大切なお濠を干すのも同様。わたくしにはどうもお許しは出まいと考えられてなりません」

「それはこれまでも繰返して申した通り、必ず拙者が引受ける、大丈夫お許しは出る。……だから幸兵衛どのは出来るだけ早く樋作りを始めて貰いたいのだ」

幸兵衛は凝乎《じつ》と膝の上の手を覓めていたが、やがて静かに顔をあげた。

「宜《よろ》しゅうございます、直ぐ人手を集めて仕事を始めると致しましょう」

「それから、表向お許しの出るまでは、なるべく仕事も人眼につかぬように頼む。こういう事は先に洩《も》れると失策《しくじ》り易《やす》いから」

「承知致しました、わたくし自分で差配をすることに致します。……若しこの樋掛けが首尾よくまいりますれば、百姓共も他国へ逃げようなどという考えは捨てることでございましょう」

幸兵衛の声は哀訴するような響を持っていた。

いま彼が云う通り、城下近傍十二ヵ村の農民たちは、窮乏に耐え兼ねてこの土地を捨去ろうとしていた。元来この地方は十年ほどの間隔をおいて、周期的に旱害《かんがい》、冷害に見舞われている。それが今度は三年も続けざまの旱害で、見る限りの田地は干あがっている、唯一ヵ所、北見村の一部に十町歩ばかり、辛《かろ》うじて植付けの出来た田があった、彼等は食に飢えている以上に青いものに飢えていた、青い稲田に飢えていた。彼等はその僅《わずか》な十町の稲田を見ることで、どうにか希望を繋《つな》いで来たのである、然しその十町田も、水の不足から将《まさ》に枯死しようとしている。

――もう駄目だ、北見の田もいけない。

――幾ら苦労してもこの土地では無駄だ。

みんな絶望してそう思いはじめた。

——もっといい土地へ行こう、農作に安全な土地へ行こう。

梶之助は幸兵衛からその事情を聞いた。十余ヵ村の農民が結束して退国するような事が、若し実現したとしたらどうなる、更にそれが伝わって領内到《いた》るところに波及したとしたら、……恐らく拾収のつかぬ騒動になるだろう、どんな方法を以《もっ》てしても、これは未然に防がなければならぬ事だ。梶之助はいま幸兵衛の助力で、その必至の方法を実行しようとしているのである。

「粗茶でございます」

ほどなく着替えをした加世が、静かに入って来て茶と菓子とを勧めた。

「これは珍しい」梶之助は娘の方へは眼もくれずに、無造作に手を伸ばして菓子を摘《つま》んだ。

「砂糖漬けの杏子《あんず》とは久方振りだ」

「お口には合いますまいが」幸兵衛は笑って娘を見やりながら云った、「加世めが自慢の手作りでございます、はしたない物でついぞお出し申したこともございませんが、こんな物も斯様な折にはお口汚しにはなりましょう」

「これが拙者には子供時分からの好物だった。武家は貧乏なものだから、砂糖漬けの菓子などは中々口に出来ないものです」

「お口に合いましたら、別にお屋敷へお届け致します、娘はこのような事が好きで、いつも手まめに作っておりますから」

「それは忝《かたじ》けないが」と梶之助はにべもなく云った、「こういう美味《うま》いものを始終食べつけると、口に奢《おご》りがついていけないものだ、邪魔にあがる折々頂ければそれで充分です」

「そう仰有《おつしや》るほどの物でもございませんが」

走って来る人の跫音《あしおと》がしたので、幸兵衛はそう云いかけたまま振返った。……母屋《おもや》の方から幸太郎が、矢押家の若い家士を導いて来たのである。

「お客さまにお使いでございます」

五

「なにか急な用か、平馬」

「江戸表より急使でございます、方々お捜し申しました、直ぐお帰りを願います」

「兄上からの使者か」

「……はい」若い家士はつと近寄り、ひどく震える声で囁《ささや》くように云った、「江戸表にて、旦那さま御切腹と……」

「なに！　兄上が御自害」

梶之助の大きな眼が燐《りん》のように光った。

直ぐに幸兵衛の許を辞して出た彼は、烈《はげ》しい炎天の道を夢中で急いだ。……いきなり真向《まつこう》を殴りつけられたような気持である、然《しか》し予想しなかった事ではない、出府して行く時の兄の眼が、どんな決意を示していたか梶之助は忘れはしない、兄の気質の隅々まで、熟《よ》く知っていた彼は、努めて打消しながら実はこうなる事を惧《おそ》れていたのである。

屋敷の中は混雑していた。

国家老であり、嫂《あによめ》の実父である塩田外記をはじめ、北園五郎兵衛、赤松靫負《ゆきえ》、森井大蔵、それに勘定奉行外村重太夫などが、すでに客間へ集っていたし、なおまた後から次々と人が馳《か》けつけて来つつあった。……嫂のなつ女は、極めて落着いた態度で客の接待をしていたが、梶之助の顔を見た刹那《せつな》に、泣くような表情を颯《さつ》とその眸《ひとみ》に走らせた。

「何処へ行っていたのだ」塩田外記は銀白の眉《まゆ》の下から鋭く睨めつけながら、梶之助が坐るのも待たずに叱りつけた。

「留守を預る責任の重い体で、いつもそう出歩いていてどうするのだ、おまえが気楽に遊んでいるあいだに、兄監物は江戸表で切腹して果てたぞ」

「それでお役目はどう致しました、お役を果して死にましたか」

「役目が果せれば切腹には及ばぬ」

「……では、では」

「伊十郎、話して聞かせい」外記がそう云って振返ると、末席にいた内野伊十郎が顔をあげた。……急使に走《は》せつけた疲労であろう、蒼白《あおじろ》く憔悴《しょうすい》して、痙攣《ひきつ》ったような眼をしていた。彼は監物に附いて江戸へ行った家士の一人である。

「……申上げます」伊十郎は手をついて云った、「旦那さまには御出府以来、さまざまに御苦心をあそばしましたが、公儀の御意向は中々以って動かず、恐れながらお上にも、もはや諦《あきら》めよと再三仰《おお》せあった由《よし》に承わります。……それでも旦那さまは望みを捨てなさらず、大老堀田備中守さまはじめ、老中若年寄の方々を一々お訪ねのうえ、膝詰めのお掛合いをあそばしました――けれどそれもこれも」伊十郎は喉《のど》へなにか衝《つき》上《あ》げて来るのを、懸命に抑えながら語を継いだ、「凡《す》べての御努力が無駄となり、旦那さまには責を負って、今月十二日の朝十時、……遂《つい》に御切腹でございました」

「死ぬことはなかった」外記が呻《うめ》くような声で云った、「既にいちどお執上《とりあ》げにならぬと決ったものを押返して二度の願いに出たのだ、不首尾は初めから分っていた、死ぬことはなかったのだ、然し余人なら知らず、監物は生きて帰る男ではない、……惜しい事をした」

「惜しい人物を殺しました」

外村重太夫が声を震わせて云った。

みんな粛然と声をのんだ。

梶之助の頭は舞狂う光の渦でいっぱいだった。兄がどんな気持で死んだか、彼には掌《たなごころ》の物を見るように理解することが出来る、……兄は努力したのだ、努力したが遂にそれは不首尾に終った。然し兄が自殺したのは不首尾の申訳のためではない、主命の重さを示したのだ。主家の使命を帯びた者がどう身を処すべきか、その唯一《ゆいいつ》の道を示したのだ。

——兄上、お見事でございました。

梶之助は心で泣きながら叫んだ。

弔問の客がすっかり帰り去ったのは、もう黄昏《たそがれ》に近い頃であった。……最後に塩田外記を送り出したなつと梶之助は、急にひっそりとなった家の中で、新しく盛上って来る大きな悲歎《ひたん》を、初めてまざまざと互いの心のなかに感じ合った。

二人は仏間へ入って行った。仏壇には燈明《あかし》が瞬《また》いていた、そして、香の煙がその光暈《こううん》のなかでゆらゆらと条《しま》を描いていた。……なつ女は水晶の数珠《じゅず》を指に掛け、小蠟燭《ころうそく》を代えながら静かな声で云った。

「お仏前が寂しゅうございますのねえ」

「…………」

「お花を上げたいのですけれど」

梶之助はそっと嫂の後姿を見上げた。

「まだいけないのだそうでございますの。……お通夜《つや》の済まぬうちは、お花を上げるものではないと申します」

落着いた静かな声音《こわね》であったが、手が泣いていた。……わなわなと震える指につれて、水晶の数珠が微《かす》かに冷たい音を立てている。梶之助は膝の上でぐっと拳《こぶし》を握緊めた。

六

監物の死は大きな波紋を描きだした。

借款《しゃっかん》が失敗に終ったとすれば、差当って糧米の買付けが出来なくなる。唯一のたのみを絶たれた家中の狼狽《ろうばい》もひどかったが、早くもそれを伝え聞いた領民は騒然と動揺し始め、一刻も忽《ゆるがせ》にならぬ状態となって来た。……そこで外村重太夫は、勘定奉行の責任を以て藩倉の米を開くと触出《ふれだ》したが、然しそれより早く、城下近郷十余ヵ村の農民が結束して、正に土地を去ろうとしているという報知が老職たちを驚かした。

——若《も》しそれが事実なら一大事だ。

——他処《よそ》へ広がらぬ内に取鎮《とりしず》めねばならん。

——然しどうしたら喰止められるか。

国老塩田外記はじめ、全重職が城中黒書院に集って緊急の協議を開いた。……だが事ここに至ってなんの策があろう、今日までに有らゆる手段を尽して来た。唯《ただ》一つの希望が絶たれたという抜差しならぬ感じが、誰の頭にも重たくのしかかっていたのである。

同じところを堂々巡りするだけで、協議は直に行詰りへ来た。

「事態はさし迫っている、なにか手段はないか」

外記は焦《あせ》り気味に声を励ました。

「捨置けば大事に成るのだ、然もそれは目睫《もくしょう》に迫っている、仕方が無ければ、法を用いて退去する者を縛らせてもよい」

――外記がそう云いながら、手にした扇子を荒々しく置いたとき、

「恐れながら申上げたい事がございます」と矢押梶之助が初めて膝を乗出した。……彼は亡《な》き兄の跡目として協議の席へ出ていたが、自分の発言すべき最も良い機会を摑《つか》むためにそれまで黙って待っていたのである。

「……申してみい、なにか思案があるか」

「唯一つだけございます」外記の不快そうな眼を見上げながら、梶之助は確信のある調子で云った、「十余ヵ村の農民が結束して退去しようとしますのは、ただ飢餓に迫られている、糧米が無いというだけの理由ではございません。彼等は水が欲しいのです、青い稲田が欲しいのです。幾周年めかには凶作に見舞われ、その度に手も足も出せなくなるというこの根本をどうにかしたいのです、この点に新しい的確な希望を与えない限り、例えいま余るほど糧米を恵んだところで、彼等の決心は動きは致しませ
ん」

「それでどうしろと云うのか、この地方が幾周年め毎《ごと》に凶作に見舞われるのは事実だ、然しそれをどうする事が出来る、……百姓たち自身に手も足も出せぬ事が、我々の力でどう解決出来るのだ」

「いま差迫っての問題を申上げます、内濠《うちぼり》の水を彼等に与えて下さい」

外記も列座の人々も、言葉の意味を疑うように、振向いて一斉に梶之助の顔を見た。

「内濠の水を、どうせいと云うか」

「城壁の一部を壊して樋《とい》を通し、先《ま》ず北見村の田へ水を引くのです、すれば」

「馬鹿なことを申す!」外記が膝《ひざ》を打って烈しく遮《さえぎ》った、「城壁へ樋を通して内濠の水を干せと? その方それを正気の沙汰で申すのか、梶之助、如何《いか》にその方が物知らずでも、武士として城縄張りの重大さを心得ぬ筈《はず》はあるまい」

「如何にも、よく存じております」

「知っていてなぜ左様なことを申す、城壁の石一つ動かすにも、公儀のお許しを得なければならぬ厳重な掟《おきて》があるのだぞ、殊《こと》に当城の内濠は格別のもので、いざ合戦の場合にはこうと、軍略のうえに大きな役割を持っておる、その大切な濠へ樋を通し、水を干すなどという馬鹿な事が出来ると思うのか」

「例えまた矢押どのの申す通り」外記の怒りを執成《とりな》すように、老職の一人赤松靭負が口を挿《はさ》んだ、「若し内濠へ樋を掛けることが出来るとしても、高の知れたお濠の水量ではどれ程の役にも立たぬであろう」

「いや水の多寡《たか》ではない、当城の護《まも》りは内濠に懸っている、濠を空にすれば、伊達藩の押えとして置かれた城の意味が無になってしまうぞ」

人々は口を揃《そろ》えて非難し始めた。

向田の城は高城《たかき》である、丘陵の上に在って脊《せ》に陸前国境に連《つら》なる山塊を負っている、だから敵に攻撃された場合には、その高い位置を利用して、濠の水を一時に切って落すという策が秘められていた。……そんな戦法がどれだけ実際の役に立つか、考えるまでもなく分りきった話である。然し封建的な当時の人々は実際の価値判断をするより先に、「城」という存在の全部を無条件で受容《うけい》れていた、彼等にとって、その「城」は既に神聖そのものだったのである。

「御意見はよく分りました、然しお待ち下さい」

梶之助は些《いささ》かも確信の動かぬ調子で、非難の声を遮りながら語を継いだ。

七

「仰せの通り城縄張りは重いものです、それは慥《たしか》に間違いありません。けれど農民たちはいま一滴の水でも欲しいのです、そして城にはそれが満々とあるのです。……彼等の干割れた田と、この濠にある満々たる水をお考え下さい、この二つだけを先ずお考え下さい……若し農を以て国の基とするのが事実なら」梶之助は押被《おしかぶ》せるように続けた、「彼等の苦しみをよそにして、徒《いたずら》に濠の水を守っている時ではありません。今こそこれを切って、彼等と苦しみを共にすべきです。彼等と苦しみを共にするということを、事実を以て示すべきです。濠の水がどれ程の役立ちをするかと仰せられた、如何にもそれはやってみなければ分りません。然し差当って北見の田を救うには充分だし、旨《うま》く引けばそれ以上に使える事も慥めてあります。御家老、……樋掛けをお許し下さい、これをお許し下されば、拙者が必ず彼等を取鎮めてみせます」

外記は唇をひき歪《ゆが》め、昵《じつ》と梶之助の面を見戍《みまも》っていたが、やがて白い眉をくっとあげながら云った。

「ならん。……」

「然しその他《ほか》に手段がございますか」

「それとこれとは別だ」

食いつくような梶之助の眼から、外記は静かに顔を外《そ》らしながら云った。

「繰返して申すが、濠の水は素《もと》より石垣の石一つ動かすにも重い掟がある、国老としてその掟を破ることは出来ぬ、その意見は無用だ」

梶之助はぶるぶると拳《こぶし》を震わせた。

必ず通す、通さずには置かぬ、確信を以てそう考えていた事が徒労に終った。此処《ここ》まで来れば彼の執るべき法は一つしかない、決心は疾《と》に出来ているのだ。……梶之助は席を立って退出した。

下城して内濠の土堤《どて》へかかった時である。

「矢押どの、……矢押どの」

そう呼びながら足早に追って来た者があるので、振返ると外村重太夫だった。急いで来たとみえて、肌着を徹《とお》した汗が帷子《かたびら》まで滲出《にじみで》ている、……そして側《そば》へ近寄るといきなり、「唯今は立派でござった」と感動した声で云った。

「先日はつまらぬ小言を云って、お詫《わ》びを申さなければならぬ。なにも知らなかったのだ、さぞ笑止に思われたであろう」

「そう仰せられるのは……」

「水練の意味がはじめて読めた、他の人々は知らぬが、拙者は御意見に感服したのです、それでお詫びがしたくてまいったのだが、……矢押どの、濠の水量は云われた通りでござるか」

「拙者は前後幾度も底へ潜って調べました、一の濠には噴口が二ヵ所あって、かなり強い勢いで噴出しております」

「どうしてお調べになった」

「千切った紙片を水面に撒《ま》きました。噴口の上に当るところは、浮いた紙片が円を描きながら散大します、それで噴口の位置も分り、また水の深さと、水面の紙片の散大する速さを考え合せて、凡《およ》そ噴出す量の見当をつけたのです」

紙片を飛ばしているのを見て、ただ埒《らち》もない悪戯《いたずら》をすると思った、……あのときの自分を、重太夫はいま新しく思出した。

「拙者は半月ほどまえに、農民たちが退国しようとしている事実を、北見村の吉井幸兵衛から聞きました。そしてそれを防ぐ手段はこうする他にないと思ったのです。然《しか》し兄の人望と智《さか》しさが無ければ、老職方の同意を得ることはむつかしい、兄が帰ったら助力を乞《こ》おうと考えていたのですが、……結局はこんな事になってしまいました、矢張り拙者では駄目だったのです。死んだ父からよく、貴様は矢押家の瘤《こぶ》だと云われましたが、こうなると矢張り、瘤は瘤らしくやるより他に仕方がありません」

「……矢押どの」

重太夫は燃えるような眼で、梶之助の顔を見上げた。……二人は暫《しばら》く互いの眼と眼を見合せていたが、やがて重太夫は呻《うめ》くように云った。

「後の事は引受けましたぞ」

八

「どうあそばしました」

その夜である。……突然訪ねて来た梶之助の表情を見て、出迎えた吉井幸兵衛ははっと胸を衝《つ》かれた。

「いけなかった」

「矢張り、そうでございましたか」

「それで別れに来た」

馬を飛ばして来た梶之助は、片手に持った樋をぐっと突出しながら、然し眉宇《びう》には微笑さえたたえて云った。

「幸兵衛どのは直ぐに人数を集め、樋掛けの用意をして馬場上まで出て貰《もら》いたい」

「……承知致しました」

梶之助がなにをしようとしているか、幸兵衛には分り過ぎるほど分った。

「誰にも迷惑は掛けぬ、始末は拙者が引受けるから、安心して仕事に掛るよう皆に伝えてくれ、あとの事は勘定奉行が旨くやる。……では急ぐからこれで」

「お待ち下さいまし」

直に去ろうとする梶之助を、幸兵衛は縋《すが》りつくように呼止めた。

「これからお働きなさるのにいい物がございます、お手間はとらせません、ひと口召上っておいで下さいまし」

「……うん」

幸兵衛の眼を見て、梶之助は苦しそうに頷《うなず》いた。……幸兵衛は次の部屋へ入ったが、直ぐに娘の加世を伴って現われた。娘はよろめくような足取で縁先へ出ると、……盆の上に載せた琥珀《こはく》の杯を、静かに梶之助の方へ押進めた。

「手作りの杏子《あんず》の酒でございます」

「……忝《かたじけ》ない」

梶之助は手を伸ばして杯を取った。

娘は思詰めたように、睫毛《まつげ》の長いつぶらな眸をあげて、男の顔を見た。梶之助もその眸を見返した。……二人は今日まで、満足には言葉も交わしたことがない。娘に執心で通っているという世評とは凡そ逆に、梶之助は出来るだけ加世の心を無視して来た。けれどそうする気持の底には、制することの苦しい愛情が育っていたのだ。

――いつかは。

いつかは娘を妻と呼ぶ日が来るだろう、そして別にそれは困難なことではないと思っていた、然し、今はもうそれも夢である。

――赦《ゆる》せ、悪いめぐりあわせだった。

梶之助はそう呟《つぶや》きながら、杯を呷《あお》って、もういちど娘の眸をひたと覓《みつ》めた。

「美味かった、加世どの。……杏子の酒は初めてです、梶之助は生れて初めて、杏子の酒を口にしました。若《も》しまたこれが欲しくなったら、必ず貴女《あなた》の手作りを馳走になります」

「……冥加《みようが》でございます」

加世は肩を震わせながらうち伏した。……智《さか》しくも二世を約する言葉だと分ったのだ。

——本望だ、あの方は加世の心を知っていて下すったのだ、女と生れた甲斐《かい》があった。

去って行く梶之助の跫音《あしおと》を聞きながら、娘は激しく噎《むせ》びあげていた。

鍬《くわ》が閃《ひら》めき、杉丸太が飛んだ。

転げ落ちる石、崩れる土砂、闇《やみ》を暈《ぼ》かして濛々《もうもう》と立昇る土埃《つちぼこり》、二十余人の半裸の人々は、夜半の城壁に向って、いま必死の戦を挑んでいる、指揮する梶之助も、二十余人の家士たちも、頭から土埃を浴び、淋漓《りんり》たる汗に浸っていた。……家士たちは梶之助のために死を賭《と》した。数は僅《わず》か二十余人であるが、その死を賭した力は圧倒的にものを云った。夜半十二時に第一鍬を下ろしてから一刻《とき》あまり、内濠の北側に沿った石垣は、既に六尺ほどの幅で、上から下へ大きく切崩されている。

「もうひと息だ、これだけ切ればあとは水の勢いで崩れる、みんな頑張ってくれ」

梶之助はひそめた声に力を籠《こ》めて云った。するとその時、二の曲輪《くるわ》の方から、提灯《ちょうちん》の火と人影がふらふらと此方へ馳けつけて来た。……塩田外記であった。

「梶之助、梶之助はおらぬか」

「此処におります」

嗄《しわが》れた声で叫ぶ外記の前へ、梶之助が大股《おおまた》に進み出た。……外記の後には横目附と、その下役が五人いた。

「その方、……なにを、なにをしおる」

外記は喘《あえ》ぎながら叫んだ。

「協議の席でならぬと申したに、こんな馬鹿な事をしおって、その方、向田藩三万石を取潰《とりつぶ》すつもりか」

「それはおめがね違いです御家老」

梶之助は微笑を含みながら云った。

「将軍家の御威勢を以って築いた江戸城も、つい先年土地の緩みで、多くの石垣が崩れたではございませんか、このお城の石垣も、ながい旱《ひで》りで崩れだしたのです、拙者どもはいま、崩れた石垣を積直しているところです」

「止《や》めい、問答無用じゃ、止めぬと容赦なく取押えるぞ」

「……みんな急げ」

梶之助は家士たちの方へ叫びながら、大きく一歩ひらいて云った。

「御家老、……繰返して申しますが、拙者どもは崩れた石垣を積直しているのです。僅な人手ゆえ或《あるい》は防ぎ切れず、内濠の水を切落すかも知れません、その罪は、……矢押梶之助の腹ひとつで申訳を致します、後で石垣を修築するときには、元から『樋《とい》』が掛っていたという事実を忘れないで下さい」

「待て、待て梶之助」

「江戸城の石垣も崩れる、向田の城の石垣も崩れる、自然の力は防ぎきれません、これで公儀への申開きは立つと思います」

「切れた、切れた！」

という家士の絶叫を聞いて、振返った梶之助の眼に、いきなり天空からのしかかるような、恐ろしく大きな黒いものが見えた。

「危い！　逃げて下さい！」

梶之助は力任せに外記を突飛ばした。どうっという凄《すさま》じい地響きと共に、石と水と土とが一緒になって、その強大な翼を力いっぱい拡《ひろ》げながら崩落して来た。……頭から泥水を浴びて、危くも逃げ延びた塩田外記は、その崩落する濁流と石垣の真下に、梶之助の逞《たくま》しい体をはっきり認めたように思った。

——兄も弟も。

外記は奔流の暴々《あらあら》しい叫びを聞きながら、呆然《ぼうぜん》と心に呟いていた。

——兄も弟も、……こうと決めると後へ退《ひ》かぬ奴だった。然し覚えて置くぞ、内濠の石垣には樋があったのだ、矢押の樋が。

梶之助は崩壊する石垣の下になって死んだ、そして再びその石垣が築上げられたとき、其処《そこ》には城外へ引く大樋が掛けられていた。……梶之助の予想はかなり正確で、その水は北見村の十町田を生かし、更にその附近の田地を広く潤《うるお》すことが出来た。考えようによれば、無論それは局部的な僅な効果でしかない、然し、……そういう場合には城濠の水も切ろうという、藩政の方向を示した事が重大であった。

農民たちの退国騒ぎは鎮《しずま》った、事実をもって示された政治の方向が、彼等に新しい希望を植付けたのである。……それから幾春秋、人々は「矢押の樋」と呼ばれる樋口《ひぐち》の畔《ほとり》で、一人の美しい尼僧が静かに誦経《ずきよう》している姿をよく見かけた。吉井幸兵衛の娘加世であった。

（「キング」昭和十六年三月号）

愚鈍物語

一

加地《かじ》鶴所《かくしょ》は気性のはげしい老人で、五十余歳になるのに喜怒哀楽の情を人いち倍つよく感じ、それを抑えることがむずかしいため、しばしば感情を激発させたあとでは、われとわが性《さが》を悔むことが多かった。これではいけない、もうげらげら笑ったりむやみに人をどなりつけたりする年齢《とし》ではない、そう反省することがこの頃とくにつよくなっていた。それで、いま甥《おい》の平山三之丞にむかってもできるだけ穏和にやろうとするのだが、自分でもわかるくらい頬のあたりが痙攣《ひきつ》り、膝《ひざ》の上ではいつか拳《こぶし》がふるえだしていた。

「また金か、またしても金か、ぜんたいどうしてそう金がいるんだ」

「つまり」三之丞は、いつものとおりぼやっとした顔つきで、とりとめのない眼つきをしていた。

「つまり、入用なのでございます」

「入用はわかっておる、入用だから取りにまいったのだろう。なんでそう金がいるかと訊《き》くんだ、どういうことに遣うのか申してみい」

「それは、なんでございます、屋根が」

「だまれ、屋根の金は先日持っていったではないか」

「そうでございます。屋根は、ですから屋根はもう先日すっかり直しましたので、屋根はもうよいのでございますが、塀《へい》の根が腐りまして、もういけないのでございます」

「柱はどうだ」鶴所は口をへの字なりにした。「門はどうだ、壁は、台所は、厩《うまや》は、地面もそろそろいけなくなるんだろう。たくさんだ、飽き飽きした、おれはもう飽き飽きしたぞ」太い癇癪筋《かんしゃくすじ》があらわれ、いかにも老人の怒を表白するようにぴくぴくと脈を搏《う》った。「そのほうの父三左衛門から預った金子は、二百両あまりだった。嫁をとるとき渡してくれとたのまれた。三左衛門が死んで四年、二年ほどはおとなしくしていたが、この二年あまりのうちになんのかのとせびりだし、もう半分も残ってはおらん、それもよし、まったくぬきさしならぬ入用ならかくべつだが、聞くところによれば、埒《らち》もなく他人に借り取られるというではないか」

「さようなことが、お耳にはいっていようとは、思いがけないことですな」

「なにが思いがけない、おれのほうがよっぽど思いがけなくて呆《あき》れているのじゃ。そのほうの好人物はわかっていたが、これほど愚鈍とは知らなかった。いいから待っておれ」席を蹴《け》るように立って行った老人は、すぐに袱紗包《ふくさづつみ》を持って戻り、それを三之丞の前へ叩《たた》きつけるようにつきだした。「これが預った金の残りだ。明細書も中にいれてある。これを持って行って塀なり門なり好きなやつにくれてやれ。但《ただ》しむすめ美代との縁談は破約じゃ」

「お言葉ではございますが、それだけは」

「だまれ、破約と申したら破約なのじゃ。むろんこの家への出入りも断わる、忘れるな」

老人はもっとなにかどなりたかった。しかし、やっとの思いで堪えた。「もうそんな年齢ではない」そして自分の怒りかたが適度に余韻をのこしていることに満足し、いかにも断乎《だんこ》たるものを肩のあたりに示しながら奥へ去っていった。三之丞は当惑したようすで、しばらく天井をみたり襖《ふすま》を見たりしていたが、やがてそんなことをしていても無意味だと気づいたように、袱紗包をとってふところへいれ、誰にともなく鄭《てい》重《ちょう》に会釈《えしゃく》して座を立った、玄関へ見送りにでたのは、家扶ひとりだった。

傘をさして玄関を出ると、門のほうへ曲ってゆく萩《はぎ》の植込のところで、脇《わき》からまわって来た美代と出会った。かれはやあと云った。娘は傘を傾《かし》げてしずかにかれのそばをすれ違いながら、「ただいま父の申上げたことを、お気になさらないで下さいまし。

母がそう申しておりました」「なに大丈夫です」三之丞はにこりと笑った。「それからあの、わたくし」と美代は巧みに声をひそめて、「明日あたりからまた佐兵衛の家へまいります。母はすぐこちらへ戻る筈《はず》でございますから」

そしてなにごとも無かったように、濡《ぬ》れてうち伏す萩のかなたへ去っていった。かれはそれを見送るでもなく、落ち着いた足どりで加地家の門を出た。左へゆくと足羽《あすわ》川、右は城の大手そとへ出る。かれの家は足羽川にそった九十九橋《つくもばし》の川しもにあるのでもちろん左にゆこうとしたが、すぐにうしろから呼びとめられた。「おいおい平山、こっちだこっちだ」三之丞は立止まった、びしゃびしゃ雨水をはねとばしながら黒板猪七郎が追いついて来た。

二

黒板猪七郎は肩のいかった六尺ちかい巨軀《きよく》で、酒焼けのした顴骨の高い顔に、へんな眸子《ひとみ》の据《すわ》ったぎろりとした眼をしている。「おい今のが加地のむすめか」猪七郎は、三之丞とならんであるきだしながら云った。「美人という評判は聞いていたが、本物は噂《うわさ》以上じゃないか。きさまのような男があんな美人を妻にできるとは果報者だぞ」「それがだめなんだ」「どうしたんだ」三之丞は答えなかった。元来かれはひじょうに無口で、人と半日さし向いていても必要さえなければひと言も口をきかずにいる方だった、必要な場合でさえ人がふた言いうところをひと言で済ました。笑うことなどはめったにないし、よほど可笑《おか》しいときでも口の隅のところがちょっと歪《ゆが》むくらいのものであった。かれは猪七郎の問いには答えず、ふところから袱紗包を出し、その中から幾許《いくばく》かの金子をとって猪七郎に渡した。猪七郎はすばやく袱紗包の中を見てとり、ひそかにそのぎろりとした眼をみはった。

「約束だけある」「済まんな、だいぶ借りができたようだが、しかしこれは必ず返済するんだ。きさまは好人物だが友情に篤《あつ》いだけとりえがある。だからおれは必ず返すぞ。ほかのやつらのように貸し下されではないからな、いいか、それだけははっきり約束して置くぞ」「困るときはお互いだよ」さしたることもないという顔つきだった。猪七郎はにやっと笑い、金をうちぶところへ押込むと、「じゃあ別れる。あんまり埒もないやつに貸すなよ。金は遣うように遣えば役にたつものだ、また頼むぞ」そう云って、大股《おおまた》にたち去った。

三之丞の家は九十九橋の辻《つじ》から二十間ほどさがった河岸にあり、武家やしきのほとんどはずれに当っていた。かれが伯父に云ったことは嘘《うそ》ではなく、塀も門もひどく朽ちていたし、屋敷の建物は柱も根太もゆるんでいるとみえ、まるで酔ったようにあっちこっちへ歪んでいる。むしろ家士たちの住んでいる長屋のほうがちゃんとしている のは、そちらだけは絶えず手いれをしているからで、横戸にある厩とその長屋からみ ればあるじの住居――は廃屋というほうがぴったりするほどだった。

鶴所老人から絶縁を申しわたされた明くる日の午後、老人の長男で作事方に勤めて いる加地主水《もんど》がおとずれて来た。秋口から降りだしたなが雨が、その日も朝から小や みもなく降っていた。三之丞はその居間で、馬盥《うまだらい》や手桶《ておけ》にかこまれてなにか書物《かきもの》をし ていた。「これは壮観だな、どうしたんだ」主水は呆れて眼をみはった。数えてみる と十二三ある、馬盥や手桶ばかりではない、味噌磨《みそす》り鉢《ばち》、半挿《はんぞう》、瓶《かめ》、漬物樽《つけものだる》などとい うものまで大小とりどりの物が、部屋いっぱいに並んでいるのだった。「雨が漏るん だ」三之丞は、ごくあたりまえに答えた。「それは聞かなくってもわかっているよ。 だがこんなになるまで捨てて置くことはない、挿《さ》し茅《がや》でもしたらよいではないか」 「なに、これはまた、これでいいさ」

主水はま正面へ一本喰った感じで、立ったまま相手の白い顔を見まもったが、三之 丞が手桶と瓶のあいだへ円座を直してくれたので、袴《はかま》の裾《すそ》を包むようにして坐った。 「これでいいさと云われればそれまでだが、他人に貸す金があるのなら、家の手いれ くらいはすべきだろう」「だが、みんな困っているから」「困っているのは、家中《かちゅう》ぜんたいだよ」

そのころ福井藩は、ひじょうな財政難に当面していた。うち続く凶作で年貢《ねんぐ》はあがらず、越後高田の二十四万石から、この越前福井五十余万に封ぜられて以来の、格式上の出費が嵩《かさ》むため、家臣たちは名目上にはそれぞれ食禄《しょくろく》を倍加したが、実際に下げられるものはその何分一にしか当らず、しかも年々お借上げ金さえあるので、常に備えのない家々の困窮は言葉のほかだった。そのなかで三之丞は、亡父が節倹してそくばくの現銀を遺《のこ》していってくれたのと、かれ自ら質素をきわめた生活を営んで来たおかげで、自分の家に関する限りはさして不自由をしなくとも済んだのである。それなのにかれはよく他人に金を貸した、おのれは稗粥《ひえがゆ》を啜《すす》っても、できるだけ他人には金を貸し与えた。――困るときはお互いです。そう云って、たとえふだん親しく往来《ゆきき》したことのない者にも快く貸すので、やしきもこのありさまだし、伯父の怒をも買ったわけである。

三

「それも本当に困窮している者にならよいが、どうして黒板などに貸すんだ」主水は心外だという風に云った。

「猪七郎に貸す金は、みな酒色に代わってしまう。酔えば乱暴狼藉《ろうぜき》だ。この頃は、ほとんど松丘村のお小屋には、寝泊りせぬようすだぞ」「……」「かれ独りだけではない。河普請《ぶしん》の若いれんじゅうが、かれに誘われてだいぶ夜遊びに出る。だんだん風儀が崩れてゆく模様で、折も折これではいかんのだ。猪七郎にだけはやめてくれ。黒板にだけは貸さぬように頼む」三之丞は、困ったように眼を伏せていたが、それでもやがてぽつりぽつりと答えた。「ひとに金を借りに来るのは、金に困っているからだと思う。どう遣うかということを、しらべて貸すわけにはいかない。人にはそれぞれ入用があるものだ」「ほかの者にはそれでよい、しかし黒板だけはかくべつなんだ。九頭竜川《くずりゅうがわ》の堤普請が二年越しやってもまだ埒があかぬ、松丘村の堤は、築きあげるそばから崩れてしまう。いま普請方はなにを措《お》いてもこの堤を仕上げなくてはならないんだ。猪七郎はそれをさまたげる。それでなくとも普請がうまくゆかなくてくさっている若いれんじゅうを、そのうえ酒色にさそって無気力にしてしまうんだ」「また松丘村の堤は、崩れてしまったのか」「まだ崩れはしないけれど、毎《いつ》もの例でゆくと今がいちばん危険なときなんだ、こんどだめだったら根本的に計画のたて直しをしなければならぬ、それで云うんだ」

九頭竜川は、ひがし飛騨《ひだ》の山に源を発し、大谷で伊勢川を合せ、朝日で石徹《いしと》の流を呑み、越前の野において海にそそぐ。山々の水を集める奔流は岩を穿ち谷を崩すので、その中流には奇勝の景が多く、北国の耶馬渓《やばけい》と云われるくらいだった。けれどもそれがようやく平野におけるあたりは、しばしば氾濫《はんらん》して耕地や人家を流すため、越前家では二年まえからその治水工事にかかったのである、ところが工事なかばまで来ていながら、松丘村の堤のところで、はたと行詰まった。そこは下って来る川の迂回点《うかいてん》に当っているため、入念に計算して石垣を築くのだが、九分どおりまで築きあげるときまって崩れてしまう。どうしてもだめだった。もうそこだけで、半年あまりも工事がゆき悩んでいたのである。……当時越前家は、財政難におちいっていたので、この工事には、幕府から多額の借款《しゃっかん》をしたし、そのほかずいぶん無理が重なっていた。これがもし失敗すれば、とりかえしのつかぬ禍根をのこすことになる。加地主水は、まだ二十七歳だったが、特に抜かれて普請場支配に任ぜられ、松丘村の役小屋に詰めて工事の監督に当っていた、そして黒板猪七郎は、おなじ格式をもって人事の支配役を勤めていたのである。

「普請が、うまくゆかない、若い者たちが、気をくさらせる」三之丞は、ひと粒ずつ粟《あわ》でも嚙《か》むような調子で云った。「それで猪七郎が、みんなを慰めてやるのだとは考えられないかしらん、人を使うには硬軟ほどよくあれと云うから……」「もうよい、そのもとはただ金を貸してやらなければいいんだ。それより今日は話があって来た、昨日なにかあったそうだな、今朝はやくお小屋へ母がみえた。美代を風邪のあとの保養に、佐兵衛の家へ預けに来たついでだった、それでとりあえずここへ相談に来たのだが」そうかとも云わず、三之丞は惘然《ぼうぜん》とおのれの手をみつめていた。主水は昨日の仔細《しさい》をよく糺《ただ》し、鶴所老人が怒ってだした残金を云われるままに受取って来たということを知ると、さすがに呆れて三之丞の顔をみなおした。「それを受取って来る法があるものか、それでは父の絶縁の申渡しを承知したことになるではないか」「ほかにしようがない」「どうしても入用の金ならあらためて出直すとも、その場はいちおう詫《わ》びて帰るべきだ。父の気性を知らぬそのもとでもなし、それでは執成《とりな》しがいっそう面倒になる。それで、ぜんたい美代との縁談はだめになってもいいのか、それをはっきりさせてくれ」

どうだと念を押して、ようやく三之丞から得た答は「だめになるわけはない」という言葉だった。かれはそのひと言をぶすりと云ったきりで、父とのあいだを和解させようという主水の相談にはなんの意志をも示さなかった。――この男はだんだんわからなくなる。主水はつくづくとかれを見ながら、かれのいかにもつかみどころのない態度をみながら、そう思った。――世間の者は軽侮している、かれから金を借りている者までが、あまりの好人物ぶりに嗤《わら》っている。本当にこの男は愚鈍なのでなかろうか。まわりに置いてある手桶や鉢や馬盥などが、その大小と溜《たま》っている雨水の量によって、あまだれの落ちるたびに各種各様、高低とりどりの音響を室内にふりまいている。その珍しい音楽にとりかこまれて、当の三之丞が超然と坐っているさまは、ふと見直すと奇観とも滑稽《こっけい》とも云いようのないものだった。

「また来る、これから家へまわるから」ふきだしそうになるのを堪《こら》えながら、主水は立った。

四

その日の暮れがたに、弥吉という若い農夫が三之丞をおとずれた。かれは上松丘の佐兵衛の長男である。佐兵衛の名は、まえにちょっと出たが、もと加地家の僕《しもべ》であった。数年まえ、鶴所老人がかれに土地を買って与え、妻と三子と共に帰農させたのである。また佐兵衛の妻は加地家のむすめの乳母だった。それで美代はいまでもときどきおとずれてゆき、泊ってくることなども珍しくはなかった。三之丞も、加地家との関係で、その家族を知っていた。ことに弥吉はかれの釣りがたきで、よく二人で九頭竜や足羽を釣りあるくことがある。弥吉は三之丞におとらぬ無口な若者だった。一日じゅう一緒に釣りをしながら、ひと言も口をきかずに別れることも稀《まれ》ではない。それでかえって気が合うのか、三之丞とかれとは三日と措かず往き来していた。

弥吉は、縁側につくばって挨拶《あいさつ》をした。手桶や盥の行列などは慣れているのか、眼にもつかぬようすで口重く云った。「昨日から加地さまのお嬢さまが上松丘へおみえになりました。お風邪のあとの御保養だそうで、四五日ご滞在だそうでございます」「……そうか」興もなさそうに三之丞は聞きながした。そしていつもの茫莫《ぼうばく》とした調子で、「このあいだのことはどうした」と訊《き》いた。弥吉はその細い眼をあげた。「見とどけました」「……何処《どこ》へいった」「金津でございます」三之丞は、解《げ》せぬという眼つきをした。弥吉は低いこえでひと言ずつ区切りながら、「梅庄という娼家《しょうか》へはいりましたが、間もなく武家がひとり、そのあとからひとり、ふたり来て一緒になりました」「その武士はどこの者だ」「丸岡の代官所の」云いかけて、弥吉は口をつぐんだ。三之丞の眼がふいにきらりと光ったから、それはまだかつてみたことのない凄《すご》い光りかただったから。そしてそれきり三之丞がなにも云わないので、弥吉も続ける必要がないとみて黙った。

あたりがすっかり暗くなった。家士が行燈《あんどん》に火を入れて持って来ると、三之丞は、「弥吉にも食事の支度をしてやれ」と云った。「いえ、わたくしは帰ってたべます」

「おれも一緒にゆく」「これからでございますか」「加地のむすめを訪ねてやるんだ」ああそれでという顔、弥吉は長屋のほうへさがった。

三之丞はすぐに立って、納戸《なんど》からひと束の書類をとりだして来ると、火をつけて一枚ずつ灰にした。……それはこの九十日あまりを費して、松丘村の堤がどうして築きあがらぬかを独力で調べたものだった。九頭竜を釣りあるきながら、水勢や流の方向、堤の受ける水圧、築きあげる石の畳み方など、実地に模型を作ったり、古今の治水書を参考にしたりしてずいぶん精《くわ》しく調べたのである。しかしそれは、不用なことだった。――ことによるとそうではないか。ふと思いついた疑いから、このひと月あまり別の方へ調べの手をのばしてみた。それは危惧《きぐ》ではなかった。弥吉の報告は九分どおりかれの疑を裏書きするものだった。しかもそれはへたをするとひじょうに重大な結果をきたす問題である。「誰に知れてもいけない。闇から闇へ、それも早いほどいい」三之丞はぶつぶつと呟《つぶや》き、燃えつくした灰をかきならしてから座を立った。

夕食をしまってから、いかにもかれらしくきちんと雨具に身を包んで、弥吉と共に家を出たのは、午後七時に近かった。雨の降る二里ちかい道をかれらはほとんどひと言も口をきかずにあるいていった。弥吉の持っている提灯《ちょうちん》の光がなかったら、人間ふたりがあるいているとは思えなかったにちがいない。川岸をゆかなかったからわからないが、そこは問題の松丘村の堤普請の現場よりに五丁あまりも川上に当り、うしろに永平寺の山を負った、赤松の多いしずかな村だった。佐兵衛の家は小川の流れに沿った小高い丘の蔭《かげ》で、すぐに近くに水車場があるとみえ、闇《やみ》のどこかで重々しい杵《きね》の音が響いていた。……まえぶれもなくあらわれた三之丞をみても、美代はそれほど驚かなかった。まえの日にここへ来ることは告げてあったので、予期していたというわけではない。ただかれの場合にはどんな思懸けぬことをしても「意外」という感じがしないのである……侍女と双六《すごろく》をしていた美代は、しずかにそれを片寄せていらっしゃいませと云った。「今日主水どのがみえました」そう云ってかれは坐った。

五

三之丞は、その室に四半刻《しはんとき》ほどいた。そして美代がたてた茶を喫《た》べるとそこを去った、「主水が来た」と云ったきりで、そのほかにはなにも云わなかった。十時頃になると、かれは預けてある釣道具を持って夜釣りにでかけた。珍しくも弥吉は伴《つ》れず、ただ独りで行った。……かれが夜釣りから戻ったのは、白々明《しらしらあ》けだった。魚籠《びく》は空だった。かれはべつにてれるようすもなく、四五日泊ってゆくと云い、納戸へ寝床をとらせて寝た。起き出たのは午《ひる》ころであったが、食事をするとすぐ美代の部屋へいった。

「お夜釣りにいらしったそうですが」と美代は微笑しながら云った、「たいそう御大《ごたい》漁《りょう》だったそうでございますね」「なに一尾も釣りません」みもふたもない返辞である。

あとは黙ってただ惘然と坐っているだけだった。美代は持って来た琴をおろして一曲弾いた。

夜になると、また独りで釣りにでかけ、明くる朝は小指ほどの鯰《なまず》を二尾釣って戻った。こうして四日目の晩のことだった。例によって釣道具を持ち、提灯をさげてでかけたかれは、九頭竜川の堤へかかるところで提灯を消し、そのまま堤の蔭を川下のほうへおりていった。闇のなかに、窓の燈がみえだした。河普請の役小屋である。三之丞はその燈を目測にして立止まった。昼のうちちゃんでいた雨が、夕方からまた降りだしていた。かれは雨具をいつでも脱げるようにして、堤の斜面にじっと身を伏せた。晩秋十月（新暦十一月）のことで、更《ふ》けるとかなり寒気がきびしくなってきた。かれは身動きもせず、執念ぶかい野獣のようにじっと身を忍ばせていた。……しかし、その甲斐《かい》はあった。寒さと雨を堪忍《たえしの》んだ四夜の辛抱は酬《むく》いられ、待ちに待った時がやってきた。午前一時をつげる鐘の音が、雨夜のかなたから聞えはじめると、すぐ堤の上をひたひたと人の足が近づいて来た。そして十間ほど上へ通り過ぎて止った。三之丞もおなじように堤の斜面を、その足音の止ったあたりまで戻った。堤の上では、こんこんと咳《せ》く声がした。風邪でもひいているらしい。それからやがて、川の方へ下りてゆく気配がした。三之丞は雨具で光の漏れないようにして提灯に火をいれ、しずかに堤の上にあがった。……そこは川の迂回点で、大量の石をなんど築きあげても崩れてしまう難所だった。今はその六回目の工事がほとんど完成しかかっている。三之丞はそこへ近寄ってみた。道の上に大小が雨具に包んで置いてあった。かれはそれを取りあげ、再び元の斜面へ戻った。

堤の向う側の石の防壁で、なにかしている物音が聞えた。石と金属との撃合う音らしい。しかし間もなく音はやんだ、そしてこんこんと咳く声が、堤の上へあがって来た。「おやっ」という低い声が聞えた。刀が無くなっているのに気付いたらしい。三之丞は、しずかに立って堤の上へあがった。

「刀ならおれが預っている」

「………」相手はほとんど仰天した。本能的にとびかかろうとしたが、提灯の光でそれが平山三之丞だと知ると、もういちど驚いて踏みとまった。それは黒板猪七郎だった。釣道具をぶらさげ提灯を持った三之丞の恰好《かっこう》は、猪七郎には常にもまして愚鈍にみえたのである。

「なんだ、黒板か」三之丞は、枯木の枝でも折るような口調で呟いた。「こんなところで、誰かと思った」「堤のようすを見に来たんだ。きさまだから云うが、……いや云ってもしようがないか」「なぜ、どうしたんだね」

「これはごく内密な話だが」三之丞から刀を受取り、腰に差しながら、猪七郎は低い声で云った。「この堤が九分どおり築きあがると崩れる。半年あまり築き直すことこんどで六回だ。おれは役目の責任としていろいろ原因を調べてみた。そしてある疑をもった、ある疑を。どうしても、そのほかに原因は考えられないんだ」

「…………」三之丞は黙っていた。

「それは、誰かが河普請の邪魔をしているのではないか、築きあげる石を、誰か秘《ひそ》かに崩しているのではないかということだ」話がわかるのかどうか、三之丞はうんともすんとも云わない。猪七郎は舌打ちをしたが、途中でやめることもできずに続けた。

「それでおれはこの二十日あまり、毎晩そっと此処《ここ》へ来て見張っていたんだ。だから突然きさまがあらわれた時には、てっきりその曲者《くせもの》だと思ったぞ」

「おれも、そう考えた」「なんだって」「誰かが、堤を、築きあげるそばから、そっと崩すにちがいないって」

猪七郎は、呆《あき》れて眼をみはった。

「これは驚いた、きさまでも物を考えることがあるのか」

六

「だが、それでは訊くが」と猪七郎は続けて、「ぜんたい河普請《ぶしん》の邪魔をするやつは何者だと思うか、なんの必要があって邪魔をすると思うんだ」

「そのもとはどう思う」

「おれか、おれはだいたい見当がついている。つまり普請が延びればそれだけ自分の利益となるやつだ。作事奉行から出る資金をかすめるかもしれぬ。材料の買上げに賄賂《まいない》をとるかもしれぬ。いずれにせよ普請を延引させて、おのれの私慾《しよく》を満たすやつがいるんだ。おれは、そいつのすることにちがいないとにらんでいる」

三之丞は黙って聴いていたが、やがてぽつりと呟くように、「おれは、少しちがう」と云いだした。「誰かが河普請の邪魔をしているのはたしかだ。そのところは同じだが、なんのためにそんなことをするか、そこの考えかたがちがう」

「どうちがうんだ」

「おれは御家の歴史を考えた」

「……なんだ」

「越前家は、御不幸なお家柄だ。浄光院さま（三河守《みかわのかみ》秀康）は神君の御二男におわしながら、御父子のおん仲はことのほか冷やかであった。御幼年にして豊臣秀吉の御養子とならせ給《たも》うたが、しばしば命も危き場合、神君には『秀吉にくれたる子なり、生かすも殺すも我の知るところならず』と仰《おお》せられたとある」

「おいおい、馬鹿の一つ覚えもいいが、なんのためにそんな古い話をもちだすんだ」

「また先殿《せんとの》入道一狛さま（三河守忠直）はおん身持よろしからずとて、六十七万石の大守を御改易、いまに至るも流謫《るたく》のおいたわしきお身の上だ。……このように、越前家はつねに御宗家よりにらまれて来た。そして、いまもにらまれている」

「おい、きさま穏かならぬことを云うぞ」

「おれはそう思う。このたびの河普請には藩でも無理をしているし、公儀からもかなり多額の借款をしたそうだ。もしこれが失敗に終るとすると、……越前の家政不取締りという譴責《けんせき》があるやもしれぬ。いや、必ずある。なぜならば、……それがこの堤の築きあがらぬ原因だからだ。公儀は越前を憎んでおられる。入道さまはまだ御存命だからな」

あまりに重大な言葉だった。猪七郎はひきつったような眼で、おそらく恐怖をさえ感じている眼で三之丞をねめつけた。「しかし、だが、どうしてそんなことを考えついたんだ」

「ある男が」と三之丞は重たく云った。「丸岡の代官所と慇懃《いんぎん》を通じている。しばしば金津で密会している。そしてその男は、深夜この堤へ来て、石の防壁の楔《くさび》を抜いた」

「…………」

「おれはその男を知っているよ」

喉《のど》のひき裂けるような叫びと共に、抜きうちの大剣が提灯の光を斜に截《き》った。どちらがどう動くかわからなかった。まるい提灯のあかりが二三度はげしくゆれ、人影が踢《かが》んだり伸びたりした。地の上で雨水のはね飛ぶ音がし、つづいてからりと大剣が地に落ちた。そして、一人がつぶてのように逸走したが、風をきって投げられた釣竿《つりざお》に足をとられ、しぶきをあげながら顚倒《てんとう》した。足でも挫《くじ》いたのか、はね起きようとしたが、あっと苦痛の叫びをあげ、そのまま水溜《みずたま》りのなかへ両手をついて、息も絶え絶えに喘《あえ》いでいた。……提灯を持って、三之丞がしずかに近づいて来た。

「どうした、立てないのか」「…………」「足でも傷めたのなら、おれが肩を貸してやる、さあ立って行こう」「……斬《き》れ」猪七郎は絶望的に叫んだ。「もう生きているつもりはない、この首を斬れ」「それはだめだ」三之丞は、いつものまだるこい調子で云った。「黒板猪七郎のからだには、代官本多甲斐守の糸がついている。斬れば斬ったことで、御家に瑾《きず》をつけるもとだ」「では、……どうしようというんだ」

「そのもとが自分で切腹するんだ。酒色に溺《おぼ》れて借財を重ね、役目を怠った責をひくと、自分の手で遺書を書いたうえ腹を切るんだ」

「おれがいやだと云ったらどうする」

「承知するよ。だって、……おれが承知させずにはおかないもの」

猪七郎は苦痛でひき歪《ゆが》む顔をあげ、ほとんど嘆賞するように三之丞をみた。

「それが、きさまにできるというのか」

「できるさ」かれはしずかに答えた。「おれは愚鈍な生れつきだ。けれど愚鈍にはまた愚鈍で取得がある。『愚の努むるは、堪能《たんのう》の足らざるより善し』というじゃないか。おれは何事でも、ゆっくりと念をいれてやるのが好きだよ」

七

雲は重いが、雨はあがっていた。お弓屋敷のはしにある黒板の家は、朝になったのに門をかたく閉していた。……奥の居間では、白装束に着替えた猪七郎が、覚悟のきまった顔で、微笑さえしながら三之丞と話していた。「そうだ、幕府は越前家を憎んでいる」かれは告白するように云った。「幕府が憎んでいるというより、閣僚たちの遠謀だというほうが当っている、ともあれ幕府はその権威と基礎をかためるために、まず親藩を槍玉《やりだま》にあげようとしてあせっているのだ。水戸も、紀伊も、尾張も同様だが、忠直さまのことがあるので越前は最も危い。……おれはしくじったが、安心はならん。いいか、これがおれの置き土産だぞ」三之丞はただうなずくだけだった。「しかし、ぜんたいどうしておれに見当をつけたんだ。おれは随分ぼろを出さぬように苦心したつもりだが」

「なに、ごくわかりきったことだよ」にこりともせずに三之丞は答えた。「それはね、そのもとが不必要な金を借りに来たからなんだ」「不必要な金とはなんだ」「そのもとには、代官から金が来ている筈《はず》だ。金には困ってはいないんだ。けれども下役どもを饗応《きようおう》するために、その金の出どころを作らなければならない。つまり金はいらないが、金の出どころが入用だったんだ」「それがきさまにわかったのか」「おれは人にかなり金を用立ててきた。だから借りに来る者のようすをみれば、のっぴきならぬ金か、それともさして必要のないものかは見当がつく、……そのもとはさして必要ではなさそうだった、しかもあんまり借り方がはげしすぎた。これを不審に思わないとしたら、思わない方がふしぎだよ」「たったそれだけのことなのか」「そうだよ、白紙の上についた汚点《しみ》は、どんなに小さくとも眼につくからな」

猪七郎はおのれを嘲《あざけ》るように苦笑し、しずかに衿《えり》をくつろげた。「越前五十二万石へ、槍をつけ損じた、のるか、そるか、一期《いちご》のやまを張ったのだが、そしておれの出世の席はもうできているのだが」「から、ま、わ、り、だったね」そう云って三之丞は立った。「どうする、切腹を見届けてゆかないのか」「ああ、すこし辛《つら》すぎるから」

猪七郎の顔色がさっと変ったようだった。そのひと言によほど心をうたれたらしい。かれは三之丞が出てゆく背へ、思わず「平山」と呼びかけた。三之丞はふりかえった、ふたりの眼はひたとくい合った。呼吸五つばかり、そして三之丞はしずかに庭へ下りた。

九十九橋のしもの自分の屋敷へ彼が帰ると、そこには加地主水が落ち着かぬようすで待っていた。そして三之丞をみるなり、「どうしたんだ」ととびつきそうなようすで云った。「釣りにいったまま帰らぬ、溺れでもしたのではないかと佐兵衛から知らせが来て、いま八方へ手分けをして捜していたところだ。いったいどうしたというんだ」

「どうって、釣りをしていたよ」

「しかしどこを捜してもみつからぬと云っていたぞ。どこにいたんだ」

「比野川へいってみた。九頭竜はもうだめだよ」かれは超然と云った。「考えてみたら、ながい河普請で魚なんかいなくなっている、それに気がつかなかったものでね」

主水は走っていって、家士たちに三之丞の帰宅を知らせろと命じた。そして戻って来たときには、幾らか気がしずまったようだった。

「とにかく無事なのはよかった。しかしそれよりも、まずいことができたぞ」

「…………」「佐兵衛から使が来たので、そのもとがもう三日も上松丘の家に滞在していたことが、父にわかってしまった。美代と同じ家に寝泊りしたというので、あれに瑾がついたとひどく怒っている。このほうが問題だぞ」

「そんなことはないさ」

「どうしてそんなことがないんだ」

それがわからないのか、というように、三之丞はまじまじと主水をみて云った。

「だって、許嫁《いいなずけ》同志が三日三夜も同じ屋根の下にいたんじゃないか、伯父上がいくら婚約は破談だといっても、もう世間がゆるさなくなったわけだ。だから、もうなにも問題などはないんだよ」

そうだ、やはり愚鈍ではなかったんだ。そう思いながら、けれど主水はしばらくなにも云えずに、三之丞のとぼけたような貌《かお》をみつめていた。


（「講談雑誌」昭和十八年十一月号）

明暗嫁問答

養　子

備後《びんご》のくに福山藩、阿部伊予守《いよのかみ》十万石の国家老に高滝勘太夫という老人がいた。食禄《しょくろく》は千石、年はその時五十歳で、六年ほどまえに妻に先立たれて以来、屋敷には女の召使をひとりも置かず、男ばかりの殺風景な暮しをしている。

不幸なことに実子がなく、江戸詰めで勘定奉行を勤めている弟の高滝源左衛門に、直二郎という二男がある。それを養子分にしてひきとり、近々うち跡目を譲るはこびになっていた。

はじめ養子のはなしが出たとき、源左衛門から、「直二郎は思わしくないから三男の松之丞にして貰《もら》いたい」と云って来た。云いかたがどうも奥歯に物の挟《はさ》まったようなぐあいなので、人を介してようすをさぐると、直二郎は男ぶりもよし武芸も学問もすぐれている上に、誰にも好かれる人がらで、家中の人気をひとりで背負っている。直二郎のいるところでは決して荒い言葉の出たためしがないし、いつも和気靄々《あいあい》と笑いごえが絶えない。眼から鼻へぬけるような利巧な性質だが、お先ばしりをせず、なにかあるとすぐ縁の下の力持ちをひきうける。そういうわけで、「思わしくない」どころか、またとない養子だということがわかった。

勘太夫はさっそく、「こっちは、直二郎にきめてある、すぐに直二郎を、こっちへよこせ、直二郎のほかには、松も杉もいらん」直二郎、直二郎と、直二郎を二十遍も書いた手紙を送った。

源左衛門からは折返し返事があった。「こうなったら正直に云うが、実は直二郎は惜しくて手放す気になれない、親にとってどの子が可愛《かわい》いということはないが、あれだけは格別である、直二郎がいるためにいつも家の中が明るく、不快な事があってもあれの顔を見ると気が晴れてくる、こううちあけて頼むからどうか三男の松之丞にして貰いたい、兄上は盆栽がお好きだから松之丞は名前だけでも似合いだと思う」こういうことが書いてあった。

勘太夫はたいへん肚《はら》を立てた、老人は癇癪《かんしやく》もちで強情がまんで定評があった、自分では、「曲ったことが嫌いだからつい肚を立てる」というが、自分のほうがときどき曲るのには気がつかない。「兄上は盆栽がお好きだから」という文字を見て老人ぐいと曲ってしまった、大曲りに曲ってしまったのである。「盆栽が好きだから松がいいだろうとはよけいなおせっかいである、そんなら釣が好きならどうする、碁が好きなら碁石でも貰うか、つまらないことを云うもんじゃない」自分のほうがよっぽどつまらないことを云う、「……おまえは勘定奉行だから子をくれるにも勘定高いのだろうが、人に遣《や》るなら自分が惜しいほどの子をすすめるのが当然ではないか、これ以上つべこべ云うと兄弟の縁を切るからそう思うがいい、だが直二郎だけはすぐによこせ」あらましこんな意味の手紙を遣った、こういういきさつがあったのち、直二郎を福山へひきとったのであった。

勘太夫は、直二郎が五歳ほどのときいちど会ったことがある。色の白い、眼のくりくりとした顔だちで、頓狂《とんきょう》なことを云って笑わされた記憶があった。以来殆《ほとん》ど二十年ぶりの再会であるが、幼な顔のそのまま残った明るい眉《まゆ》つきで、こちらを見るといきなりにこっと微笑されたときは、勘太夫われ知らず、「儲《もう》けた」と思ったくらいである。これは儲けものをした、源左衛門がくれたがらなかったのもむりはない、これは大した拾いものだ、そう思ってひじょうに気をよくしたのであった。

勘太夫は若い頃に江戸邸で用人を勤め、酒も呑《の》むし遊里などへも旺《さか》んに出入りして、ひとさかり家中での「通人」と云われた過去をもっている。それで若い者の気持はよくわかる積りで、福山でも時おり青年たちを伴《つ》れて遊ぶことがあった。年代が違ううえに老人の遊びは江戸仕込みだから、福山の青年たちには迷惑なことが多く、二度か三度つきあうとたいてい御免を蒙《こうむ》った。勘太夫は理由を知らないから、「少しは遊びも知らなければ人間いちにんまえにはなれない」などといい気なことを云っていた。妻に死なれてからはぴったりやめたが、直二郎が来て暫《しばら》くすると、久しぶりに彼をつれて出かけた。

「老職ともなるには堅いばかりではいけない、世間の表裏、人の心の虚実、硬軟緩急よく周囲に処する法を知る必要がある、それにはときおり遊ぶがいい。溺《おぼ》れたり乱れたりしてはいけないが、節度を守って遊べば教えられることが多いものだ」こういって、芦田河畔にある料亭へつれてゆき、自分の養子として紹介した。「どうだ、こういう世界も悪くはあるまい」座ができて、おんなたちも揃《そろ》って、ご自慢の荻江《おぎえ》節《ぶし》などを披露すると、老人はそう云ってきげんよく甥《おい》の顔を見た。直二郎は例のくりくりとした眼をなにやら眩《まぶ》しげに細めながら、「はあ、なかなか結構なものでございますな」などと神妙なことを云っていた。こうして約一年ばかり経《た》った。そして勘太夫の溜息《ためいき》をつく番がまわって来たのである、「持たぬ子に苦労はせぬ」と溜息をつく番が……。

金の行方

「伯父上、少々銀子を頂かして下さい」

はじめは正面からそう云いだした。僅《わず》かな額だったので黙って出して遣ったが、三度、五たびと重なるのでそろそろ眉がしかみ始めた。なんに遣うのだと訊《き》くと、にこっと笑う、憎げというものの少しもない、明るく冴《さ》え冴《ざ》えとした顔で、こっちの眼を真正面に見ながらにこっと笑う、この笑い顔を見せられると、せっかくしかんできた眉が思わず解けそうになる、そこで慌《あわ》ててむりにむずかしい顔をする。

「花むらのほうは節季になっておるし、そう金の入用はない筈《はず》ではないか、むろん男が世間へ出れば眼にみえない出費があるものだ、遣らぬとは云わないが用途を申してみい」

「人間は疲れたり飽きたりすると欠伸《あくび》の出るものでございます」直二郎はにこにこしながら妙なことを云いだした、「御用部屋で事務を執っているときなど、どうにも欠伸が出そうでやりきれなくなりますと、江戸邸では立っていって廊下で欠伸をすることになっております、福山ではいかがでございますか」

「どうだか知らんが、廊下へ欠伸をしにゆくので金が入用だとでも云うのか」

「そうではございません」直二郎はおちつきすましていった。「事務を執っていて欠伸は不作法ですから廊下へ出てやります、そのときどうして立つのだと訊かれましても、かようかようなしだいで欠伸をしにまいるとは申し兼ねます、また上厠《じょうし》など致すばあいでございましても」

「よしよしわかった、つまりひと口にいうと金の用途は云えないと申すのだろう」

「いや申上げられないのではございません、ただ申上げにくいのです。伯父上のお耳に入れるほど重要なことでもなし、却《かえ》ってそんなつまらぬことを一いち聞かせるなどお叱《しか》りを受けそうでございますから」

「……ふむ」老人は単純だからこういう風にうまくもちかけられるとつい折れてしまう、「では宗兵衛に申して持ってゆくがいい、しかしあんまり欠伸をしに立って貰わぬほうがいいな」

今後は控えますというがまた暫くするとねだりかける、なにしろその呼吸がすばらしくいいのだ、まるで剣術の気合といった感じで、こっちの隙《すき》を巧みに捉《とら》えてはずばっと斬《き》り込んでくる。例えばきげんよく天気の話などしているととつぜん、「いい日和《ひより》で思いだしましたが伯父上、またひとつ銀子を頂かして下さい」と始める。江戸で火事があって三万人も焼けだされたそうだ、そんな話をするとすぐ、「三万人とは気の毒ですね、ああ忘れていましたが少々また頂きたいのです、なにしろ三万人も焼死者が出るというのはたいへんでございますな、春先はよく大火のあるものですが」「ちょっと待て、三万人は焼死者ではない焼け出されたのだ。焼け出されだ、しかしそうだからといっておまえになぜ金が要るんだ」「いや焼死者には関係はないのです」「焼死者ではない焼け出されだ、おまえには焼け死ぬのと焼け出されの、ええ面倒くさい舌を嚙《か》んでしまう、いったい幾ら欲しいんだ」だいたいこんな風になって、けりがつくのである。

儲けたどころか、これはたいへんな者を貰ったぞと、勘太夫はあるとき溜息をついた。断じて遣らなければいいのだが、頭がよくて機智があって、微塵《みじん》も汚れのない愛《あい》嬌《きよう》のある顔つきで、にこっと笑いながらねだられると、つい気が挫《くじ》けて云うなりになってしまう、「またしてやられた」とあとで臍《ほぞ》を嚙み、こんどは決してごまかされぬぞと肚をきめるが、彼の呼吸はいつもその裏をかいて、まったく防ぎようのない手でくるから敵《かな》わなかった。

もちろん、そうして金を持ちだすのといっても高の知れたものだし、千石の家計からすれば、騒ぐほどの問題ではない、勘太夫が心配するのは、その金が彼の身を誤りはしないかということだった、かつて若いころ「通人」などと云われただけに、遊びの徳も知っているが害も忘れてはいない、自分がはじめに伴れ出したのだし、もう二十五歳にもなるので、いまさら「遊ぶな」とも云えず、もしや筋のよくないおんなにでも惑わされたのではないかと思うと、勘太夫は心のおちつくひまもなく、これでは早く嫁でも取るよりほかに手はないと考えはじめた。

「もうそろそろ跡目のお届けもしなければならぬし」と、老人は用心ぶかくきりだした。うっかりすると金のほうへ持ってゆかれるので、なにか云うときの老人の用心ぶかさは格別である、「おまえの年も年だから、今日は金のはなしはいかんぞ、いや話は金のことではない、年も年だから、嫁を貰おうと思うが異存はないか、金はいかんぞ」

「それはちょっとお待ち下さい」

「それとはどれだ、金のほうか嫁のほうか」

「両ほうだと申上げたいのですが」直二郎はにこりと笑う、「唯今《ただいま》は嫁のほうにしておきます、どうかそれだけは暫くお預け下さい」

「なぜ待つんだ、そうする必要があるか」

「いやともかくもそのお話は待って頂きます、いずれ伯父上にもおわかり、……えへん、ばかに暑うございますな、ちょっと水を浴びて来ます」

盆　栽

ごめんと云って逃げてゆく、うしろ姿を見送りながら、「はたしてなにかある」と勘太夫は呻《うな》った。金の使いみちと縁談を断わる原因は一つだ、これはひとつ花むらのほうを探ってみなければならん、そう思ったがおり悪《あ》しく、主君伊予守の参勤出府が迫ったので、そのほうの事務に追われてその暇もなく、つい半月あまり経ってしまった。

　こうして事務もひと片つき、ほっとして下城した日の昏《く》れ方、庭へ下りて愛玩《あいがん》の盆栽の手入れをしていると直二郎がやって来た。……勘太夫はまえにも云ったように盆栽が好きで、各種の梅、松、杉、など実生のものや、竹とか蘭《らん》科のものとか、真柏《まがしわ》、そのほか柿、柘榴《ざくろ》、梨、桃などの生《な》りものなどまで、自から丹精してかなり巧みに仕立てる、鉢も自慢で、ずいぶん珍しい品を集めているが、家中の評判はあまりかんばしくない、松なら松、蘭なら蘭という筋のとおった趣味ならいいが、仕立てるものが手当りばったりだし、柿だの梨だの柘榴だのと生りものまでやるのは品がない、あれは本当に盆栽の趣味を解してはいない、そういうのが一般の定評になっていた。もちろん相手が国老だし、忠言でもしようものならすぐ癇癪を起して、地錦抄だの、草木育種だの、石植譜だのというたね本を持ちだして来て懸河の弁を見舞われる、それで敬遠して、みんなみごとだおみごとと褒めるばかりだから、だから老人すっかり天狗《てんぐ》になっているというわけだった。

「伯父上もうお下《さが》りでございますか、御出府の調度万端おとり済みとのことで御祝着を申上げます」直二郎は心から祝うように、そう云いながら側《そば》へ寄って来た、「これはこれはみごとにお手入れができましたな、これは蠟梅《ろうばい》でございますか」

「どれが」と老人はびっくりする。

「このずんぐりした寸詰りの木です」

「それは八重紅梅だ、それからずんぐりとか寸詰りなどという褒め言葉はない、それではまるで背の低い人間の悪口を云うようではないか」

「こちらは芙蓉《ふよう》ですね」

「芙蓉は草だ、よく見て口をきくがいい、それは木ではないか、欅《けやき》というのだ」

「ご冗談を」直二郎はにやっと笑う、「私が無学だといっても欅ぐらいはわかります、こんな小っぽけな、育ち損なったような欅があるものですか、お騙《だま》しになってはいけません」

「なんのためにおまえを騙すんだ」

「それではどこへでもいってごらんなさいまし、欅といえばよく屋敷まわりに植えてありますが、たいてい太さはひと抱えもあり、二丈も三丈も高く活潑《かっぱつ》に伸びて……」

「それは自然に生やしておくからだ、ばかばかしい。盆栽というものは二丈にも三丈にも伸びる樹をわざと小さく育てて鉢に植え、しかも自然に伸びた二丈三丈のものと同じ高さ、同じ年代の古さ、同じ樹ぶりにみえるように仕立てるのが技術だ、こっちの松、この杉、梅も桜も、みな三十年からの年代が経っている、これがつまり盆栽なんだ」

「ははあさようでございますか、するとなんでございますな、つまるところみんな片輪者にするわけですな」「あっちへいっておれ」勘太夫はそっぽを向いた、「胸がむしゃくしゃしてくる」

「やあ驚いた、向うにあるのは榊《さかき》ですね、実にいい樹ですね、こう……なんて云いましょうか、古風で、渋くって」

「えへん、えへん」老人はそこを離れた。

「渋いうえに地味で、地味な中にこう……ちょいとしたところがあって、榊というものがこんなに育つとは知りませんでした」

「いいかげんにしろ、地味な中にちょいとしたところとはなんだ、なにがちょいとするんだ、だいいち盆栽に榊などを作りはせん」

「ではこれはなんでございますか、檜《ひのき》ですか」

「こいつ、この」勘太夫は眼鏡をむしり取った、それからすぐにまた掛けた、「榊でないといえば檜かなどと、葉を見ろ葉を、それは槙《まき》だ、高野槙《こうやまき》だ、一般に槙などという木は盆栽には作りにくいものだ、それをわしが苦心してそれまでに仕立てたんだ、よく覚えておけ」

「こっちのはなんですか」けろりとしたものだ。

「う……知らん」

「はてなんだろう、こうっとああわかりました、これはご自慢の真柏です、こんどは当ったでしょう、いかがです」

「きさま当て物をしに来たのか、それが真柏ならいったいどうしたというんだ」

「してみれば」と彼はにこにこ笑う、「つまり私にも材木の、いや植木の一つや二つは、まんざらわからないこともないというわけですね、それで思いだしましたが、瀬沼さんがたいへん口惜しがっておりましたよ」

「瀬沼がなにを口惜しがっていたんだ」

「残念だが高滝どのには敵わない、自分も真柏ではずいぶん苦心したが、とうてい高滝どののようなみごとな花は咲かされぬと」

「人をばかにするな」勘太夫は赤くなってどなった、「誰がどう苦心したって真柏に花が咲くか」

「それは、それはふしぎな」

「きさまのほうがよっぽどふしぎだ、これ、こっちへ向いてみろ」勘太夫はまた眼鏡をとり、甥の顔を穴の明くほど睨《にら》みつけた、「きさま、またなにかねだる積りだな」

お　笛

「伯父上、助けてやって下さい」と直二郎は間髪を容《い》れず斬り込んだ、「気の毒な身の上の者なんです、生れるとすぐ父に死なれ、育ちざかりに母親も喪《うし》ないまして、陋《ろう》巷《こう》の塵《ちり》にまみれた有るに甲斐《かい》なき月日を送り、今また救いようのない泥沼の底へ沈もうとしております。私のちからで及ぶことならお願いは致しませんが、ぬきさしならぬ事情で」

「ならんならん、ならんぞ」勘太夫は激しく頭を振った、「どうもさっきから妙にごまをすると思ったら果してこれだ、ならん、もうおまえには騙されん、理由のいかに拘《かか》わらず鐚一文《びたいちもん》ださぬからそう思え」

「いや銀子を頂こうとは申しません、金ではないのです、金は一文も要りませんが、屋敷へひき取って頂きたいのです」

「…………」勘太夫は甥の顔を横眼で見た、これまで度たびこの手でまるめられている、金は要らないなどとうまいことを云って、うっかり安心するとしてやられるぞ、

そう思ってそっとようすを見ていた、

「屋敷へひき取れといって、その、相手はなに者なんだ」

「その穿鑿《せんさく》はあとにしましょう、唯今は伯父上のお許しが出るか出ないかが問題です、もしここでその者を突き放してしまえば、その者は世の中のどん底へ堕落して、あたら一生を地獄の責苦に遭わなければなりません、助けてやって下さい伯父上、人間ひとりを生かすも殺すも伯父上の方寸にあるのです、どうかお願い申します」

「どうもきさまの口ぶりは気になる、そんな風に云うともし厭《いや》だといえば、その人間をわしが地獄へ突き落すようなぐあいに聞えるではないか」「さすれば……」

「なにがさすればだ、たとえばひき取るとしたところが、いったい何処《どこ》へ置くところがある、今でさえ手狭で造り足さなければならぬではないか」「なに伯父上の茶室で結構でしょう」「茶室……じゃあわしはどこで茶をするんだ」

「数寄屋のほうがずっと風流だと思いますがね、あの茶室は凝りすぎていて却って俗すぎますよ、……さっきもうすっかり片付けて、お道具は数寄屋へ運んでおきました、お手数を煩《わずら》わしたくないと思いまして」

「そういうやつだ。はじめからまるめ込むものときめかかっておる」

「ご承知下さいましょうか」

「そこまで計略をかけられてはしようがないじゃないか、しかしひき取るまえにいちど伴《つ》れてまいれ、わしが会って人物を見てから」

「もう来ております」

「…………」勘太夫はうんと云った。

「お笛どのこちらへ」直二郎がふり返ってそう呼ぶと、中庭の生垣の蔭《かげ》から一人の女がつつましやかにそこへ現われた。磨きあげたような小麦色の肌、切れ長の澄みとおった双眸《そうぼう》、艶《つや》つやと余るような髪を武家風に結った、二十ばかりの美しい女である。勘太夫は眼を剝《む》いた、それからまるでびっくり箱の蓋《ふた》でも開けたように、上体をうしろへ反らし、片手を前へつき出しながら、「ひょう」というような奇音を発した。

「お笛どのご挨拶《あいさつ》をなさい」と、直二郎は構わず女へ云った、「こちらが私の伯父上です。ご身分は福山十万石の切り盛りをする国家老だが、お若い頃は江戸屋敷で御用人をお勤めになり、ずいぶんご苦労もなすった代りには遊里へも繁しげ出入りをなすって、荻江一中《いっちゅう》などは玄人《くろうと》はだしといういい喉《のど》をもっていらっしゃる、ひと頃は家中きっての『通人』という定評があったくらい、酸《す》いも甘いも嚙みわけて人情の表裏をよくご存じだ」

勘太夫は胆をぬかれた、これまでそらっとぼけていたが、なにもかも知っている、

「通人」などという名まで持ち出されようとは思わなかったので、老人すっかりあがってしまった。えへんえへんと空咳《からぜき》をしながら、慌《あわ》てて有ち消そうとしたが、直二郎はすかさず、

「こんどお笛どののことをお願い申したらひじょうなご同情で、それはまことに気の毒なものだ、すぐ伴れてまいれ、世話をして遣わそうという仰《おお》せでした、貴女《あなた》からもよくお礼を申上げて下さい」

「このたびは有難う存じました」と、お笛と呼ばれる女はしとやかに辞儀をしながら、美しい響きのある声でしずかに挨拶した、「ふつつか者でございますが、お慈悲にあまえお世話さまになります。どうぞよろしゅう」

「う、う、それはその」勘太夫まごついて脇《わき》を向いたが、がまんできなくなったとみえて、「直二郎、こっちへまいれ」といい、そのままさっさと築山《つきやま》のほうへ去った。

直二郎は女へにこっと笑ってみせ、「向うに茶室が見えるだろう、あそこへいって待っておいで、なに心配することはない、すぐ来るよ」そう云って伯父のあとを追っていった。

一年間

甥《おい》が来るといきなり、勘太夫は国老に似合わない下品な言葉を口にした。老人の名誉のためにいいたくないが、それは「このやろう」とか「ならず者」とかいった風なものだった。それから「いっぱい食わせた」の「わしをひっかけた」の「ぺてん」だのという、士君子の顰蹙《ひんしゅく》すべき言も並べたてた。これを要するに、老人は怒っていたのである。

「あれは女ではないか、このふとどき者め」

「さようでございます、たしかに女でございます、私は女でないとは決して申しません」

「女でないとは云わぬが、どことなく女でないような口ぶりだったぞ、その者はとか、ひとりの人間をとか、人物だとか、それはむろん女をその者と申すこともある、女も人間には違いない、だが世間一般に女ならあの女とか一人の娘とか申すだろう、たとえば困っている女があるとか、……ええ面倒、さい限がなくなってくる、だいたいきさまはまだ妻帯もせぬ身の上で、素性もわからぬあんな女を」

「いえ素性も身の上もわかっております」そう云いながら直二郎は逃げる身構えをし

た。「あれは新町の花むらの内芸妓《うちげいぎ》で小笛という者です」

「な、なに」勘太夫は身ぶるいをした、「げいしゃ、芸妓だと」

「芸妓は芸妓ですが」直二郎はそろそろ脇のほうへ身をずらし始める、「もとは武士の生れで性質もよろしく、気も凛《りん》として」

「こいつ、待て」

勘太夫はいきなり摑《つか》みかかった。まことに年にも身分にも似合わないふるまいである、だが老人は年や身分などにこだわっているわけにはいかなかった、もうみえも外聞もない、とっ捉《つか》まえて拳骨《げんこつ》でも食わさなければまったく肚《はら》がおさまらないのである。直二郎はひらりと体を躱《か》わし、築山の裏側へどんどん逃げだした。老人は追っかけた。体力では日頃ずいぶん自信をもっていたが、年齢の差というものはどうしようもない、老人のほうは顔を赤くして、せいせい喘《あえ》ぎながら駈《か》けているのに、直二郎は走りながら頻《しき》りに弁明していた。

「お願いです伯父上、決して高滝の名に関《かか》わるような者ではございません。この半年あまり私がよく見て来ているのです。そう怒らずにどうかひき取ってやって下さい。……もう少しかげんして走りましょうか」

老人はなにも云わずしゃにむに駈けた、築山のまわりを三遍ばかり追いまわしたが、息が苦しくなり眼がくらんできた、そしてやがて芝生の上へぺたりと坐ってしまった。

「ああ危ない」直二郎は駈け戻って来て老人の肩を押えた、「どうなさいました、どこかおけがでもございますか」

「う、うるさい、寄るな」

「冷《ひや》でも持ってまいりましょうか」

「なにが冷だ、それより直二郎」勘太夫は肩で息をしながら云った、「きさま今日までずいぶんわしの胆《きも》を苛《じ》らして来た、そしてこんどは十万石の国老たる者に芸妓をひき取れという、芸妓を、それほどきさまにはこのおれが飴《あめ》ん棒にみえるのか、直二郎、いったいこんどはどんなことを持ち出す気だ」

「実はそのことでございます」

「なにを」老人は冷っとしたらしい、「そ、そのこととはなんだ、まだなにかあるのか」

「ご存じのように、私はこんど殿のお供で江戸へまいります、一年在府するわけでございますが、そのあいだお笛をお預け申します、身近にお使い下さいまして、性質をよくごらんのうえ……」

「ちょっと待て直二郎」

「もうひと言です、お笛の性質をよくごらんのうえ、もし御意《ぎょい》に協《かな》いましたなら、私の妻《め》に娶《と》って頂きとうございます」

「とうとう云いおった、う……」勘太夫はもういちど眼鏡をむしりとった、そしてそれをまた掛け、拳《こぶし》を握って前方へつき出した、なんのしぐさかとんとわからない、要するに自分の胸中はこんな風だとでもいうのらしい、老人の額からぽたぽたと汗が流れだした。

鉢の肌理《きめ》

「ななんという面の皮の厚いやつだ」勘太夫は溜息《ためいき》をつきながら幾たびも独り言を言った。だが断じていけないとは云わなかった、それにはわけがあるのだが、それはしぜんとわかってくるだろう。……直二郎は数日して、「お預け申しました」と云って江戸へ立っていった。出立するとき彼はひと言、「お預け申しました」と云った、勘太夫は頷《うなず》いて、「たしかに預かった、しかし預かった以上、万一ゆるし難き不始末でもあったら断わりなしに成敗するから承知しておれ」と大いに威を示した。

勘太夫の積りでは、どうせ若い直二郎のことだから女に云いくるめられて当座の熱をあげているのだろう、暫《しばら》く離れていれば眼がさめるに違いない、そのくらいのことに考えていた。

　女にしても彼が高滝家の跡取りだというところに眼をつけたので、あわよくば千石の奥に直るか、そこまでゆかずとも金になると見込んでのことに相違ない、とすれば一年のあいだ監視していて、適当な時に処置をすればよい、そう思ったのであった。……お笛は茶室に独りで起き臥《ふ》しするようになった、侍も千石になると奥と表がきまっているから、多勢の家士たちにもお笛のいることはわからない、茶室は四条流の風雅な泉石を前にし、松林と竹藪《たけやぶ》とにとり囲まれた閑静な場所で、露地口から蹲石《つくばいいし》のあたりまで石で畳んである。勘太夫はよくそのあたりまでゆくことがあった。いつも独りで茶をたのしんだ癖がぬけないのである。蹲石までゆくと茶室の塞《ふさ》がっていることを思いだし、ふきげんに顔をしかめて戻るのだった。

　半月ほど経《た》った或る日、勘太夫が盆栽いじりをしていると、いつの間にかお笛がやって来て、「お手伝いを致しましょう」と云った。見るとしゃんと裾《すそ》をからげ襷《たすき》をかけ、水手桶《みずておけ》を提げている。どうするかと思って黙っていると、盆栽の鉢を一つ一つ洗い始めた。「そんなことをしたことがあるのか」

「いいえ初めてでございます」慎《つつ》ましやかにかぶりを振って微笑する、まったく芸者などしていた女とは思えないあどけなさだった、そしてその微笑のしぶりが、そっくり直二郎と同じ感じだった、直二郎の笑い癖をそのまま写したようである、勘太夫はちょっと心を誘われた、そんな感化をうけるほど好きだったのかと思って、……しかしすぐに眉《まゆ》をしかめ、ふきげんに口をひき結んだ。

「したくもないことを、きげん取りの積りでするならたくさんだぞ、わしはおべんちゃらは大嫌いだ」

「あのうここに真柏の植わっておりまする鉢は、白磁とか申すお品でございますか」

勘太夫の高調子には構わず、お笛はしずかにそう云ってふり仰いだ。やはり直二郎と同じ微笑をうかべた可愛《かわい》い眼である、勘太夫は、むりにふきげんな顔をつくった。

「白磁とか青磁とか、そうひとからげに云われてはかなわん、それは白磁の内でも饒《じょう》州《しゅう》の白といって、唐来の珍品だ」

「饒州の白、……有難う存じました」

「こっちのを見い」勘太夫はお笛を脇のほうへ伴れていった、「これは古備前物で了心の作だといわれる品だ、向うのは鉢、これは半胴という、饒州と比べてみて違いがわかるだろう、手に取って見るがよい」

「拝見つかまつります」お笛は楓《かえで》の植わっている半胴を両手で押え、美しい指でしずかに撫《な》でまわした、「さかしらを申してお恥かしゅうございますが、やはり饒州のほうが同じ白でも澄んでいるように存じます」

「それを白の秘色というのだ」

「肌理《きめ》の密かな、手触りにしっとり厚味のあるところも、やはり饒州のほうがすぐれているように存じます」

白魚をのべたような指で、飽かず鉢の肌を撫でているさまは、どうやら唯《ただ》の軽薄ではなく心からたのしんでいるようすである、勘太夫すっかり嬉《うれ》しくなってしまった。

「ではこちらを見ろ、これは薩摩《さつま》の青磁だ、色の冴《さ》えないのは瑠璃《るり》南京《ナンキン》を写したものだろう、家中にも草木いじりをする者はあるが、たいてい石台か花壇植えで、このように多く鉢を使っているのはわしくらいのものだ。それから向うに見せるものがある、ついてまいれ」

こんなわけで、老人は半刻《はんとき》あまりお笛を相手にすっかり熱をあげてしまった。

「どうもおれは人が好すぎる」その夜勘太夫はいまいましげに舌打ちをした、「あいついかにも焼物が好きなような顔をするものだから、ついひっかかって乗せられてしまった、こんなことでは性根を摑むどころか、あべこべにこっちが鼻毛を読まれるくらいのものだ、もっと要心してかからぬととんだめに遭わされるぞ」

戦いは攻めるに如《し》かずという、老人はこっちから敵の本拠へ乗り込む計略に出た。

……そして或る風の涼しい日の夕方、前触れなしに勘太夫は茶室を訪れ、茶を所望した。

薄茶

「よい新茶がはいりましたので、お恥かしゅうございますが、おはこびを願いに出ましょうと存じておりました」そう云って、いかにも嬉しげにお笛は煎茶《せんちゃ》のしたくをした、「なにもお菓子がございませんで申しわけございません、お口よごしでございます」

香り高い新茶を添えて、鉢に香物を盛ったのを出した。勘太夫は部屋の中をじろじろ眺めまわしていた、塵《ちり》もとめぬゆき届いた掃除である、床間には古風な錆《さび》着きの鉄《てつ》鉢《ぱつ》にそなれの一枝が活《い》けてあった、なかなかこころ憎い好みである、勘太夫はふんと鼻をならし、やおら茶碗《ちゃわん》を手に取ったが、そのときはじめて鉢の香物に眼をとめた、老人はしめたという顔をした、

「これは香物だな」

「はい」

「町人や農家は知らぬが、武家では茶うけに香物などということはないぞ、他人に見

られたら高滝の恥じになる、それほどのことがわからんでどうするか」

「心づかぬことを致しました、以後は気をつけまする、どうぞご免下さいますよう」

「せっかくだから今日は引かぬでもよい」そう云いながら、老人はむっとしたようすでその香物をひときれ口に入れた、「武家には色いろきびしい作法がある、それはひとつ間違うと腹をきらなければならぬほど厳しいものだ、たとえば、……この香物はそのほうが漬けたものか」

「はい、まことに不調法でございます」

「うん、うん」老人はまたひときれ取った、びっくりするほど美味《うま》いのである、勘太夫は元来が香物嫌いで、妻の存命ちゅうも、かつていちどもこれは美味いと思って食べたことがない、ところがいま食べるその香物は、歯当りといい味といい恐しく美味いのだ、しかもいかにもよく茶と調和しているので老人ひそかに舌を巻いてしまった、「ところで、つまり、そういうわけで、いや、実は直二郎がこんど出府するに当って、そのほうを妻にして欲しいと云い置いてまいった」

お笛はさっと赤くなり、両手を膝《ひざ》に置いてふかくうなだれてしまった。

「しかしいま申したとおり武家には厳しい規式作法がある、近来は商家から嫁を迎える例も無いではないが、それさえ極めて稀《まれ》なことだ、ましてそのほうのように、いちど芸妓づとめなどした体では正式の婚姻などは不可能だといってもよいだろう、しかしそれとも神かけてできないというわけではない、ないけれども直二郎は高滝家の跡目を継ぐからだ、万一にも血統の濁るようなことがあったら、祖先に対して申しわけのしようがない」

「血統が濁ると仰《おっ》しゃいますと」

「稼業《かぎょう》がらそのほうの体が潔白であろうとは思えぬからな」

「潔白でございます」お笛はしずかに顔をあげた、「十六で座敷へ出ましてから三年、ぬきさしならぬ場合も度たびございましたけれど、わたくしそれだけは命にかけて守りとおしてまいりました」

「あの世界で、そのほうの年になって、さようなことが許される筈《はず》はない」

「そのために、この一年ほどは直二郎さまにずいぶん無理なご心配をおかけしました、もしあの方がそうして下さいませんでしたら、仰しゃるとおり、今日のお笛ではいられなかったろうと存じます」

ははあと勘太夫は膝を打った、直二郎の金の用途がはじめてわかったのである、だが老人はなお冷やかに、「そのほうは口でそういうが、こればかりは証拠がないからな」と突き放すようなことを云った。お笛はきっとして老人を見た、そしてしずかな、けれどもどこかするどさのある調子でこう云いたした、「失礼でございますが、貴方《あなた》さまはひそかに殿さまを毒殺して、十万石のお家を横領しようという、ご野心をおもちでございましょう」

「な、な、な」勘太夫は眼を剝いた、「なにを云う、冗談にしても聞き捨てならぬ。なにがゆえにこの勘太夫に逆心ありと申すのだ」

「では逆心のないという証拠を見せて頂けましょうか、女の操《みさお》とて同じことでございます、このとおり潔白といってお眼にかける証拠はございません、けれど卑《いや》しい勤めをしたからというだけで、そのお疑いはあんまり悲しゅうございます」

「もういいもういい」勘太夫すっかりおどかされてしまった、「そのほうは顔に似合わぬ理屈を申すな、いずれにしても真偽は顕《あら》われずにはいないものだ、そのときまではその言葉を信じていよう、邪魔をした」

どれほどの性根があるかと探りを入れたら、思いがけぬ面を一本とられた、しかし即座に切って返した機智は褒めてやってもいいと思った。女の操、男の臣節、この二つの尊厳さに甲乙はない、お笛は巧みにそれを捉《と》えて勘太夫に二の句をつがせなかったのである。……ぞうさであった、そう云って立った勘太夫は、いつの間にか、鉢の香物をすっかり平らげているのに気づき、照れくさそうに下へおりたが、ふとふり返

った と思うと、

「そのう、あれだ」と眩《まぶ》しそうな眼をして云った、「この次も茶うけには香物をたのむ」

えへんえへんと空咳をしながら、そそくさと母屋《おもや》のほうへ去っていった。

誘 い の 手

こんなぐあいで梅雨もあけ夏もなかばを過ぎた、午後にひと雨あって、涼風とともに昏《く》れた日の宵のこと、珍しくも茶室から三絃《さんげん》の音と、一中節の渋い唄ごえが聞えてきた。……なんと、寛《くつ》ろいだ勘太夫がお笛を相手に、いいきげんで浅酌低唱をたのしんでいる、強いられて二三杯舐《な》めたお笛も、眼蓋《まぶた》をほんのりと染め眸子《ひとみ》をうるませて、たいそうなまめかしい姿をしていた。

「まあ一杯あいをせい」

「もう頂けませぬ」お笛は三味線を措《お》き、片手で頬を支えた、「こんなに顔が熱くなっておりますもの、お酌をさせて頂きます」

「いい色になったな、わしも久方ぶりで快くなった。もう唄はやめにしてなにか話を聞くとしよう。こちらへまいれ」はいと答えてお笛はすなおに膝を寄せた。

「花むらにいた頃は小笛と申したか」

「はい、本名をそのままでございました」

「わしにはまるで記憶がないが、わしの座敷へは出たことがなかった」

「いいえ度たび」と云ってお笛は微笑した。

「それは迂闊《うかつ》だったな、武家風に堅く粧《よそお》ってもこのように美しいのだから、その頃はさぞあでやかなことだったろう。どれ、こちらへ向いてよく見せてくれ」

はいと云って羞《はじ》らいながら、しかし悪びれたようすもなく、うっとりとした笑顔をこちらへ向けた。勘太夫はつと手を伸ばし、もっとこちらへまいれと云いながら、お笛の柔かい手首を握ってひきよせた。拒むかと思ったが、お笛はされるままに、いやむしろ嬉しそうに笑いながら、ずっとこちらへ凭《もた》れかかってきた。そのとき勘太夫はその握った手をとつぜん突き放し、がらっと態度を変えてするどく云った、

「お笛、このざまはなんだ、人眼のない部屋で男と酒を酌《く》み、たとえ直二郎の伯父にもせよ、男のわしに手を取られて拒まぬのみか、さも嬉しげに身を寄せてくる、それが今まで身を潔白に持して来た女の態度か」

ああとお笛は色を変えた。

「二杯三杯の酒に性根が紊《みだ》れ、前後を忘れてあらわした本性見届けたぞ」

「………」お笛は崩れるようにそこへ両手を突き、ながいこと肩で息をしながら黙っていた、それからやがて低いこえで、

「恐れいりました」と消え入るように云った。

「初めからお計りあそばしたものなれば、今さらなにを申上げてもおとりあげはなさりますまい、けれど本性を見たという言葉について、ひと言だけ申上げたいと存じます」

「云いわけなど聞くまでもないぞ」

「ただお聞き捨て下さいまし」お笛は顔を伏せたままこう云った、「直二郎さまからお聞き及びかとも存じますが、わたくし二歳のとき父に死なれ、母にも七歳で死なれました。父は越前家に仕えておりましたそうで、浪人してからは旧友を頼って御当地へまいり、馴《な》れぬ賃仕事などでかつかつ暮しておりました、両親に死別しましてからは相い長屋の松造という人にひきとられ、十一の年まで育てて貰《もら》ったのでございます、その人には妻もなく左官の手間取りなどをして、ずいぶん貧しい暮しでございましたが、心はごく親切で、ことにやさしく世話をしてくれました、けれども松造どのに、長吉という息子が一人いまして、生れつきでございましょう、仕事というものをてんでせず、父親の稼《かせ》ぐ金をせびっては、悪い仲間と家を外に遊びあるくという風でござ

いました、わたくしが十四歳の秋のことです、松造どのが、普請場《ふしんば》で怪我をして帰り、そのまま病床につくようになりますと、長吉はにわかに兄ぶったようすになり、養い親が医薬の代に困っているのだ、これまでの恩を返すつもりで云うことをきけと申し、わたくしを花むらへ売ったのでございました」お笛はそこで言葉を切り、やや暫《しばら》く息をととのえていたがやがて、しずかな声でこう続けた、「……けれど、わたくしの申上げたいのはそんなことではございません、自分は武士のむすめだ、父の名を汚してはならぬ、そう思いまして、どんなに必至な場合にもかたく誓いを守ってまいりました、そういう日々、わたくしは胸のなかでいつも亡《な》き父母に呼びかけ、そのおもかげを唯一つの頼りに、辛《つら》い時をきりぬけて来たのでございます、悲しかったのは、母の顔こそ幼ない記憶でかすかに思いうかびますけれど、二つのとき亡くなった父の顔は、どうしても思いだすことができませんでした、……せめて顔を見覚えるまで生きていて下すったら、そう思っては泣き泣きしたものでございます」

父　の　顔

「こちらへひき取って頂きました日、お庭で初めて貴方さまにお眼にかかりましたとき、どういうわけでございましょうか、ふいに貴方さまが自分の父のように思われ、かなしいほどお懐《なつか》しくて胸がいっぱいになりました、……そういう気持で、ご迷惑とは存じながら、盆栽のお手入れのお邪魔を致しました、いつぞやお茶をいれましたときも、菓子が無かったのではございません。貴方さまを父と思うひそかな甘えから、へたながら丹精して香物を作りました、召上ってひとこと褒めて頂きたかったのでございます、……いつかは父上とお呼び申したい、覚えてからいちども口にしたことのない『父上』という名を呼んで、叱《しか》られもし甘えてもみたい、……常づねそう思っていたからでございましょうか、いまのお戯《たわむ》れをお許りあそばすとは思いもよらず、まことの父に手を取られたような嬉しさ、まことの父から愛されるような嬉しさに、つい前後を忘れまして……」

そこまで云うとお笛は堪《たま》り兼ねたのだろう、両手で面を掩《おお》いながら泣き伏してしまった。勘太夫はいつか坐り直していた、だらしのないはなしだが、さっきから酔いも醒《さ》め、鼻がきな臭いようなぐあいになってきたと思うと、涙がこぼれそうで進退に窮した。さいわいお笛が泣き伏しているので、すばやく指の先で涙をはじきとばし、大変無理な威厳をつくりながらこう云った。

「泣くことはない、唯今のは酔ったまぎれの冗談だ、はっはっは、それを本当にして泣くやつがあるか、わしを見ろ、このとおり笑っておる、もう泣くな、勘弁しろ」

とうとう謝ってしまった、「なにしろそういうわけだから、とにかく、そこでそのまたひとつ香物を出して貰おうかな、肴《さかな》の口を直してもう一盞《さん》馳走になろう、すっかり酔いが醒めてしまった」

なにかちょっかいを出すたびに負けてしまう、こんどもまんまと敗北したが、勘太夫はきげんがよかった。そして、「直二郎めさすがに眼が高いぞ」などと思いながら、気持よく飲みなおして母屋へ帰った。勘太夫が去ったあと、お笛は暫くぼんやりと灯を見ていた、胸に秘めていた恥かしい身の上を、初めて精《くわ》しく聞いて貰った、撫《な》でられるような快い疲れに、ただ茫然《ぼうぜん》と我れを忘れていたのである。……しかし更《ふ》けてゆく夜のしじまを縫って、虫の音の冴《さ》えわたるのを聞きつけると、ようやく人ごこちがついたように体を起し、そのあたりを片づけにかかった。

膳部や敷物を片づけ終ると、そこに勘太夫の莨入《たばこい》れがあるのをみつけた、忘れていらしったのだ、そう思って拾いあげようとしたときである、庭口でことんと戸の音がし、誰かすっとはいって来る者があった。

「どなたさまでございます」お笛はそう云いながらふり返った。

一人の男が、行燈《あんどん》の光のなかへぬっと姿を現わした、盲縞《めくらじま》の長袢纏《ながばんてん》に細い平ぐけ、手拭《てぬぐい》で頬冠りをしている。どうしたってこの屋敷にいる人間ではない、お笛は濡縁《ぬれえん》の障子のほうへ眼をやりながら、いざといえばそこが逃げ口と見当をつけた。

「お笛、久しぶりだったな」男は端折《はしょ》っていた裾《すそ》をおろし、頬冠りをとった、「おれだよ、まさか忘れやあしめえなあ」

「ああっ、おまえは長吉さん」

「兄さんとは云わねえのかい、へっへ、おらあずいぶん捜したぜ」そういいながら、男はずっかとそこへあぐらをかいて坐った、「なにしろおめえには元手が掛ってる、七つの年から孤児になって、飢死もし兼ねないところを親父《おやじ》が拾いあげ、おれも妹のように可愛がって育てた、ようやく丈も伸び愛嬌《あいきょう》もついて、これからちっとは恩返しもして貰おうというときに、いきなり後足で砂を蹴《け》るようなどろんだ、だがなあお笛、天道さまは見とおしだ、百日余り足を摺子木《すりこぎ》にしたお蔭《かげ》で、ようやくここととつきとめて来た、お笛、こう云うからにあおめえだってもうじたばたしやあしめえ、早いとこ出掛ける支度をしてくんな、おらあこの頃めっきり気が短くなっちまった」

「お断わり申します、わたくし小父さまにはご恩になりました、小父さまにはどんなことをしてもお返し申さなければならないと思いますけれど、小父さまの亡くなった今、あなたにはなに一つ云われる義理はございません、どうか帰って下さいまし」

「侍屋敷に飼われてたいそう気が強くなったな、こっちもなが居はしたくねえのだ、さあ早く支度をするがいい、更けると外は物騒だぜ」

「たとえ殺されても、お笛はここを出は致しません、早くお帰りなさいまし、さもないと声を立て人を呼びます」

「やってみな」長吉はにやりと嘲笑《ちようしよう》した、「人の来るのが早いか、おれがおめえを担《かつ》ぎ出すほうが早いかためしてみよう、お笛、じたばたするなよ」

そう男が云って立上るとたん、お笛は身を翻《ひるが》えして障子をひき開けた。するとそこに、勘太夫が立っていた、お笛も驚いたが、長吉の驚きはいっそうである、彼はあっと云ってとびあがろうとした、しかしさすがにその道の者だ、もう逃げてもいけないと思ったのだろう、眼を光らせてにたりとふてぶてしく笑うと、そこへどっかと大あぐらをかいた。

「夜更になにを騒ぎおるか、見苦しいぞ」勘太夫はそう云いながら入って来た、「そこにいる男、そのほうはなに者だ」

「あっしでございますか、へっへ、あっしはこのお笛の亭主でございます。どうかよろしくお見知りおき願います」

「お笛の亭主……」勘太夫はしずかに畳の上から莨入れを拾った、「たしかにお笛の亭主に相違ないか」

玉の肌

「亭主と申しましても、へっへ、こういう境涯の人間でございます、なにも人別帳に書くほどはっきりしたものではございません、いってみれば情人とでも申しましょう。へえ、もう三年このかた夫婦同様の仲でございます」

「嘘《うそ》でございます」お笛は顔をひきつらせて叫んだ、「これはさきほど申上げました長吉という男で、わたくしが十四の年から絞れるだけ絞ってまだ足らず、あげくの果には長崎とやらへ売ろうとまで致しました。その危ういところを直二郎さまに救って頂いたのでございます」

「そのとおりでございます」と、男はやっぱり笑いながら、「あっし共の世界では、女房が亭主のために苦労するのはあたりまえ、ちっともふしぎはないばかりか、それこそ二人が夫婦だという証拠でございます、それに旦那、こうしてあっしがこの寝所へ忍んで来るのは今夜が初めてじゃあございません。こいつの手引きで、三日に一度は必ず逢いに来ていたのでございます」

「おまえは神さま仏さまが怖くはないのか長吉さん」お笛はふるえ声で叫んだ、「そんな根も葉もないことを云って、どれだけお笛を苦しめるお積りだ、おまえはそれでも人間の心をもっておいでなのか」

「白じらしいことを云うな、それじゃあなんだな、おれとこちらの旦那と金の天秤《てんびん》にかけて、そろそろ牛を馬に乗替える気になったのだな」

「黙れ、黙れ」勘太夫はしずかに制した、「そのような問答はいくら聞いても役には立たぬ、お笛、こちらを見い、……わしはそのほうを信じておる、だが、この場合わしが信ずるだけでは事が済まぬぞ、そのほうはやがて直二郎の妻になるべき身だ、相手がたとえ破落戸《ごろつき》にもせよ、不義があったと申す以上、はきとした申しわけが立たねばならぬ、おちついて、よく思案したうえ、証《あかし》があれば立ててみせよ」

「はい……」お笛はじっと勘太夫を見あげた、勘太夫の眼も熱いものを含んでお笛を見おろしている、二人の心はそのときぴったりと触れ合った、勘太夫の眼はお笛に勇気をつけ、しっかりしろと励ますように見えた。お笛はそれを縋《すが》りつくように見あげていたが、やがて「申上げます」としずかに口を切った。

「どのようなことがあっても、こればかりは口外にすまいと思っていたのですが、女が一生に一度の大事。ほかに証の立てようがございませんので、お恥かしゅうございますけれど申上げます。わたくし、直二郎さまとは末の約束までとり交わしました、それから半年あまりになりますけれど、唯《ただ》のいちども閨《ねや》をともにしたことがございません、未来を云い交わした直二郎さまとさえ、潔白でございますのは、わたくしの体にとのがたと肌を触れることのできない病気があるからでございます」

お笛がそこまで云うと、長吉はせせら笑ってなにか口を出そうとした、お笛はそれを遮《さえ》ぎるようにこう云った。「それは十四の冬からでございますが、左の乳房の下に腫物《はれもの》ができました。初めは小さかったのですが半年あまりするうちに大きくなり、今ではちょうど赤児の頭ほどございます、ずいぶんお医者にも療治をして貰いましたが少しも験《げん》がなく、この春さきでございましたか、御藩医の大橋準曹さまに診て頂きましたところ、腫物は胎瘡《たいそう》とか申しまして、二十二歳までは治らないというお診立てでございました、膏薬《こうやく》を塗り綿で押え、晒《さら》し木綿を一丈も巻きますので、人さまには匂《にお》いませぬが、自分ではこうしていましてもむかつくほど臭うございます、からだにこういう悪腫《あくしゅ》のあるわたくし、誰に限らず肌を触れるわけがございません」

「へっへっへ、なにかと思やあそんなことか」長吉は冷かすように云った、「それじゃあなんだな、おれが毎晩のように、膿臭《うみくさ》いのをがまんして、膏薬貼《は》りや晒し巻きをしてやったことは忘れたとでもいうんだな」

「仕て貰わないことを覚えている筈《はず》がありますか」

「夫婦なんてものはそんな薄情なものじゃあねえ、おれが冬の寒い晩に膏薬を練り、綿を延ばして上からあてがい……」

「嘘です、そんなことはいちどもありません」

「そうどなってもいけねえ、現に本人の亭主がこうして云ってるんだ、幾らどなったって人さまが承知するものか、ねえ旦那そうでございましょう」

「よろしゅうございます、それほどたしかに手当をしてくれたというなら見せましょう、……貴方、ごめんあそばせ」

お笛は勘太夫に会釈《えしやく》してしずかに衿《えり》を寛《くつろ》げ、両手を袖《そで》からふところへ入れたとみるや、思い切ったり、するすると帷子《かたびら》の肌をぬいだ、小麦色のひき緊《しま》った膚《はだ》は、まるで磨きあげたように艶《つや》を帯び、あらわな肩から胸は誇らかにかたく、しかも弾力をもって盛り上る双の乳房まで、一点の瑾《きず》もない眩《まぶ》しいほどの美しさだった。お笛はしずかに勘太夫を見た。

「この男は腫物の手当をしたと申します、どうぞごらん下さいまし、女が生涯の良人《おっと》に捧《ささ》げる大事なからだ、蚊にも刺させず大切にしてまいりました、腫物はおろか針で突いたほどの瑾もございません、これで不義をせぬという証が立ちは致しませんでしょうか」

「たしかに見届けた、長吉とやら」勘太夫はつと刀へ手をかけた、「おのれ逃がさんぞ」

悪人だけに見切りは早かった、老人の手が刀へかかったとたん、行燈を蹴倒してぱっと横っ跳びに、開いている障子から庭へと鼬《いたち》のように消えていた。

「顔は見覚えたぞ」老人は暗闇のかなたへそう叫びかけた、「命が惜しかったらそのまま城下をたち退《の》け、福山にうろうろしておると搦《から》め捕って打首にするぞ」

すっかり元気をとり戻したとみえ、勘太夫の声はすばらしく高く、夜の空気にりんりんと響きわたった、顔も明るく、眼も活き活きとしてきた。お笛が倒れた行燈の始末をして燭台《しょくだい》に火をつけた、老人は坐り直し、むしろ感謝するような調子でしみじみと云った。

「あっぱれだ、どうするかと実ははらはらしておったが、みごとな気転でよくきりぬけてくれた、あそこまでひき込んでいった手際《てぎわ》はりっぱな判官《ほうがん》と申してもよかろう、正直に云うとわしまで事実と思ったからな」

「女の身であられもない、大切な肌をあらわに致したりしまして、なんとも申しわけがございませんでした、お慈悲でございます、どうぞお忘れ下さいますように」

「それを許すか許さぬは直二郎の考えひとつ、わしの関《かか》わるべきことではないようだ、しかし心配するには及ばぬぞ、女の操に瑾がつくかどうかの瀬戸際、あのような場合には例え秘すべき肌をあらわしても、あとくされのないようきれいに始末をつけるのが第一だ、これでそなたの潔白はゆるぎがない、こんどこそわしも安心することができたぞ」

「そう仰《おっ》しゃって頂いて生き返りました、わたくし……苦労して来た甲斐《かい》があったと、嬉しゅう存じます」

「待て待て、やがてもっと嬉しい時が来るだろう」勘太夫はそう云って立った、「わしを父と呼ぶ日がな……」

お笛はとびつくような眼で勘太夫を見あげた。老人は片手で妙なしぐさをし、とつぜん照れたように顔をしかめながら、母屋《おもや》のほうへ去っていった。

「お笛を娶《めと》ること承知致しそろ」と、勘太夫は江戸の甥《おい》へ手紙を書いた、「そのもと帰藩までには、親元なども定めて置くべく、祝言《しゅうげん》は来年初夏の頃と予定いたしておりそろ。お笛こと、そのもとなどは若気の分別にてひき取りしならめど、国老職を継ぐべきそのもとの妻として、又なき素性資質たること、拙者こそ篤《とく》と見ぬき申し候」ちょっと自分の鑑識の重みを利《き》かしたわけである。「……なお一つ、ひそかに明かし遣わしそろ、そのもとはおのれ独り粋《いき》な女房を持つなりと己惚《うぬぼれ》ておるやも知れねど、それこそ世に云うばかの独りよがりに候、なにを隠さん、拙者の亡《な》き妻、すなわちそのもとの伯母お信こそ、拙者若くして江戸詰めのおり娶り候ものにて、親元は中村太郎左衛門なれども、まことは柳橋にて嬌名《きょうめい》たかかりしお紋と申す名妓《めいぎ》にござ候、なんと一言もあるまいがな、……にて候」どうだといわんばかりに、老人は片手でつるりと額を撫でた。なにしろ福山と江戸柳橋では段が違う。老人たいそう鼻が高いところである。「されど念のためお断わり置き候、伯父、甥と、二代つづいての粋な妻、これ断じて世に誇るものにはこれ無くそろ、そのもとの子には構えて構えて、いかなる理由に依るとも固く禁ずべく候」

書いている脇の窓から、一匹のきりぎりすがとび込んで来て行燈にとまったが、そのとき澄んだ音を張って鳴きだした。

（「講談雑誌」昭和二十一年九月号）

椿《ちん》説《せつ》女嫌い

一

「どなたが新しい御勘定奉行ですか」こういう雅《みや》びやかな問いかけの言葉をもって感動すべきこの小さな物語は始まる。——江戸から赴任して来た折岩弥太夫《おりいわやだゆう》が、勘定奉行の事務を執り始めて二十七日、奉行役部屋で依田記元《よだのりもと》、樫駒市太《かしごまいちた》という二人の秘書役と、予算計表の吟味をしていたときこう呼びかけられた。振り返ってみると太鼓張りの仕切り障子の所に若い婦人がひとり立っていた。「奉行だがなにか——」「貴方《あなた》ですね、——」こう云いながら若い婦人はさっさと側《そば》へやって来て弥太夫を睨《にら》みつけた。「長局《ながつぼね》の畳替えをするように書出したのを貴方が断わったというのは本当でしょうか」弥太夫は筆を持ったままむっとしたように相手を見た。不機嫌なぶっきら棒な調子でこう答えた。「——そんなことはありません」「でも局では三度も折返し申し入れたのに三度とも断わられたと云っていますよ」「間違いですねそれは、断わるなんていうことは決してありません」「では畳替えはしてくれる訳なのですか」「だめです」弥太夫は冷淡に頭を振った。「絶対にいけません」「貴方は寝ぼけているんですか、それとも謎《なぞ》なぞ遊びでもする積りですか、現に今断わりはしないと云ったでしょう」「断わりなんかしないからしないと云ったんだ」弥太夫の額に癇癪筋《かんしゃくすじ》が立った。「初め書上《かきあげ》が廻って来た時に、十年倹約の思召《おぼしめし》の出た折だし、表でも諸用切詰めているから、畳替えの箇条は削るようにと注意した。ところが是非やって欲しいと云って来た、再考したらどうかと答えたらまた来て御上臈《ごじょうろう》だか老女だか臍《へそ》を曲げてどうとかしたとかしないとか絡《から》んだことを云う、仕方がないから時節をよく考えろと叱《しか》り飛ばしてやったんだ、断わったんじゃあない叱り飛ばしたんですよ」「——わかりました」若い婦人の額がさっと白くなり、怒りの双眸《そうぼう》が燐《りん》のように光った。「それが勘定奉行の意見なのですね」「そうです。勘定奉行折岩弥太夫の意見です」「有難う——」婦人は蔑《なみ》された誇りのために声が顫《ふる》えた。「では念のために名乗って置きましょう。わたくしは老女の波尾ゆうという者です」「ははあ——」「何ですって」「なんでもありません。唯《ただ》ははあと云っただけですよ」「失礼な」波尾という婦人は右の足でとんと畳を打ち「なんという無礼な。唯物的《ゆいぶつ》な野蛮人だろう」こう叫んで廊下へ出ていってしまった。寧《むし》ろあっけにとられて、弥太夫が見送っていると、依田記元が頭を揺《ゆす》りながら大変な事をしましたねと云った。「何がどうしたって」「あの方を怒らせてはいけなかったんです、そんな法は絶対にありません、その位なら蝮蛇《まむし》でも踏むほうが安くつきますよ」「高くったって値切りあしねえ、江戸っ子だ」弥太夫は奉行職には不似合な口をきいた。「それよりあのおかちめんこはなんだ、あれでも雌だろう」「御婦人ちゅうの御婦人ですよ」樫駒市太が敬《うや》うやしく答えた。「女ならどうして表へなんぞ出て来るんだ、此処《ここ》では表と奥の区別もないのか」「区別は有りますけれどあの方は別格です。あの方だけはですよ」「そうなんですよ」依田記元も警告するように口を添えた。「あの方に触ってはいけません、見ず聞かず云わずに限ります。どんな事があっても、ですよ、さもないと――」

閻魔《えんま》が逆立ちをして頼みに来たって女なんぞに触るもんか、ばかにするなと弥太夫はそっぽを向いた。彼の女嫌いは江戸屋敷で知らない者はない。それは二千石の老職の二男に生れ、二十六歳で勘定奉行になった現在でも、妻を持たないばかりか召使にも女を置かないことが証明している。こう申せば訳知りの紳士方は会心の微笑を洩《も》らして頷《うなず》くだろうし、御婦人達は皮肉に眼を見交わして「きっと二た眼と見られない醜《ぶ》男《おとこ》なんざますわ」とか「いいえ、尊い物が片輪ざあますわきっと」などといきまくに違いない。然《しか》し弥太夫は、美男ではなかったが醜男という程でもない。背丈も五尺七寸はあるし、がっちりと肉の緊《しま》った軀《からだ》つきで、面長のふっくりした顔だちには、育ちのよさからくる暢《の》びた上品さと二男坊の負けぬ気性が、一種の清《すが》すがしい調和をみせている。女嫌いの欠点さえなければ相当な男前と云ってもいいだろう、彼は「女は臭くっていけない」こう云って鼻をしかめる。「おまけにお饒舌《しゃべ》りで意地が悪くて捻《ひね》くれている。もう死んでしまうなんて泣き喚《わめ》いた後でけろりと汁粉を食っている痴者《しれもの》だ、絶対にいけない」そして彼は手を振るのである。これらの言葉には未婚者のよく知るべからざる部分があり、その点いささか筆者としては当惑に耐えないが、物語の性質からこのまま話を進めるとしよう。

二

秋晴れの静かな日であった。久し振りの非番で朝寝をした弥太夫は風呂から出ると酒を飲んでいた。その家は間数こそ少なかったが庭が広く取ってあり、隣り屋敷との仕切り塀《べい》に添って椎木《しいのき》が柵《さく》のように枝葉を茂らせているし、他《ほか》にも松だの楓《かえで》だの杉だの梅だのがたくさんある。障子を明け放して庭の樹々を眺めながら、自由解放不拘束の寛《くつろ》ぎを楽しみつつ、弥太夫がゆっくり盃《さかずき》をあげていると、江戸から付いて来た家僕の阿波照蔵《あわてるぞう》が「お隣りからお使いがみえました」と取次ぎに来た。「何だ朝っぱらから、お前聞いて置け」「御主人にと云っております、きっと先日のことでしょう」「庭の樹か、――」弥太夫はふんと鼻を鳴らした。つい五、六日まえに隣り屋敷から使いで、自分の方の庭が日蔭《ひかげ》になるから仕切り塀に沿った椎木の枝を払ってくれと云って来た。払ってやってもいいのだがその時挨拶《あいさつ》がいやに権高《けんだか》だったし、隣り屋敷というのが娘沢山な家庭らしく、おまけに図抜けた自由主義者とみえて、琴だの鼓《つづみ》だの笛だのむやみにじゃんじゃんぽんぽこぴいぴきやるし、庭では鞠《まり》だの鬼ごっこだのきゃあきゃあげらげら大騒ぎを展開する。うるさくって仕方がないけれど此方《こちら》は新参だから我慢していた。そういう関係から「枝を払う訳にはまいらない」と答えさせたのであった。「ふん」弥太夫はもういちど鼻を鳴らして「よし俺が出てやる」と立上った。玄関に待っていたのは女であった。年は三十二、三で色の浅黒い、高慢を鼻先へぶら下げた顔つきである。男を観賞する場合容貌より先に体格を見る年齢にあった彼女は現われた弥太夫を見るなり鼻へぶら下げた高慢をひき千切り全皮膚面に嬌羞《きょうしゅう》の痙攣《ひっつり》を見せながら斜交《はすか》いに会釈《えしゃく》した。弥太夫は慄然《りつぜん》とした様である。それも余程あわてたとみえて「おまえ仇吉か」などと意味不明の失言をした位であった。その婦人は弥太夫の逞《たく》ましい軀に羨望《せんぼう》のながしめをくれながら「隣り屋敷の使いでございますが」と作り声で云いだした。この作り声が弥太夫の我慢の緒を切った。彼は無作法にも手を振って「ああだめです。だめです。お帰りなさい、決して枝は切りませんから」と云った。使いの婦人はみるみる顔色が変った。「随分失礼な御挨拶ですこと、私まだ用件も申しておりませんわ、それなのにいきなり手を振るという作法がございましょうか」「それでは女を使いに寄来すのは作法か」「この前ちゃんと男を遣わしました」婦人は冷笑して云った。「けれども男では役に立たず、埒《らち》が明かないから私が参ったのです」「男では役に立たない――」弥太夫はかっとなる気持を辛《かろ》うじて自制し、「宜《よろ》しい、それでは改めて用件を聞きましょう、何です」「いえ、私はそんな無作法な方とはお話ができません、どうぞ御主人にお取次ぎ下さい、御勘定奉行ともある方なら礼儀も御存じでしょうし、少しは物の道理もおわかりでしょうから」これが主《ある》じと解《わか》りきっての意地悪である、女性が一度こう曲ったら、男性は無条件降伏をするか鉾《ほこ》を担《かつ》いで退却する以外に手はない、弥太夫は物をも云わずに退却した。

部屋に戻って坐ったが、もはや寛ぎどころか、胸は食傷したように塞《ふさ》いでしまうし、頭は脹《ふく》れあがる毒念で沸き返るようだった。――ええあの女の野郎、こう舌打をした時である。庭の正面で突然きゃあきゃあという女の笑い声が起り「おかちめんこ――」という叫びが聞えた。弥太夫も驚いたが家人達はなお吃驚《びっくり》して、飯炊《めした》きから下僕、五人の家士達までが庭へ飛びだして来た。そこへ椎木の梢越《こずえご》しに白い妙な物が飛込んで来て、皆の見ている前でこんころと弾み転げ、塀の向うで百枚の生絹《すずし》でも裂く様な派手な叫びがきゃーっとどよみあがった。耳がきんきんする様な凄《すさま》じい叫びだ、呆気《あっけ》にとられていると更に驚いたことに、塀の上へ若い娘が一人攀登《よじのぼ》って来て「その蹴鞠《けまり》を取ってたもれ、おかちめんこ殿」と呼びかけた。途端に、こんどは弥太夫ひとり驚いたのであるが、若い家士達がその蹴鞠へ飛びつき奪い合いをしたうえ一人が拾って「御免」と云いながら塀の上の娘へ伸び上って手渡しにした。娘はあでやかに笑い、ながしめをくれながら「また頼むぞや」と云った。

三

「何という、貴様達は——」こう呶鳴《どな》りかけて弥太夫は口を噤《つぐ》んだ。「仇吉か」などと口走る位だから彼も唯の木念仁《ぼくねんじん》ではない、若い家士たちが蹴鞠の奪い合いをし、喜び勇んで捧《ささ》げ奉《たてまつ》ったのは、ひとえに艶《つや》やかな人間的衝動に因《よ》るものである。この衝動たるや貴賤《きせん》貧富智愚善悪を超越して随時に人間を捉《とら》え、これを思うままに支配操縦して飽くことがないのである。

「こいつは弱った」部屋へ戻って坐ると、こう唸《うな》って弥太夫は腕組をした。あの馬鹿馬鹿しいきゃあきゃあ騒ぎや蹴鞠の投込みは、椎木の枝下しを拒んだのと、さっき来た女の使いを怒らせたのに対する厭《いや》がらせである。捨てておけばこれからも繰返してやるに違いない。然もこちらの家来共が艶やかな衝動の虜《とりこ》となり、寧ろ喜々として翻《ほん》弄《ろう》の餌食《えじき》になろうとしている。これは弥太夫ならずとも困った事態と云わなければなるまい、唯一の方法は椎木の枝を下すのであるが、事ここに及んでは軽侮を買うだけだろうし、とにかくどこまでやるか暫《しばら》く容子をみてからだ、こう思って彼は一応自分をなだめたのであった。

国老の鎌谷《かまや》千兵衛《せんべえ》に呼ばれたのはその翌日のことである。この人はもう六十四で、ひどく暢《のん》びりした温厚な性分の癖に吃るのと《ども》、ずぬけた好酒家として名が有った。役所へ出て若い頃のことだが倶祥院《ぐしょういん》という殿様が「お前はいつも赭《あか》い顔をしているがどうしたのだ」と仰《おお》せられたら「これは幼少の折患《わずら》った赤疱瘡《あかぼうそう》の故《ゆえ》でございます」と即答した逸話がある。――千兵衛老人は恒例の茶代りの酒を飲んでいたが「ああ」「うう」と二、三ど云い惑ったあとで「その、あれだ、その、長局のだな、長局のあれを、なにしてやれ」「――――」まだあるのかと弥太夫は待っていた。国老は、土瓶《どびん》の液体を茶碗《ちゃわん》に注いでぐっと飲み、ちらとこっちを見て「それだけだ」と云った。弥太夫にはとんとわからなかった。「察しの悪い男だな」千兵衛はまた茶碗を取った、「その、長局のだ、あれを、つまり畳をだな、そのう」「いけません、お断わり申します」弥太夫は糞真面目《くそまじめ》に頭を振った、「あれは十年倹約の思召に反《そむ》きますし、黒書院でさえ中止した位なんですから、長局なんぞもっての外の沙汰です」「それはわかっておる、けれども、長局は別だ。長局は」老人はぐっと例の茶を呷《あお》り、「たとえお天守の崩れたのを修繕できなくとも、長局の畳替えはしなければ、ならない。それは、つまるところ、そういう仕掛けなんだから」「私にはまるで理解がつきません、どうしてそんな」「理解なんぞ誰にだってつくものか」千兵衛は茶碗に液体を注ぎそれを叩りつけた。「こんな所へ理解だの修理だのを持出すのは、砂をこねて飴《あめ》を、いや、馬術を習って魚を釣る、いや待て、その犬をとらえて論語を——つまり、面倒くさいから一口に云えば、長局の畳替えはしなければならん、理由は唯一つ、女共がそうしたいと云えばしてやるほかに手はない、いいか、女に触るな、そのくらいなら畳替えの方が余程安くつく、わかったか」「宜しゅうございます、畳は替えさせましょう」弥太夫はこう答えた。「その代り御目見《おめみえ》以上の御扶持《おふち》から費用の半分を差引きます、どうかそう御達し下さい」そして彼はさっさと立って来た。実際のところは予算計表の案配でそうまでしなくとも費用の出しようはあったのであるが、赴任して来て調べたところに依ると、奥向《おくむき》の歳費はこれまで格外に多かったし、殊《こと》に目見以上の者の扶持外公費が眼立っていた。これは幕府はじめ大藩諸侯に共通する問題であるが、藩主の夫人や側室を擁する「奥」の勢力は非常なもので、これら女官達の好意と支持を得なければ政治の運営もうまくいかなかった。この藩は国許《くにもと》にも可成りな規模の「奥」があり、女官長たる御上臈は京の某公卿《くぎょう》から来ていたし、老女、中臈、若年寄、右筆、表使《おもてづかい》、御次、呉服などの目見以上が十二人。三之間、末がしら、中居、使番、火番、膳所番、茶所、子供、端下などという目見以下の者三十余人、殆《ほと》んど江戸屋敷と同じ組織をもっていたのである。

これは不均衡であり不公正である。男女は同権でなければならない。たとえ封建伝統の世なりとて、男も人間であってみればそうそう女の専権に屈伏してはいられない、弥太夫は男権確立のために戦う決心をした、「畳替え拒否」は実にその第一着手だったのである。

城を退《さが》って家へ帰ると、庭のほうで何かけらけら笑い騒ぐ声がする。着替えをしながら家僕の阿波照蔵に何だと訊《き》くと「お隣りで凧《たこ》を揚げた所、それが椎木へひっ掛りましたので、今みんなで取っているところでございます」「凧だって、此処では十月に凧なんぞ揚げるのか――」こう云いながら縁側へ出ていってみた。

四

椎木のいちばん高い一つに三人の家士が登っていた。糸と凧とそのばか長い尾を分担して、引張ったり手繰ったり、撓《たわ》めたりしている。それにつれて塀の向うから若い女の声で「糸をそっちへおまわしなさいな。右から引いて枝に掛けて、ええそうそう」などと指揮するのが聞える。「あら、何て不器用なんでしょう、もっと頭をお使いなさいな、そっちから引いたら糸が切れてしまうでしょう、飛田さんは左へ谷津さんは下から、ええそう、それで北さんが右へ廻れば、ああ焦《じ》れったいこと右ですよ右」「おほほほほあの腰つき、北さんの腰つきを御覧なさいな」これは別の声である。「ねえ面白いでしょう、今に卵を生むから見ていらっしゃい」成程北三之佐《きたさんのすけ》は卵でも産みそうな恰好《かっこう》である。思わず苦笑した弥太夫の顔はそのままますぐ忿怒《ふんぬ》の表情に変った。「何をしているんだ」彼はこう絶叫した。「――降りろ」そして自分でびっくりした様に居間へ戻り、障子を閉めた。叱ってはいけない、彼等の艶やかな衝動は抑えると却《かえ》って激しくなる、そう考えながらつい呶鳴ってしまった。ええ忌《いま》いましいと舌打をすると、後から入って来た照蔵がどうもお隣りには困りましたと云う。「御登城なさるとすぐに例のばか騒ぎが始まりまして、蹴鞠の飛び込むこと三ど、凧をひっ掛けるのがこれで二どめという次第です。これは椎木の枝を下さぬといかぬかも知れません」「ばかなことを云うな、あの木は俺が来て住む前からあの通り枝を張っていたんだ、本当に日蔭になって困るなら、俺の来る前に枝を下ろさせる筈《はず》じゃないか、ぜんたい隣りはどういう人間なんだ、無闇《むやみ》にうようよ女ばかりいる様だが主はなんというんだ」「門札《もんさつ》には波尾とございますが、どういう御身分でございますか、とんと――」

「波尾だって」どこかで聞いた名前だと思って色いろ記憶を繰ってみた。然しこの土地へ来て間がないし、まだ家中とのつきあいも浅いから思いだせなかった。こうするうちに鑓田宮内《やりたくない》という若い家士がやって来た。「お隣りから——御主人にということですが——」「照蔵いってみろ、俺は病気だ」照蔵は間もなく戻って来て溜息《ためいき》をついた。「何だと云うんだ」「凧が絡んで取れないから椎木の枝を切らせてくれという口上です」「ならんと云え、凧なんか千でも二千でもひっちゃぶくがいい、小枝一本切ることはならん、そう云って追い返せ」照蔵はもう一度溜息をつきながら出ていった。弥太夫は夕食までと思って、役所から持って来た仕事をひろげたが、それを待っていたかの様に、隣り屋敷の庭で突然例の騒ぎが始まった。何をするのか庭中右往左往に駈け廻っての大騒動である。「きゃあーわあっ」と嬌声《きようせい》が巻き上って、こつんころころと庭へ何か飛び込んで来た。そしてすぐに塀の上から「もしもしそこのおかちめんこ殿」と若い女の声が聞えた、「その蹴鞠を取ってたもらぬか——、、ああいや梅の木の脇《わき》じゃ、眼を明いてみやれ」ここまで聞いて弥太夫は机の前から立った。そして照蔵を呼んで着替えをし、いきごんだ顔つきで家をとびだしていった。

彼は隣りへねじこむ積りだったのである。然し往来へ出て黄昏《たそがれ》の色をみるとふいに気が変った。夕暮は郷愁の時である、子供は喧嘩《けんか》をやめて母親のふところへ帰り、お祖母《ばあ》さんは嫁いびりを中止して仏壇へ灯明をあげる――弥太夫はいっさんに本町通りへ向い「曲水」という料亭へ入った。――曲水はその城下第一流の家で、彼の為《ため》に奉行職達が歓迎の宴を張ってくれたことがある。向うでも覚えていたとみえ、肥えた女主人がとんで来て「まあ、まあ」と連発しながら手を取らぬばかりに案内した。赤々と炭火の熾《おこ》った火桶《ひおけ》やかけ列《つら》ねた燭台《しょくだい》、季節も時刻も誂《あつ》らえたような条件である。少し酒が廻る頃に若い芸妓《げいぎ》が三人ばかり現われた。弥太夫の顔を見るなり「あらぁおーさまよ」「願《がん》が叶《かな》ったわあ嬉しい」「今夜は帰さないことよう」、これは曾《かつ》ての歓迎の宴会で彼がどんな客振りを見せたかという事を証明するものであろう。「うるさいうるさい」弥太夫は手を振った、「みんな向うへいって坐れ、おれは女が嫌いだ」「まあ憎らしい、どのお口でそんな」「いいから抓《つね》っておあげなさいよ」「いっそこうしてあげましょう」三人が三方から摑《つか》みかかった。そこへ更に年増が三人、追っかけて婆《ばあ》さん芸妓が二人、次で若いのが三人また二人という具合で、忽《たちま》ち座敷じゅう妓《おんな》たちでいっぱいになり、「いやはや」「あたしべん様のお座敷をぬけて来たのよ」「どこからの貰《もら》いも断わって頂戴《ちょうだい》」「今夜は飲み明しましょうよっ」という騒ぎと相成った。

五

「あっちに難しい客があるから少しお静かに」女将《おかみ》が二度程そう云って覗《のぞ》いた。然し妓達《おんなたち》の方が張切っていたし彼も酔っていた。「もういいでしょうおーさま、この間の猿と蜻蛉《とんぼ》をお踊んなさいましな」「なに猿と蜻蛉だ、――」弥太夫は愕《ぎょ》っとした、「こっちにもあれが流行《はや》っちゃったのか」「貴方《あなた》が見せて下すったんですよ、相の手だけは覚えましたからまたどうぞ」弥太夫は唸った。あれを踊ったとすると歓迎の宴でどんな騒ぎをやったか想像がつくし、妓達の度外れな狎《な》れなれしさも合点がいく、「よし」弥太夫はくるくると帯を解いて（袴《はかま》などはとっくに脱いでいる）肌襦袢《はだじゅばん》一枚になり、鉢巻をして前額のところに箸《はし》を二本挿《さ》した、「さあこれから鬼の掛取というやつを見せてやる、三下りにしてじゃんじゃんやれ。いいか」袴を括《くく》って紐《ひも》で首から下げた所で、女将がもう一度何か云ったようだったが、こっちはもう耳にも入らない。妓達が面白がって三味線も太鼓もいっしょくたにじゃんじゃかとんとこ囃《はや》したてると、何の節《ふし》とも知れない無闇に喚く様な声で、「取ろうよ取ろうよ、掛を取ってくりょうよ、地獄も師走なれば閻魔の帳合――」丹前振とでもいうのか足踏み鳴らして恐ろしく派手に踊りはじめた。その時である、――「叱《し》っ叱っ」という女将の制止につれて太鼓が止《や》み、次つぎと三味線も止んで、座敷は急にしんとなった。弥太夫だけ根太も抜けよと足踏みをし、「やあ取ろうよ取ろうよ、鬼こそ掛は取るべえ、ふん剝《む》ぐべえ

——」ここまで喚いてきてひょいと気がついた。見ると婆さん芸妓が頻《しき》りになにか手で合図をする。「うるさいうるさい婆あは黙ってろ、さあそっちの三味線、おいその三味、——」指さしてこう云いかけたが、そのまま弥太夫は口を噤んだ。障子が明けてあり、廊下に誰か立っている。立ってこちらを眺めている。それが女で、三人もいる。これは無礼である。他人の遊興の邪魔をするなどとは実に非常識極まる——いや待て待て、弥太夫はあっと唸った。廊下にいる三人の中から、一人の婦人がにっこり笑って「折岩どのでいらっしゃいますね」こう云ったのである、「たしか御勘定奉行の折岩弥太夫殿だと存じ上げますけれど」

「やあ」彼の顔はくしゃくしゃになった。「やあ、どうも」「わたくしを覚えておいでですか」「たしか御老女の」「老女の波尾でございます、結構なお嗜《たし》なみを拝見致しました。大層お品のよい御趣味でいらっしゃることね、——肌襦袢ひとつの裸で鉢巻に作り角をして、首から頭陀袋《ずだぶくろ》を掛けて」こう云いながら彼女は弥太夫の頭から足まで眺め上げ眺め下ろした、「これはいったい何という舞でございますの、幸若《こうわか》でございますか、それとも」「うるさいのねえ」突然こう云いながら立って来た芸妓がある、二十三、四になる年増で、一座の中でもずぬけて美しい。酔っているとみえて嬌《なま》めかしく裾《すそ》を紊《みだ》しながら、するすると寄って来て両方の袖《そで》を弥太夫の肩へ掛けるなりぎゅっと抱きついた、「おーさんはあたしのいい人なのよ、文句があるならあたしが伺いましょう、なにがお気に障ったか知らないが、あたしのいい人をそう虐めないで下さいな」

「折岩さまが貴方の何ですって」波尾女史の血相が変った。こちらはあらん限りの媚《び》笑《しょう》で、「いい人、二世《せ》も三世も契《ちぎ》った、大事な大事な人なんですのよ」と云いながら、抱いている男の顔へぎゅっと頰摺《ほおずり》をした。女史は眼を吊上《つりあ》げながらも自らの誇りと尊厳を保つべく、「ははあ――」と冷笑した。「何ですって」「なんでもありませんよ、唯《ただ》ははあと云っただけです、――折岩さま、ゆっくりお楽しみ遊ばせ、お邪魔を致しました」こう云って波尾女史は二人の同僚を伴《つ》れて立去った。

彼はべろべろに酔って帰った。「女という女を集めて来い、ひと纏《まと》めにして火焙《ひあぶ》りだ、石子詰にしろ、逆さ磔刑《はりつけ》だ、鋸《のこぎり》びきだ、女を攻め滅ぼせ、一人も残さず生埋めにしてしまえ、さあ合戦だ」と喚き散らすと着替えもせずにぶっ倒れて寝てしまった。

――翌朝弥太夫の容子は苦悶《くもん》と悔恨と自己厭悪《えんお》とで身も世もあらぬ態《てい》だった。「奥女中が茶屋でいりするとは驚いた」などと呟《つぶや》き、「こいつは秩序紊乱《びんらん》だ」などと声を怒らせたり、また呻《うめ》いたりした。それでも苦い顔をしながら冷酒を少しばかり飲んで、やがて着替えをしてふらふらと登城していった。

六

弥太夫は覚悟していた。かの女傑は必らず報復するであろう、問罪の刃で真向うから斬《き》り込むに違いない。然《しか》し何事もなかった。昨日老職に答えた扶持差引に就《つい》てだけでも、何か察当があるだろうと思ったのに、それさえ沙汰《さた》なしで退出時刻が来た。やれやれ今日はまず厄逃れか、——荷を下ろしたような気持で、屋敷へ帰ってみると、驚いた。仕切り塀に沿って柵《さく》のように立っている十二本の椎《しい》の枝へ、何十何百という紙切れがひっ懸って、それが夕風にひらひらがさがさばたばたと鳴り翻《ひる》がえっているのだ。弥太夫は棒立ちになった。「凧でございます、——」阿波照蔵はこう答えた、「お隣りで朝っから凧を揚げまして、揚げてはひっ懸け揚げてはひっ懸け致しまして」「あれが——」「みんな凧でございます、尤《もっと》もひっ懸けるのが目的だとみえまして、手作りの粗末なものばかりですが」「——みんな凧」弥太夫はこう呟きながら、昨夜の失敗も、元を糺《ただ》せば隣りの悪戯《いたずら》からだ、然も視よ、十二本の椎木に幾十百となくひっ懸った凧の、ひらひらがさがさ嘲笑《ちょうしょう》し愚弄《ぐろう》する有様を、——もう沢山だ、これを黙っているとしたら腰抜けだ、決算をしよう。弥太夫は解きかけた袴の紐を結び直し、断《だん》乎《こ》たる決意を眉間《みけん》に刻みながら出ていった。

「どちらさまでございますか」玄関へ出たのは若い女であった。「隣りの折岩弥太夫という者です、御主人にお眼にかかりたいからと取次で下さい」「少々お待ち遊ばせ」ながしめをくれて立っていったが、そのままなかなか出て来ない。奥の方で女達の笑う声や、廊下を往《ゆ》き来《き》する足音が賑《にぎ》やかに聞える。余りおそいのでいらいらし始めた時、漸《ようや》く女が戻って来た、「とりちらしておりまして失礼ですがどうぞ」そしてにっと媚《こ》びながら案内に立った。廊下を曲って広縁に出る、四つめの、十帖《じょう》ばかりの客間へ通されたが、入ろうとした途端に、弥太夫は幽霊でも見たように「えっ」と奇声をあげながら立ち竦《すく》んだ。そこに坐っているのは烈女の中の烈女、実に老女波尾女史であった。「やあどうも」弥太夫は慌《あわ》てて引返そうとした、「昨夜はどうも」「どこへいらっしゃいますの」「部屋が、部屋が違ったようですから」「はて」「私はこの家の主人に会いに来たんです、きっと召使が間違えたんでしょう、失礼しました」「召使は何にも間違えはしませんですよ」「すると貴女《あなた》もお会いになる訳ですか」「誰とですの」「誰とって勿論此処《もちろんここ》の主人とですよ」「そんな必要はございません、わたくしがこの家の主ですから、――」弥太夫は口をあけた。「あ、な、た、が」何時《いつ》か家僕が隣りの門札には波尾とあると云った、だがよしんば波尾にしても、まさか波尾女史とは、よもやこの烈女とは。――波尾ゆう女はにっこり笑って、「おわかりになったらお坐り遊ばせ、御用というのをお伺い申しましょう」疑う余地はない、彼は示された座へ坐りながら賽《ダイス》は投《・イズ・》げられたり《キャスト》と唸《うな》った、「で、――御用件はどういう事でございますか」「ひと口に云えば」「そんな必要は少しもございませんわ、どうぞ落着いて百口でも千口でも仰《おっ》しゃりたいだけ仰しゃって下さい」「勿論それは、私としても」「ちょっとお待ち遊ばせ」女史はこう遮《さえ》ぎって向うを見た、「支度ができたら持っておいで」「はい――」隣りの部屋でこう返辞が聞えると、二人の女中が酒肴《しゅこう》の膳《ぜん》を運んで来た。弥太夫は手を上げた、「とんでもない、どうかそんな心配はやめて下さい」「何をですの――ああこれですか」女史はほほほと笑った、「これなら遠慮には及びませんわ、貴方に差上げるのではございません、わたくしがいただくんですから」「食事だけは時刻どおりにいただく習慣ですの、どうぞお構いなく用件を仰しゃって下さい、たべながら伺いますから、御免遊ばせ」何某という強情者は憂《う》き事のなおこの上に積れかし限りある身の力ためさんなどといきまいたが、いま弥太夫の置かれた位置に立っても果してそうそぶく事ができるだろうか。弥太夫は籠手《こて》を取られ胴を突かれ、面を打たれた。死球を喰《くら》って三振の宣告をされたようなものである、もう唸るくらいでは追付かない、彼は旗を巻き馬標《うまじるし》を伏せた。そして坐り直した。

七

「貴女がこの家の御主人とすれば、私の持って来た用談はここへ出す必要がなくなりました」正直にこう云った、「それだからといって、勘定奉行としての私の態度が少しでも軟化すると思ったら間違いですよ、軟化どころか大いに硬化するかも知れない、病気は早い内に治せといいますからね」「何のお話かわたくしにはとんとわかりませんわ」彼女は悠々と自ら盃に酒を注いだ、「——何、誰か御病気なんでございますか」「そうです、我儘《わがまま》横暴という病気です、治療法は一つしかないという奴です」「その治療が利《き》けばようございますわね、下手にしますと薬が副作用を起したり、余病が出たり致しましてよ」「有難うその積りでやりましょう」弥太夫は言葉をついで、「それから一つお宅の召使達に注意してやって下さい、おかちめんこというのを、間違えて使っているようですが、あれは女に対する悪口ですから」「女の悪口ですって」「そうなんですよ、おかめ面《づら》で小なまいきな女を江戸ではそう云うんです、お、か、ち、め、ん、こ、とですよ」そして、女史の手から盃の落ちる音を聞きながら、弥太夫は大股《おおまた》にその部屋を出ていった。

椎木の枝から始まった一連の出来事は「畳替え拒否」から発したものだ、云い替えれば、奥向き経済に改革の斧《おの》を入れようとする、新勘定奉行への挑戦である。国家老鎌谷千兵衛の言葉にも藩中の伝習が明らかに標示されているのだ。従って蹴鞠《けまり》や凧《たこ》でけらけら騒ぎなどのなまぬるい厭《いや》がらせは、かれら女官達の前哨《ぜんしょう》的警告であって、次にはより効果的な手を、打ってくるに違いない、老女波尾ゆうは云った、「薬が副作用を起したり余病を併発したりしますよ」と。宜《よろ》しい承知した、弥太夫は江戸っ子である、一旦男権確立の決意を固めた以上は倒れるまでやるだろう、こと女に関する限り立体的綜合《そうごう》的普遍的潜行的でなければならない。弥太夫はあらゆる方面を打診しそして知り得たのは、彼の立場が八方塞《ふさ》がりであるということだった。藩中の男性達は因習に慣れ、横暴なる女性の圧迫に対して躍起する男気を失っていた。「つまらない事は止《よ》し給《たま》え」「あれはあれでいいじゃないか」どこを叩《たた》いてもこういう返答であった。然もこの間に敵は攻勢を急にし、畳替えの費用を目見以上の扶持でまかなうという案を一蹴《いっしゅう》した上、曲水の一件を仄《ほの》めかす噂《うわさ》から、蹴鞠、凧、けらけら騒ぎまで武器に用いだした、「だいぶ派手に遊ぶそうだな」「小妻という妓《おんな》と夫婦約束をしたというのは本当か」こんな類はまだよかったが、或日、中老の笈島伊太夫《おいじまいだゆう》に呼ばれ意外な小言をくった、「どうも少し家事不取締りのようだな」笈島老は眉《まゆ》をしかめて云った、「そこ許の家の若い連中は、塀へ登って隣家の娘をからかうそうではないか」

「――」「そこ許も一緒になってぎゃあぎゃあわんわん騒ぎまわり、隣りへ蹴鞠を打ち込んだり、凧を揚げて庭木へひっ懸けたり、注意をすればいかがわしい言葉で罵《のの》しり喚《わめ》くというが、いやしくも奉行職たる者がそんなことでは困る、今後はきっと慎しんで貰いたい」弥太夫は言句に詰った、事ここに及んで、なにを云いなにを弁明すべきか、「たいした奴だ、――」こう呟きながら役部屋へ帰ると、彼は最後の手段を執る決心をして城を退《さが》った。始終を検討するに、敵の主将は波尾ゆう女史である。彼女を攻落せよ、そしてここまでくれば最後の手段を許されるだろう、女嫌いの彼が女嫌い故《ゆえ》に知っている唯一《ゆいいつ》の、そしてぎりぎり結着の手段をである。――弥太夫は四五日何か駈《か》け廻っていた。馬に乗って半日帰らないこともあり、夕方に出て夜半になることもあった、そして愈々《いよいよ》その日が来た。

毎年十月二十三日から七日間、普陀落寺《ふだらく》で報恩講と引上会《いんじようえ》の修行があり、奥女中たちが参籠《さんろう》することになっている。上臈《じようろう》と老女が隔年交代で十人ずつ女中を伴れてゆくのだが、山の中の束縛を離れた七日間は、若い女中達の希望と夢の的で、一年じゅう最大の楽しい行事とされていた。今年は老女波尾の参籠する番で、二十三日の早朝、十人の女中と下僕三人を伴れて城下を立っていった。普陀山というのは城の北に当り、普陀川の谿谷《けいこく》に沿って七百メートルばかり登らなければならない。彼女達は放生会に籠《かご》から放たれた雀（鶴ならず）の如く、喋々嬉々《ちようちようきき》と嬌声《きようせい》をふりまき針葉樹林を抜けつ入りつ、谿流の淙々《そうそう》をききながら登っていった。

八

寺は普陀山の頂上に在った。——参籠といっても名ばかりで、朝夕二回の読経《どきよう》と法話の席へ出る外は、宛《あて》られた宿坊で騒いだり、向っ原へでかけて跳び回ったり、時には弁当を拵《こし》らえて山へ登ったりするのが、彼女達の主な日課であり目的でもあった。寺へ来て四日目の午後、波尾ゆう女が独りで宿坊をでかけ、谿流の方へ下りてゆくと、後ろから誰か追って来て、「御散策ですか」と声をかけた。男の声なので寺の僧だと思ったが、振り返ると折岩弥太夫だった。馬で遠乗にでも来たのだろう、笠《かさ》を冠り手に鞭《むち》を持っていた。「むこうの旭岳へ登ろうと思うんですが貴女もどうですか、尤も女には無理かも知れないが」女史は鼻の付根に皺《しわ》を寄せた。女には無理かも知れない、いま角逐ちゅうの敵に云われたこの言葉が自尊心を傷つけた、「結構でございますわ」彼女は強いて微笑しながらうなずいた、「御一緒に参りましょう、わたくし夕日岳へも登ったことがあるのですから」「それはお年に似合わない健脚ですな」「お年ですって、——」「やあ尾長鳥が飛んでますよ、そう云えば孔雀《くじやく》という奴も縹緻《きりよう》は美しいが、鳴くのを聞くとうんざりしますね」女史の眉がまた怒った、明らかに自分を諷《ふう》した言葉である。彼はそしらぬ風で大股に登り坂へかかった。

一年のうち十月（旧暦）は最も気候平穏だという、年代記類の統計に依ると風雨水害地震等の天災は、この月に於《おい》て最低水準を示している、然し統計は万能に非《あら》ず自然は気紛《きまぐ》れだ、二人が旭岳の頂上へ着く時分には、季節はずれの生温かい南風が吹き始め空には鼠色の雲が低く伸びかかって来た。「次手《ついで》のことに夕日岳までのしますかな」登り詰《つま》るとすぐ彼はこう云った、「尤もお疲れなら此処《ここ》からお帰りになってもいいが」「貴方《あなた》がお登りなさるなら」女史は肩息を抑えながら昂然《こうぜん》と眉をあげた、「わたくし前《まえ》嶽《だけ》へだって登りますわ、こんな山の二つや三つ、——」そしてぐんぐん登りだした。

そこまでは雑草や林のある緩やかな坂道だったが、夕日岳の登りは尖《とが》った石のごつごつした急勾配《きゅうこうばい》の嶮《けわ》しい道で、木の根や岩角に縋《すが》ってゆくような場所が少くない、ゆう女はふだんのままの裾も端折《はしょ》れない恰好《かっこう》だから何とも辛《つら》かった、時々弥太夫が振り返って「手をひきましょうか」「苦しいですか」「後ろから押してあげましょう」等という度に、憤然とわき起る意地と誇りが、唯一つの頼りであった、「この辺まで来ると熊や狼《おおかみ》が出るそうですね、いつか江戸邸へ送って来た狼、——小牛ほどありましたね、あいつは夕日岳の谷合で捕ったそうじゃありませんか、見ましたか」「——いました」

見ましたと云う積りがいましたになった、慌てて大きゅうございましたわと云ったら、これが「大きいござした」になってしまった、「ははあ、ござしたですか」彼は平気で大股に登ってゆく。夕日岳の頂上は烈風が吹き捲《まく》っていた、女史は登り詰るなりそこの岩へ腰を掛け、「まあいい眺めですこと」と云いながら眼をつむって肩で息をした。「いい眺めですって、――」彼は吃驚《びっくり》してこう云った、「何にも見えないじゃありませんか、すっかり雨雲に包まれていま来た旭岳も見えやしませんよ、やあ、雨ですよ、こいつは爽快《そうかい》だ」成程雨である、烈風に乗って大粒の雨が颯《さっ》と降り上って来た、風が吹上げるので雨も斜め下から降り上る訳である、「爽快だが貴女は濡《ぬ》れちゃぁ困りますね、向うの谷へ下りてみましょう、どこか雨宿りをする処《ところ》があるでしょうから」女史は黙っていたが弥太夫がどんどんいってしまうので、驚いて岩から立上った。まだ息は苦しいし眼がくらくらしてよろめいた、弥太夫は前嶽へ登る道を左へ折れ、遥《はる》かに谿流の音の聞える谷間へと下りていった。出水《でみず》で倒れたのだろう、杉や檜《ひのき》などが風雨に曝《さら》されて白骨のようになって転げていた。荒涼陰鬱たるこの谷に面した断崖《だんがい》の一部に、人の五人も入れる位の洞穴がみつかった。「とりあえず此処で休むとしましょう」彼はこう云って女史を中へ導びいた、「事に依ると熊の穴かも知れませんが、やって来たら出るまでの事、まさかいきなり食付きもしないでしょう」「そんなことを云って、わたくしが驚くとでも思っていらっしゃるんですか」「どう致しまして、驚くのはこっちですよ、貴女は土地の人だからいいが、私は江戸育ちですからね」弥太夫はそこへ坐り、腰から弁当の包を解いて膝《ひざ》へ置いた、「握り飯ですが一つどうです、貴女は弁当を持って来なかったんでしょう」「いいえそれには及びません」女史は唾をのみながら首を振った、「朝が遅かったのでまだお腹《なか》がすきませんから」「じゃあ私だけ失礼しますよ」彼は喰《た》べ始めた。ゆう女は外を眺めた、今や雨は沛然《はいぜん》たる降《ふり》で、洞の入口は簾《すだれ》を掛けたように見える。「これはちょっと止みそうもないですな、悪くすると帰りは夜になるかも知れない」「もう少し経《た》って止まなければ、わたくし濡れても構わず帰りますわ」「濡れるのは構いませんがね」彼は指にくっ付いた飯粒を舐《な》める、「こういう豪雨になると、山の道はまるで急流になってしまいますからね、——やあ御覧なさい、谷川があんなに増水していますよ」いかにもその通りだった、眼の下二十間ばかりの先に見える谿流は、ついさっきまでほんの僅《わず》かな水しかなかったのに、今は赭《あか》く濁った水が倍以上にも増し、岩を嚙《か》み飛沫をあげている。「こいつは握り飯を残して置く方がいい」弥太夫は独り言を云った、「事に依ると今日は動けないかも知れないから」手早く弁当を包んでしまい、ちょっと休みますと断って、乾いた岩の上へころっと横になった。

弥太夫は薄眼をあけて女史を眺めた。彼は驚いていたのである。此処まで一息に登るのは彼にとっても相当な努力で、正直に云うと途中で二度ばかり音をあげたくなった。それをゆう女はとうとう落伍せずにねばり通したのである。初めは大変な者だと反感さえもったが、しまいには頼もしくなり、哀れになり、惹《ひ》きつけられた。その上近くで見るとなかなか美しい、眉のあたりが凜《りん》とし過ぎているが、体の要所々々が緊《しま》って、豊かなところは飽くまで豊かに円く、匂《にお》うように滑らかな肌つきである、――うん、なかなかいい。こんなことを思っているうちに、彼は何時《いつ》しかぐっすり眠りこんでしまった。そのままどの位眠ったかわからない。誰かに呼ばれたような気がして眼をさました、「何です」と首を擡《もた》げたが、そこには女史もいないし返辞も聞えない。彼はどきっとしてはね起きた、外は相変らず烈風と豪雨で、谿流の音がどうどうと洞穴に反響している。さっき「濡れるまま帰る」と云ったのをふと思いだした。きっとそうだろう、弥太夫は洞穴の口へいって外を見た。「おーい」と叫んで耳をすませた、二度、三度。人の声かそら耳か見当もつかない、あたりは暗くなっていた。弥太夫はもう一度絶叫してから、思い切って洞穴をとびだした、――雨水が滝の様に流れている斜面を、水浸しになって頂上へ出ると、いきなり正面からだあっと突風に叩かれた、彼は岩地へ這《は》った、這ったまま下り口へ向った。時々停っては「おーい」と叫ぶ、然しその声は口を出るなり烈風に捥奪《もぎと》られ、ひき千切れて飛去った。「女という奴は何という間抜けな命知らずな頓馬《とんま》だろう、おーい」彼は肚立《はらだ》ちの余り独りでこう呶鳴《どな》った、「子供だってこんな時に出てゆく馬鹿はない、おーい、まるで頭が空っぽなんだから」ずるっと滑った途端に足を取られ、岩へ縋っていた手が離れたと思うと、そのまま逆さまにどうっと押流された。頭や手足を十遍ばかりもごつんごつんと岩へ叩きつけられた。そこらじゅう痛む体をともかくも立って、「おーい」と叫ぶと、三度めに意外なくらいすぐ下のところで「おーい」という女の声がした。弥太夫は電気をかけられたように奮い立ち、「おーいおーい」と叫び交わしながら、笹を掴《つか》み木の根を力に声のする方へ下りていった。ゆう女は崖下《がけした》の林の中にいた、林といっても流れ落ちる烈《はげ》しい水に根を洗われ、そこを烈風に揺りたてられる。しかもあたりは渦巻く濁流なので、もう暫《しばら》くすれば、何もかも一緒くたに押流されたに違いない。「来て下すったのね」弥太夫を見るなり、ゆう女は眼にいっぱい涙を溜《た》めながら、こう叫んで彼の方へ手を伸ばした、「怖かったわ」「ばか、――」弥太夫はその手を掴み、片手で女史の頰を殴った。「なんという馬鹿なまねをするんだ、死んでしまうぞ」そしてもう一つぴしゃっと頰が鳴った。

九

やむなく元の洞穴へ戻って来た。もうすっかり昏《く》れて鼻先も見えない、風は温かいが山の上のことで気温は低いし、疲れているのと膚《はだ》まで濡れたのとで胴震いのする程寒いが、火を焚《た》く法もなし着替えもできない。ゆう女は遠慮そうに寄添って、黙ってぶるぶる震えていた。「実にばかばかしい」彼はまだ怒りがおさまらなかった、「何の為にあんな中を出ていったんです、道がどんなになるか云って置いたでしょう」「だって、――」ゆう女の声は哀《かな》しげにあまやかだった、「貴方はお眠りになってしまって、幾ら起しても起きて下さらないし」「起しても起きないそんなばかなことが」「本当ですわ、本当にお起ししたんですわ、それなのにお起きにならないんですもの、――貴方が江戸で女嫌いだという評判は伺っていましたし、この間中《あいだじゅう》の事もあるし、きっとゆうなんかどうなってもいいと思っていらっしゃるんだと思って、――それで」「それで私を死ぬようなめに遭わしたんですか」「どうぞ堪忍《かんにん》あそばして」女史は片手でそっと男の腕へ触れた、「死んでも声はだすまいと思ったんですけれど、あそこまでいったら動けなくなりましたし、怖くて怖くて、とうとう我慢ができなくなってお呼びしたんですわ」「呼んだというと」「ええ、――夢中で声限りお呼びしてしまったんです」弥太夫は胸へ火の針を刺されるように思った、自分が眼をさましたのはその声を聞いたからだろうか、否、あの烈風豪雨ではとうてい聞える訳はない、おそらく暗合に過ぎないだろうが、然しそんな偶然の暗合があり得るだろうか、「でもなかなか来て下さらないし、水は強くなるばかりですし、怖くって悲しくって……」ゆう女はこう云いそして鼻をすすった。弥太夫は暫く経ってから、「さっきは乱暴でした、勘弁して下さい」「なんですの――」「殴ったことです」彼はそっとゆう女の肩へ手を廻した、「心配の余りかっとなっていたんです、勘弁して下さい」ゆう女はなんとも云わなかった、そして更にそっと体を寄せかけた。「これじゃあだめだ」弥太夫はふと向き直って「一遍着物を脱いで絞りましょう、これじゃあ体が凍《こご》えてしまう」「脱ぐんですか」「まっ暗だから大丈夫なんにも見えやしない、さあ、私が絞ってあげるからお脱ぎなさい」「だって」「お脱ぎなさいと云ったらお脱ぎなさい」「はい、――」脱ぎますわと云いながらゆう女は慌《あわ》てて身を起した。濡れているので帯が解けないらしい、彼はものも云わずに手を出した、「どこがどうなってるんです、結び目はどこです」「ここですの」「恐ろしく固く締めるもんだな」力任せに結び目を解いてやる、着物を脱ぐに従がって、刺戟《しげき》的な肌の香があたりいっぱいに広がった。彼は顔もそむけず眉《まゆ》もしかめない、それどころかもっと強く深く嗅《か》ぎたいという風でさえある、「脱いでしまったら、手で膚を擦《こす》るんです、力いっぱい、叩《たた》くように、熱くなるまで擦るんです」「はい、――」ゆう女は命ぜられる通りにした、そしてすぐに柔かい掌と弾力のある膚との触れ合う、微妙優艶《ゆうえん》な音が聞え、またひときわ甘やかな唆《そそ》るような匂いが高くなった。弥太夫は木念仁ではない、江戸では相当派手に遊んで、「仇吉」なる者と浮名をながしたこともある、さればいまゆう女の手の動くにつれて、そこが肩であり、二の腕であり、胸へ移り、最も豊かに充溢《じゅういっ》した部分であり、更に脇腹から腰へ下り、再び胸へ戻ること、そしてその各部分の筋肉と脂肪層がいかによく調和がとれているか、柔軟なるべきところがいかに柔軟であり、緊るべきところがいかによく緊りかつ張り切っているか、すべてが明らかに鮮やかにわかるのである。「少し温かくなってきましたわ」ゆう女がこう云った。命ぜられた通り力いっぱい擦った故だろう、その声は少し顫《ふる》えを帯び熱をもっていた。筆者はいま彼女のためにそこがまっ暗闇であったことを祝福しなければならない、彼女は己れの手で己れの若い肉体を按摩《あんま》し、撫《な》で擦っているうちにふしぎな感情に包まれたのである、そこが深山の洞穴の中であること、唯一の男性と向合っていること、この事実が生々しく切実に、理性の痺《しび》れるほど慥《たし》かに感じられ、蕩《とろ》けるような恐怖と、戦慄《せんりつ》する様な誇りやかさとなよやかな暴《あら》あらしさの情緒とをかきたてられた。故にもしかしてそこが明るかったら彼女の胸が大きく波うっていることや、双頰《そうきょう》のわかわかしい輝きや、嗜慾《しよく》的な眼の光りやがあからさまに眺められたであろうから。――よく絞った着物を着終ると、女史は再び弥太夫に寄添って坐った、以前よりもより寄添って、洞穴の外はまだ豪雨と烈風が暴れ狂っていた。

十

弥太夫は体の痛みと腕の痺れとで眼をさました。片手で女史を抱え、不自然に寄添ったまま眠っていたのだ。既に洞穴の中も明るんでいた。ゆう女は彼に凭《もた》れかかり、胸へ顔を寄せてぐっすり熟睡していた、母親に抱かれて眠る幼児の様に、身も心もたより切った平安な寝顔である、――とうとう計画がめちゃめちゃになった。彼は欠伸《あくび》をしながらそっと首を振った、初めの積りではゆう女をこの山中にひと晩とめて、自然の威力と夜の神秘と、狼や熊などの恐怖を味わわせ、驕慢《きょうまん》や虚栄や徒《いたず》らな自負心を叩き毀《こわ》して、女らしい柔らかな感情を誘い出そうとしたのである。それが予想もしなかった暴風雨に妨げられ、思いもかけないどたばた騒ぎに終わってしまった。「ふん、全くのむだ骨折りだ」彼は女史の寝顔を眺めながらこう呟《つぶや》いた。「――然しなんという可愛い顔つきだろう」うっとりしてこう暫らく眺めていたが、やがてひどく喉《のど》が渇いてきたので、静かにゆう女の肩から腕を外した。彼女はうーんと鼻声をあげ、無意味にその腕へ身をすり寄せる動作をした、然し余程疲れきっているとみえ、岩壁へ凭せかけてやると、そのまま軽い寝息をたてて眠っている、彼は痺れた足をさすりながらそっと洞穴を出ていった。

雨も殆《ほと》んどやみ風も弱くなっていた。雨雲はまだ厚いが少しずつち切れて、流れてゆく気配がみえる。転んでいる岩を跳び跳び谿流の近くまで行くと、「折岩さまーっ」というつきつめた叫びが聞えた、「折岩さまーっ」「おーい」彼は、はっとして踵《きびす》を返した。夢中で駈け登ると洞穴の入口に立っていたゆう女が、ああと云いながら飛びつき、両腕で彼の頸《くび》へ身を投げかけた、「どうした、熊ですか」彼はこう叫びながら左右を見廻した。「もう大丈夫、熊ですか、狼でも出たんですか」「ううう、ううう」彼女は両腕で弥太夫の頸を折れるほど緊めつけ、体をわななわな震わせながら泣くばかりだった。「どうしたんです」彼はその背を撫《な》でてやった、「一体どうしたんです、あんな声をだして」「――眼がさめたら」彼女は泣きじゃくりをしながら云った、「貴方がいらっしゃらないんですもの、あんまりですわ」「それだけのことで、――」彼は大きく溜息《ためいき》をついた、「それだけであんな声をだしたんですか、こっちは熊か狼でも出たものと思って胆《きも》を潰《つぶ》した、冗談じゃない、ちょっと水を捜しにいっただけですよ」

「だってとても怖かったのですもの、――」こう云ってゆう女は涙でいっぱいの眼をあげた、「お怒りにならないで、そしてもうどこへもいらっしゃらないで、ね」弥太夫はその眼を見た、今はいささかの驕慢も虚飾もないその表情を見た、計らざりき、彼の計画は一方で齟齬《そご》すると同時に彼の思いもかけないところで効果をあげていたのだ。そこにいるのはもはや老女波尾ではなく、波尾ゆうという一人の娘に過ぎないのである。だがこの娘が城下へ戻ったら、――老女としての身分と威勢の中へ帰ったらどうなるか、おお、それは眼に見る如くである。弥太夫は静かに、「宜しいどこへもいきますまい」と云った、「但《ただ》しそれには条件があります」「沢山ですの」ゆう女は不安そうに彼を見た、「いや一つだけだ。それは、よく聞いて下さいよ、それは貴女が私の妻になるということです」「――――」彼女の全身がびくっと震えた。次に彼女は男の胸へ固く面を伏せた。「厭《いや》ですか」「――だって」こう彼女は微《かす》かに云った、「わたくし、おかめですから……」

読者諸君、どうかこっちへ来て下さい、二人は暫くそっとして置きましょう。御覧のとおり弥太夫は唯一つの方法を行使した、藩政の弊風を打開する大きな障碍《しょうがい》も、これでどうやら緩和されたと云っていいだろう、人間が何事か意義ある事業を成すためには、必ずそれに相当する犠牲を払わなければならない、即《すなわ》ち折岩弥太夫もその経済改革の理想の為に、女嫌いという表看板を下して、嫌いだった女を妻にするという犠牲を支払ったのである。――この小さな物語を終るに当って、もう一度二人の会話を御紹介しよう、「長局《ながつぼね》の畳替えはお延しになって宜しいのよ」彼女は彼にぴったり寄添いながらこう云っている。「それから、――もしわたくしが悪い子だったら、余りきつくでなければ、――時には、お打ちになっても宜しいわ」

（「娯楽世界」昭和二十三年二月号）

花匂う

一

　直弥は初めて眠れない夜というものを経験した。いったいが暢気《のんき》なたちで、小さい頃から「三男の甚六」などと云われたが、これは誰の眼にも適評だったらしい。人を憎むとか怨《うら》むとか、激しく怒るという感情が殆《ほと》んどなかった。菓子を取るにも物をねだるにも兄たちに先を越されるし、友達と遊ぶにもきまって後手《ごて》をひいた。上の兄ふたりはよく喧嘩《けんか》をしたが、彼はいつも途方にくれたような顔をし、側《そば》で黙って見ているという風であった。長兄の兵庫はむっつりしているが癇《かん》が強い、二兄の孝之助は口も手も八丁という質《たち》で、我《が》をとおすことにかけては兄を凌《しの》ぐくらいだった。彼は十六歳のときいちど鹿木原家へ養子にいったのであるが、一年ばかりするととびだして来て、「私にはとうてい勤まりません、縁を切って下さい」と云ってきかなかった。そのときはだいぶごたごたした、怒った父の呶鳴《どな》りごえや母の泣いて訓《さと》すのを幾たびか聞いた。けれども孝之助は梃《てこ》でも動かず、遂《つい》に自分の意志を押しとおしてしまった。十九歳で松島家へ婿《むこ》養子にいった時も、頻繁《ひんぱん》に家へ帰って来ては母に文句を云ったものである。「私は養子には向かないんですよ、直弥をやればいいんです、養子にはあれがうってつけです」そんなことを云っているのを聞いたこともある。然《しか》し二年経《た》って長男が生れると、それでおちついたらしく、もう来ても不平を云うようなことはなくなった……養子にはうってつけと聞いたとき、直弥はなるほどそんなものかも知れないと思った、別にひどいことを云われたとも感じないし、改めて発奮する気持も起らなかった。こういう性質だから、自分が三男坊の部屋住だということにもさして悩んだり僻《ひが》んだりしたためしはない、将来のためにどうしようなどということもなく与えられた平凡な月日をきわめて従順に暮して来た。

矢部信一郎と庄田多津との縁談がきまったと聞かされた直後から、直弥の眠れない夜が始まったのである。勿論《もちろん》そう聞いたときはごく単純に喜んだ、信一郎は藩の学問所からの親友の一人で、他の友達が離れてゆくなかに信一郎だけは親しい往来《ゆきき》が続いていた。去年の春、父親が隠居し、彼がその跡を襲って御庫《おくら》奉行になってからは、それまでのように繁々《しげしげ》とつきあうことも出来なくなったが、それでもなお信一郎のほうでは、親にも云えないようなことを打明けて相談するという風だったのである。——庄田のほうは隣屋敷で、多津とも幼いうちから馴染《なじ》んでいた、よく笑う明るいおしゃまな子で、四つ違いの直弥を弟のようにあつかうのを好んだ、うぶ毛の濃いたちなのだろう、腕にも頬にも水蜜桃《すいみつとう》のように柔らかな細かい毛が生えていて、日光の具合できらきら光るのが直弥には珍しかった。それはいいが顎《あご》の下の喉仏《のどぼとけ》に当るところに、ひとかたまりの生毛があるのは可笑《おか》しかった。当人は知らないようだし彼も云いはしなかったけれども、彼女がむすめになってからもふと思いだすと、独りで微笑させられたものである。庄田とは柾木《まさき》の生垣ひとえの隣合せで、生垣の側に大きな蜜柑《みかん》の樹があり、多津のずっと小さいころにはその樹蔭《こかげ》でよく遊び相手をさせられたのであった。お互いに家族同志が親しいので、成長してからもずっと往来していた。庭で顔が合ったりすると生垣を中に暫《しばら》く話すのが例である、信一郎が多津を知ったのも直弥を介しての事で、二度か三度いっしょに話す機会があり、それからこんどのはなしになったものである。……こういう関係なので、二人の縁談を喜んだのは当然であるが、然しそのすぐあとで直弥はとつぜん身震いをした。信一郎に秘密があるのを思いだしたのだ、自分の家にいた小間使とあやまちをして、今年三つになる男の児がある。その女は吉田村という処《ところ》のかなりな農家の娘で、身籠《みごも》るとすぐに家へ帰り、子を産んでからもずっと其処《そこ》にいる。今でも矢部の家から定《きま》った養育料が届けられるのを、直弥は知っていたのであった。

眠れない夜の時間に、直弥は繰返しその事を考え続けた。結婚してからその事実を知ったら、多津はどんなに苦しい思いをするだろう、よく笑う明るい彼女の顔が悲しみのためにひきつり、苦しさに歪《ゆが》むのが見えるようである。直弥は胸にするどい痛みを感じた。余りにそれは残酷だ、なんの咎《とが》もない多津がどうしてそんなめに遭わなければならないのか、――いやいけない、それは可哀《かわい》そう過る、少なくとも事情を知っている自分が黙って見過すという法はない。

「どうしても話すのが本当だ、そのうえで多津が承知してゆくなら別だが、なにも知らせずにやるという法はない――」

十日余りも不眠の夜が続いたのち、直弥はこう決心をして手紙を書き、多津に渡す折を待った。――それを渡したのは朝のことだった。まだうっすらと霧のながれる時刻に、多津が庭へ花を剪《き》りに来た。直弥は生垣のところまでいって呼んだ、彼女は微笑しながら近づいて来た。藤色に細かい縞《しま》のある袷《あわせ》と、襦袢《じゅばん》の白い襟《えり》があざやかな対照をなして、胸もとが際立《きわだ》ってすがすがしくみえた。

「お早うございます――おおいい香り」多津は頰笑んだまま脇《わき》のほうを見上げた。

「蜜柑がずいぶんよく匂《にお》いますこと」

直弥もそっちへ眼をやった。蜜柑の樹に花が咲いていた。気がつくとあたりの空気はかなり強い匂いに染っていた。直弥は眼をかえした。そして手紙を出して彼女に渡した。

「独りで読んで下さい。よかったら二十日に待っています」

多津は少しも警戒の色なしに受取ってふところへ入れた。いま剪って来たばかりの白い大輪の芍薬《しゃくやく》を抱えていたが、花も葉もしとどに露をむすんでいた。

「お返辞を差上げますの」

「いや読んでくれればわかります。もし二十日がいけなかったら、明日の朝ここへ来てそう云って下さい」

多津ははいと頷《うなず》いたが、そのとき心なしか、すっと顔色が変るように思えた。——明くる朝、彼女は庭へ姿をみせなかった。それで中一日おいた約束の日に、直弥は「河正」へでかけていった。

河正は千代川の河畔にある、料理茶屋ではあるが先代の主人というのが御城の庖《ほう》丁方《ちょうかた》で、なにか失策があってお暇《いとま》になったが、殿さまがその庖丁ぶりを惜しまれ、それとは知らせずにお手許金《てもときん》で料理茶屋を出して遣《や》られたと伝えられている。そのためばかりでもないだろうが客は殆ど武家に限られていた。女中もごく地味な温和《おとな》しい者を選んであるし、歌妓などは決して入れないので、家族伴《づ》れで来る客も相当に多かった。——直弥もたびたび父親に伴れて来られた。庄田でも同じように来て、両家族がそこで一緒になることも珍しくはなかった。それで直弥は、二人きりで会って話したいことがあるからと、手紙で多津にこの家を指定したのであった。一緒に昼食のできるようにと、定めた時刻より遥《はる》かに早く河正へいった。通されたのは廊下を渡ってゆく離れ造りの座敷で、庭の松林を越してすぐ向うに、碧色《みどりいろ》の淀《よど》みをなした千代川が眺められた。——多津はなかなか来なかった。運ばれた茶にも手が出ず、眼にしみるような濃い色の川波を見ていたが、暫くすると直弥はふいに低く呻《うめ》き、眼をつむりながら片手で胸を押えた。

——ああそうだったのか、そうだったのか。

そこまで来て彼は自分の本心に気づいた。自分が多津を愛していたということを、それもずっと以前から深く根づよく愛していたということを。——彼はぐらぐらと眩暈《めまい》に襲われ、呼吸が詰りそうな感じで激しく喘《あえ》いだ。

——もういけない。話すことは出来ない。

直弥は立上り、蒼《あお》い顔をして庭へ下りていった。——松林をぬけて庭はずれまでゆき、そこで茫然《ぼうぜん》とながいこと物思いに耽《ふけ》った。少し気持が落ちついてから、座敷へ戻ろうとすると、松林の向うから多津の来るのが見えた。

「ごめんあそばせ、すっかり遅くなってしまいました」多津は上眼づかいにこっちを見て微笑した。「ちょうど出がけにお友達がみえましたの、おかげさまで出る口実はついたのですが、こんなにおくれてしまいました」

彼女の頰はさっと赤くなった。着附《きつ》けや化粧のせいだろうか、驚くほどおんならしくなり、背丈まで高くなったようにみえる。婚約ができると娘はおんならしくなる。いつかそんなことを聞いたようだ。——嫉妬《しっと》というのだろう。さっきとは違ったするどい苦痛のために、直弥は危うくまた呻きそうになった。

多津はうきうきしていた。肩を竦《すく》めて忍び笑いをしたり、急にまじめな眼でこちらを見つめたりした。こんな処へ独りで来るのは初めてであるが、この胸のどきどきするような気持も悪くはないとか、むかし直弥の家族とここで一緒になったときの、ごくつまらない思出をさも可笑しそうに話したりした。——食事が済んでから、多津はにわかにしんとなった。直弥が静かに口をきった。

「手紙には話があるように書いたけど、本当はお別れにいちど食事をしたかったんですよ。——それと一つだけ、これまでのおつきあい甲斐《がい》に餞別《せんべつ》の言葉を差上げます」

多津はうつむいて膝《ひざ》の上に手を重ねた。

「物に表と裏がある以上に、人間にもそれぞれひなたと日蔭がある、世の中そのものが複雑でむずかしいから、人間もきれいにばかりはなかなか生きられない、厳しいせんさくをすれば、誰にも少しは醜い厭《いや》な部分があるものです。それが現実だということを考えていらっしゃい。余り美しい夢を期待すると裏切られるかも知れません。勇気をだして、たとえ少しくらい厭な事実に遭ってもまいらないで、強く幸福に生きて下さい」

多津は「はい」と答えて暫くうつむいたままでいたが、やがて顔をあげながらこちらを見て微笑した。洗われたように鮮かな眸子《ひとみ》である。

彼女はこう云った。

「直弥さまはいつかこう仰《おっ》しゃいましたわ。棘《とげ》を刺したってそんなに泣くことはない。私がすぐ抜いてあげるよって、――おたの七つの年でございましたわ」

二

直弥が二十九歳のとき父と母とが相前後して亡《な》くなり兄の兵庫が家督をした。彼はそれを機会に母屋《おもや》から出て別棟になっている住居へ移った。それはむかし足軽長屋だったものらしい。不用になって厩《うまや》はとり毀《こわ》したが、そこは物置に使っていたのである。大工を入れて少し造り直し、八帖《じょう》と六帖に長四帖の板間を附けた。なかなかおちついた住居になった。

彼はその四五年まえから暇にまかせて風土資料を蒐《あつ》めていた。二十四五になるとたいていもう養子にゆく望みもない。部屋住で一生を厄介者で送らなければならない。喰《た》べることと小遣ぐらいには心配がないけれども、妻を娶《めと》ることもできないし人並の世間づきあいもいちおう遠慮である。これではなにか気持を紛らせることがなければ退屈だ。しぜん部屋住の者はたいがいなにかやっている。境遇に依《よ》っては内職をする者もあるし、碁将棋や書画に凝る者もある。直弥は少年じぶんから伝説や地誌を聞くのが楽しみだったので、領内全部の風土資料を記録してみようと思いたった。時間は幾らでもあるから弁当持ちで出掛けて、その土地土地の古老を訪ねたり、社寺、古蹟《こせき》を探ったり、林相や気候や作物を調べたりして、それをこくめいに記録した。――長四帖の板間に棚を作り、蒐めた資料をそこに積んで置く、外へ出ないときは八帖の居間の机で、気の向くままに整理をする。

「諦《あき》らめてみればかなり仕合せな境遇だ」彼はしばしばこう思って苦笑した。

多津が矢部へ嫁して一年、同じ季節のめぐって来た或日のことだ。机に向って書いていると、どこからかひじょうに不愉快な香が匂って来た。芥捨場《ごみすてば》で物のすえるような匂いであった。庭のほうを見ると、ちょうど吾助という老僕が掃除をしていた。直弥は彼を呼んで云った。

「厭な匂いがするな。そのへんに汚ない物でも捨ててあるんじゃないか」

「さようでございますか」老僕は風を嗅《か》ぐように顔を左右へ振向けた。「――わたくしには蜜柑の花は匂いますがそのほかにはなんにも匂わないようでございますがな」

蜜柑の匂い、直弥は眉《まゆ》をしかめた。そうだ、慥《たし》かにそれは蜜柑の花の匂いであった。然しそれにしてはなぜこんなに厭な匂いなのだろう。去年までこんなことはなかった。甘くおもたい感じではあるが、母親の乳の思出のような懐《なつ》かしさをもっていた。それがこんなに不愉快に匂う、どうしたことだろう、――直弥は立って障子を閉め、ながいこと机に頬杖《ほおづえ》をついていた。

矢部からは始めのうちよく招待があった。招かれないでもときどきこっちから訪ねた。夫妻は心から歓待してくれるが、両親はあまり喜ばない風があった。僻みではなく彼のような部屋住者の訪問は、矢部老夫婦には好ましくない客なのだ。それでいつか自然と往来が遠のいていったのである。――直弥はかくべつ不満でも不快でもなかった。矢部の家庭が平穏であり、多津が仕合せであるならこれに越したことはない。そのうえ彼女を失った傷手は意外に大きくて、信一郎と並んだ彼女を見ることはかなりな苦痛であった。直弥はしだいに孤独な、静かではあるが平板な生活にはいっていった。……こうして三十を越すと間もなく、彼には思いがけない友人が現われた。竹富半兵衛という男で、学問所を出るまでは矢部信一郎や川村伝八、馬場文五郎らと一緒に、五人組などと呼ばれて親しく附合った。二十一二からみな家を継いだり養子にいったりして役に就き、直弥ひとり埒外《らちがい》に残されたかたちであるが、竹富半兵衛とは、彼が江戸詰になって以来、十年ちかくも会わなかったのである。

「ここの家の蜜柑を思いだしたんでね」半兵衛はこう云いながら入って来た。「おう生《な》ってるな、ひとつ捥《も》いで来ようか」

「いけないよ、あれは隣のだ」

「隣のって――だってむかしはよく捥いで喰べたじゃないか」

「喰べたって隣のさ、まああがらないか」

半兵衛は肥えていた。顔もぴんと張切っているし、大きな眼には威が備わってきた。よくとおる声で簡潔にきびきびとものを云う、これはたいへんな人間になるぞと、直弥は心のなかで眼を瞠《みは》る思いだった。――昼食を一緒にしたあと、半兵衛は記録した風土資料を見た。なにか云うかと思ったが、見終ると黙って返して他の話に移り、

「五時頃に河正へ来てくれ」と云って立上った。

「久し振りで一杯やろう、待っているよ」

そのとき竹富は百日ほど国許にいた。そして年が明けると間もなく、収納方元締に上げられて江戸へ去った。それが二人の友情の復活になり、同時に半兵衛のめざまし

い出世ぶりが始まった。彼は殆《ほと》ど二年おきに帰国し、帰るたびに役を上げられてまた江戸詰になる、もともとそれだけの家格と背景があるのだが、老職たちの信用もあり、それ以上に藩主の寵《ちょう》が篤《あつ》いということだった……半兵衛は帰国すると必ず直弥を訪ねた、興味があるのか無いのか、いちどは例の資料を出させて見る、そして江戸へ去るまでは殆ど三日にあげず河正へ招いて馳走してくれた。

矢部とはすっかり疎縁《そえん》になっていた、多津に子供が生れないということと、二度ばかり大病をしたという話を聞いた。二度めには見舞いにいったけれど、もう治ったあとで、さして痩《や》せもしないし、元気な明るい眼で笑っていた。ただ血色のいい顔が蠟《ろう》のようになり、ちからのない咳《せき》をするのが痛ましくみえた。信一郎は枕許《まくらもと》に坐って、

「丈夫そうな軀《からだ》のくせに案外弱いんでまいるよ、今年は柏の温泉へでもやろうと思う」

こう云って妻の顔を見ていた。

直弥は三十八歳になった。あれからずっと蜜柑の咲く季節は不愉快で、四月のこえをきくとああまたかと憂鬱《ゆううつ》になる、いったいこの土地は蜜柑の樹が多いから、その時期にはどこへいってもその匂いは避けられない、したがって閉籠《とじこも》ることになり、頭の重い鬱陶しい日が続くのであった。兄の兵庫に新太郎と松二郎という子がある、上は

十二で温和しいが、七つになる甥《おい》が暴れん坊で、直弥の住居へ来てはそこらを掻廻《かきまわ》してゆく、うるさいけれども面白いから気散じに遊んでやるのだが、そんなときにはそれさえもの憂《う》くて、思わず渋い顔をして追出すことも稀《まれ》ではなかった。——六月になった初旬の一日、伊里郷のほうをまわって帰ると、竹富半兵衛の手紙が届いていた。——河正で待っている、すぐ来い。

例によってずけずけした文句である。「帰ったんだな」直弥は懐かしさにひとりで微笑をうかべた。二三ヵ月まえから、こんど帰国したら勘定奉行だろうという噂《うわさ》が高かった。恐らくそんなことに違いない——河正なら風呂があるからと思い、着替えだけしてすぐにでかけた。

半兵衛もちょうど風呂にはいっていた。直弥がゆくと彼はおうらという女中に、背を流させているところだった。直弥は後ろから眺めて、その逞《たくま》しく膏《あぶら》ぎった体軀《たいく》に驚いた。

「また肥《ふと》ったねえ、——慥か御尊父は卒中で亡くなったんだろう」直弥はこう云いながら躯をしめした、「気をつけるんだな、危ないよ」

まあお口の悪いとおうらが笑った。半兵衛は平然と手で腹を叩《たた》いた。

「何これは酒のためさ、二三日やめると、ぐっと肉がおちる、本当だぜ、嘘《うそ》は云わない」

「おれを安心させたってしようがない、そっちの問題だ」

「それなら文句なしさ、酒も飲まず美食もせず、勤倹実直に暮した矢部が重態で危ないというのに、餓鬼大将のように好きなだけ暴れるおれはこのとおり丈夫だ、どうせ人間は死ぬまでしか生きやしない」

「矢部が重態だって――信一郎か」

「もちろんさ、土地にいて知らなかったのか、労咳《ろうがい》のような病気で、もうここ四五日だろうということを聞いたがね」

まるで知らないことだった、直弥はすぐに多津の身を思い、気持を塞《ふさ》がれた。――汗を流して座敷に坐ると、半兵衛はすぐに「おれは辞職するよ」と意外なことを云った。

「だってそれは、――然《しか》し、どういうことなんだ」

「どういうことになるかわからないが、とにかく少し静養してようすをみる、おれも三十八だからな、ここでいま勘定奉行などを宛《あ》てがわれては堪《たま》らない、これが本心さ」

「逞しいもんだ、当るべからずだね」

「もう一つ悠《ゆっ》くり昼寝がしたくなったのも事実さ、大きく飛ぶには翼を休めなければならない、うんと飲んで食って思うさま寝るよ」

勘定奉行という呼声さえ家中の人々には羨望《せんぼう》に価《あたい》したが、半兵衛はもっと大きい席を欲しているらしい、それにしてもずばっと辞職する度胸のよさなど、直弥にはただ驚歎《きょうたん》の舌を巻くばかりであった。

直弥はその夜ずいぶん酔った。帰って寝たのもはっきりは覚えていない、夜中に枕許の水が無くなって、水屋へ汲《く》みに起きたときようやく、我家に寝ていることを知ったくらいである。——明くる朝もなかなか眼がさめなかった、甥の松二郎がなんども外へ来て呼んだが、頭が重くて返辞もできなかった。そのうちになにか手紙を見たような気がし始め、ふと枕許を見ると、盆の上に封書が置いてあった、酔醒《よいざ》めの水を飲むとき眼についたものだったのだろう、裏を返すと「矢部うち」とある、すぐにゆうべの竹富の話を思いだし、起き直って封を切った。——それには信一郎が重態であること、なにか内密で話したいことがあると云っているから、なるべく早く来て下さるように。あらましそういう意味のことが、たぶん多津の筆だろう、ごく簡単に書いてあった。

「やっぱりそうだったのか、気の毒に、——」

まだ酔の残っている頭で、なにを思うともなく、彼はやや暫《しばら》くぼんやりと障子を見まもっていた。

梅雨のかえったように、細かい雨が降っていた。兄嫁の調えてくれた見舞いの品を持って家を出たが、時刻はもう十時に近い頃だった。――矢部の玄関へ立って訪れると、すぐに多津が出て来た。直弥を見ると彼女は赤く泣き腫《は》らした眼を伏せて云った。

「お待ちしていましたけれど、とうとういけませんでした、つい今しがた――」

三

病間には老父母と医者がいた。悔みを述べて枕許へ寄った、死顔はひどく痩せてぶしょう髭《ひげ》が伸びていた。直弥はじっとその顔を見まもった。

――多津が低い声で、良人《おっと》が春さきに喀血《かっけつ》したこと、それから続いて胃潰瘍《いかいよう》にかかり、おちついたと思うと腸から出血が始まって、坂を転げ落ちるように悪くなり、遂《つい》にこういうことになったのだと語った。

香をあげて廊下へ出ると「筆を貸して下さい」と云って、直弥は持って来た包をあけた。

「見舞いに持って来たのですが、霊前へ上げることになってしまいました」

多津は自分の居間へ案内した。筆を借りて包み紙を取替えながら、「矢部が私に話したいというのはなんでしたか」と訊《き》いてみた、多津は知らなかった。

「貴方《あなた》がみえたら申上げると云って、どうしても話してくれませんでしたの、——自分では少しも死ぬとは思っていなかったようですから」

「ではそれほど重要なことでもなかったんでしょう」

多津は膝をみつめていたが、そっと顔をあげ、涙の溜《たま》った眼で直弥を見た。

「いま矢部に死なれてしまって、これからわたくしどうしたらいいでしょう、お父さまにもお母さまにも余りお気にいりではありませんし、頼りにする子供はございませんし——」

直弥は暫く黙っていた。それから低い声でこう云った。

「今はなにも考えないがいいですよ、御承知のとおり私は此処《ここ》の御両親には歓迎されない客だから、そう訪ねては来られないが、なにかあったら出来る限りおちからになります、気をおとさないで確《しっ》かりしていらっしゃい」

直弥は暗い気持で雨の中を帰った。多津はどうなるだろう、彼女が、矢部の親たちに好かれていないと云うのは、彼女に子の無いことも原因の一つに違いない、家系というものの厳しい当時にあって、殊《こと》に武家ではそれは重大なことだった、三年子が無ければ離別するという俗諺《ことわざ》さえあるくらいで、良人はなかば公然と妾婢《しょうひ》をもつことさえ出来たのである。——多津に子が無く、良人は死に、舅姑《しゅうとしゅうとめ》に好かれていないとすれば、将来さらに不幸の重なることは避けられないかも知れない、可哀そうに。

……直弥はふと自嘲《じちょう》の笑いをうかべ、溜息《ためいき》をついた。なにかあったらちからになると云ったが、本当にそうなったとき彼になにが出来るだろうか、兄の厄介者で一生部屋住の彼に、いったいどんなちからがあるというのだ。壕端《ほりばた》のさいかちの樹蔭《こかげ》に立停り、水面に雨が描く細かい波紋を眺めながら、直弥はかなり長いこと物思いに耽《ふけ》った。

葬式には兄の兵庫がいった。初七日の逮夜《たいや》に、竹富の周旋でむかしの友達が集まることになり、直弥も招かれた。五人組のほかに四五人来たが、ひととおり久闊《きゅうかつ》の挨拶《あいさつ》が済むと、直弥だけは会話のそとへ押しやられた、半兵衛さえ余り話しかけてこなかった。勿論《もちろん》そのほうがいい、直弥は黙って彼等の話すのを眺めていた——中心はやっぱり半兵衛だった、そう並べてみると風格もずばぬけている。きぱきぱと切り口上に言葉少なで「そう」とか「いや結構」などという受答えに、羨《うらや》ましいほど際立《きわだ》った貫《かん》禄《ろく》がみえた。

——たいした人間になった。

直弥はこう呟《つぶや》いて微笑した。

半兵衛が職を辞したのはその数日後のことであった。河正で人を集めては派手に飲むとか、昼間はぐうぐう寝ているとか、千代川で子供たちと泳ぐとか、京町の花街で流連《いつづけ》しているとか、色いろな噂が耳に入る、直弥はそういう噂の蔭に、半兵衛の皮肉な微笑をみる気持で、せっせとまた資料蒐《あつ》めに歩き始めた。——けれどもその頃から彼はふとすると憂鬱な考えにとらわれることが多くなった。郷村を尋ねて古老の話を聞きながら、人間の運命の頼りなさとか生命のはかなさなどを想《おも》う、歩いていて木の葉の散るさまを見る、黄ばんだ葉が枝を離れる瞬間に、人間の断末魔の叫びを聞くように思う。……自分で舌足らずに自分のことを「おた」と呼んだ多津、蜜柑の樹の下へ直弥を呼び出しては、姉のようにふるまうことを喜んだ多津、藤色の細かい縞《しま》の着物に白い襟をみせたすがすがしい姿、白い大輪の芍薬《しゃくやく》を抱えた明るい顔。——それが十五年経《た》った今、すでに花は散り葉は枯れかけている、彼女を待っているものは冬の寒気と、霜と風雪だけだ。

——いったい多津はなんのために生きて来たのだろう、女としてはもう一生が終ったと云ってもいいのに、これまで生きて来たことにどんな意味があるだろう。

勿論それは自分のことでもあった。調べてまわる古い伝説、史蹟《しせき》に遺《のこ》っている蘚苔《こけ》むした碑《いしぶみ》、戦場の跡といわれる茫漠《ぼうばく》たる荒野、そこには人間の恋と冒険と悲劇と歓喜があった、その土は血と涙を吸い、その碑は万人讃仰《さんぎょう》の的であった。だがそれは総《すべ》て過ぎ去ってしまった、碑の文字は蘚苔に蝕《むし》ばまれて消え、戦場の跡は畑になってしまうだろう、余りにわかりきったことだ。どんなに偉大な事蹟も過ぎ去ってみれば野末の煙に等しい、慥《たし》かなことは絶えず時間が経過しているという事実だけだ。

「それは瀬沼直弥が三男の部屋住で、三十八になるまで満足に遊蕩《ゆうとう》の味も知らないからさ」半兵衛はひやかすように笑った、「もし直弥が家老にでもなればまるっきり別のことを考える」

「たぶんそうだろう、然しおれの考えが変ってもその事実は変化しやしないよ」

「それがどうしたと云うんだ、なにもかも消滅することにふしぎはないじゃないか。もともと人間のする事に意義なんかありゃあしない、土百姓の伜《せがれ》が太閤《たいこう》になったって、なにがしの上皇が孤島幽囚の終りをとげられたって、結果としては単にそれだけのことだ、人間ぜんたいの運命にも無関係だし、意義も意味もありはしない、なにかがあるとすれば生きているあいだのことさ、いかによく生きるか、どう生きるか、問題はそれだけしかないよ」

「俗論はひびきの強いものだ、そして出世型の人間は定ったように現実を肯定する」

「悲観論者が病人か貧乏人に定っているのと一般さ、どっちみち人間は利巧じゃあない」

九月になって矢部の百日忌が来た。その日直弥は宗泰寺の墓地で多津に会った。法《ほう》会《え》はとっくに済み客も帰ったあとで、彼女が独り墓畔のあと始末をしていた。――すっかり健康そうに肥えて、頬にはまた艶《つや》つやと赤みをさしていた。笑う表情も声も明るく、まるで娘の頃をそのまま見るように思えた。

「こんど養子をとることになりましたの」

挨拶が済むとすぐ多津がこう云った。

「お母さまのお里のほうの者で、今年もう十八になるそうですけれど」

「お母さまとは矢部のですか」

「ええ――」多津は擽《くすぐ》ったそうな微笑をうかべた、「いきなり十八の子の母親になるなんてどうしたらいいでしょう、わたくし今から戸惑いをするばかりですわ」

「私にも想像がつきませんね」直弥も笑いながら云った。「お母さんどころか貴女《あなた》はむかしのままですよ、こうして見ると娘時代と少しも変っていない、本当にふしぎなくらいですね」

「それはもう生れつき賢くないんですから」

「だがよかった。それで貴女もおちつくでしょう、私も安心です」

多津は上眼でじっと直弥をみつめ「おかげさまで」と云いながらその眼を伏せた。——直弥はどきっとした、黒の紋服に白襟のくっきり眼立つ胸もとの豊かさ、眉《まゆ》のあざやかな、頰に赤みのさした明るい顔つき、それは矢部へゆくまえの多津そのままの姿ではないか、十五年もひとの妻だったなどということは殆《ほとん》ど感じられない。矢部にそれだけの影響力がなかったのか、それとも多津の個性が影響をうけないようにできていたものか、——こう思いながら、直弥は自分で狼狽《ろうばい》するほど彼女にひきつけられるのを感じた。

このときの感動は消えなかった。単に消えないばかりでなく、一種の悩ましい空想をさえ植えつけた。多津が未亡人であって、養子が入るとすれば矢部の家を出ることもできる。そういう考えがいつも頭のどこかにひそんでいる。むろん自分に結びつけてのことではないが、その空想が平板な彼の日常に小さな燈を点じたことは慥かであった。いつか知らぬ間に、直弥は少しずつ「三男の甚六」をとり戻していった。兄嫁がいち早くそれに感づいたのだろう。なにかお嬉《うれ》しいことでもありそうね、などと云われたくらいである。そういう直接な感じのものではない、僅《わず》かにそんな空想も可能だというにすぎないのである、然し彼はそうですかと答えても否定はしなかった。矢部では十一月に養子を入れたということを聞いた。披露の招きはあったがゆかなかった。そして十二月になると間もなく老臣のあいだに政治上の紛争が起ったという噂が拡《ひろ》まった。直弥などにはよくわからないが、二十年ちかくも国家老を勤めた梶原図書助と、それを取巻く保守派に対して、中老の島田助左衛門を主盟とする若手重職らが、政治全般の改革案をつきつけて事実上の退陣を迫ったのだという。どこまでが真相か見当はつかなかったが、直弥には島田一派の蔭に竹富半兵衛の逞《たくま》しい相貌《そうぼう》が見えるようで、いよいよ動きだしたなとひそかに注意を怠らなかった。

年が明けて二月のことだった。久しぶりに半兵衛から誘いがあり、河正で一緒に酒を飲んだ。半兵衛の眼は充血していたし、頬のあたりに悄衰《しょうすい》の色があった。水を向けてみたが政治のことには頑として触れず、京町の馴染の妓との惚気《のろけ》めかした話をだらしもなく続けた。お互いにかなり酔のまわった頃だった。廊下を大股《おおまた》に来る人の足音がして、声もかけずに障子を明け、血相の変った三人の若侍が入って来た。

半兵衛は右手に盃《さかずき》を持っていた。酒のいっぱい入っている盃を持って彼等を見た。充血した腫れぼったい眼で、じろっと彼等を見ながら「来たな」と冷やかに云った。

四

それが殺気というのだろう、部屋の空気がきりきりと結晶するように思えた。三人のうち左の端にいた青年が、半兵衛の「来たな」という声に応じて刀を抜いた。

「まじめだな、——よかろう」半兵衛はきぱきぱと云った、「おまえたちの年頃にはおれにも覚えのあることだ。但《ただ》しひとこと訊くが自分の信念だろうな、教唆《きょうさ》されて来たんじゃあないだろうな」

直弥はその瞬間に勝負がついたと思った。半兵衛は酒を呷《あお》り、例の淀みのない切口上でたたみかけた。

「紛争が自分に不利だとみて、相手も生かして置けないと思ったら自分でやるのが当然だ。矢部さんの立場におれがいたら、おれは自分で此処へ来る。決して他人を使うようなことはしないぜ、これでお終《しま》いだ、遠慮なくやれ」

刀を抜いた青年は唇を嚙《か》んだ、然し殺気はすでに去っていた、彼は叫んだ。

「竹富さん手をおひきなさい、それが貴方の身のためです」

「おれは藩の将来を思っている、政治の正しい改革を思っている、自分のことなど考えていやあしない、ばかなことを云うな」

直弥は立っていった。もう終りである。幕を引いてやらなければ可哀そうだと思ったからだ。彼は刀を抜いている青年に向って、「さあ帰りたまえ」と云った、その青年のひたむきな眼に同情を感じたのである。

「今日はこれで帰って、よく考えてみたまえ。私は政治のことはよく知らないが、竹富はそんなにも物凄《ものすご》く悪い人間じゃあないと思う、ひとつ冷静に考えるんだね、それからまた来ればいい、今日は帰りたまえ」

三人は案外おとなしく帰っていった。直弥は坐って半兵衛を見た、半兵衛の充血した眼がきまじめな光を帯びていた。

「おれの勝だよ、瀬沼」半兵衛はずばりと言った、「敵は自分で敗北を名乗り出たようなものだ」

「さっき矢部と云ったが、あれは――」

「真右衛門さ、信一郎の親父《おやじ》だ、伜が死んで返り家督をしたら欲が出だして、――いやそんなことより話があるんだ、瀬沼」半兵衛は一寸《ちょっと》、言葉を改めた。「今度おれは国家老になる、同時に瀬沼は郡奉行《こおりぶぎょう》だ、わかるか」

「おれが郡奉行だって、冗談じゃあない」

「今日までの郷土調査を活《い》かすんだ、おれには練りに練った経綸《けいりん》がある、黙っていたがそれには瀬沼の蒐めた資料が役に立つんだ」

「それなら資料だけ使えばいいさ」

「まじめな話なんだ」半兵衛はじっとこちらを見た、「おれはいつも瀬沼のことを考えていた、自分では気がつくまいが、おまえは役所の下役人は勤まらない男だ、然し置くべき席に置けば仕事の出来る人間だ、そう思ったから今日までへたな周旋はしなかった。こんどこそ瀬沼を出せる、――長い部屋住をよく辛抱したよ」

直弥は困ったように持っている盃を眺めた。夢にもそんな友情を期待していなかったので、危うく涙が出そうになった。これまでの事が新しく想いかえされ、その一つ一つに半兵衛の劬《いたわ》りと慰めと激励のあったことがわかる、これが「三男の甚六」だろうか、彼は初めて本当の半兵衛をみいだすように思えた。

「それにしても驚いたね」半兵衛が急にからりとした声でいった、「おれを弁護してくれたのはいいが、そんなにも物凄く悪い人間じゃあないとさ、おれはあぶなく笑うところだったよ――」

半兵衛の確信にもかかわらず、その解決にはなお若干の時日を要した。三月に藩主が帰国し、国家老の梶原図書助と中老の島田助左衛門が辞任した、紛争の責任をとらされたものらしい。然し国家老の後任が定《き》まらないまま四月にはいった。――初旬を過ぎた或る朝のこと、直弥は庭へ出てゆくと、ふと、向うの生垣のところに多津のいるのをみつけた、待っていたのだろう、直弥がみつけると同時に彼女はそこから会釈《えしゃく》した。

「暫《しばら》くですね」彼は近寄っていった、「いつかはお招きを貰《もら》ったのに失敬しました、――今朝いらしったんですか」

「昨夜まいりましたの」多津はこう云いながら眼をあげた、「蜜柑の花がよく匂《にお》いますこと」

直弥もそっちへ眼を追った。黒いほど濃い緑色の葉蔭に蜜柑が花をつけていた。気がつくとあたりはつよくその花の香で匂っていたが、ふしぎに不愉快でも厭《いや》でもない、あの物のすえるような感じは少しもなかった。やっぱりむかしどおりの重ったるく甘い、郷愁のように懐《なつ》かしい匂いであった。――どうしたことだろう、直弥は殆どびっくりした。なんのための変化だろう――。

「お願いがあるんですけれど」多津が低い声で云った。「河正へ来て下さいませんでしょうか、聞いて頂きたいことがございますの」

「まいりましょう、いつ頃がいいですか」

「いつかの時刻ではいかがでしょうか」

「結構です、必ず伺います」

多津はじっとこちらを見て、それから向うへ去っていった。――いつかの時刻、直弥にはその言葉が強く頭に残った、十五年の余も経ってしまったあの日を、彼女はまるで数日まえのことのようにむぞうさに云った。いつかの時刻、直弥は同じ言葉をなんども口の中で繰返した。

九時過ぎると間もなく竹富が来た。珍しく麻裃《あさがみしも》で、髭《ひげ》の剃跡《そりあと》の青い、颯爽《さつそう》という感じの顔つきだった。

「国家老拝命に伺候《しこう》するんだ、そこもとの郡奉行も定った、二三日うちに召されるから用意をして置いてくれ」こう云って半兵衛は包んだ物を渡した。「色いろ支度があるだろう、とりあえずこれだけ渡して置く」

「ちょっと待ってくれ、どうも余りいきなりで」

「いきなりと云うことがあるか、二た月もまえに予告してある、じゃあ頼むぞ」

半兵衛はさっさといってしまった。旋風が来て直弥を巻きこんで、抛《ほう》りだしていったとでもいうような具合である。彼は暫く包を持ったまま茫然と坐っていた——時刻に少し早く家を出た、河正へゆく途中たびたび風に送られて蜜柑の花が匂った。だがもう決して不快ではなかった。そのためにその季節の来るのさえ堪《たま》らなかったものが、まるで嘘《うそ》のように変化した。直弥はゆっくりと解放されたような気持で歩いていった。

河正へはもう多津が先に来ていた。離れだというのでいってみると、座敷にはいなかった。然し持物が置いてあるのでいちど坐ったが、すぐに思いついて庭へ出てみた。

——あの時のように、直弥は悠《ゆっ》くり松林の中を歩いていった。すると、いつか彼自身がそうしたように、多津が庭はずれに立って川を眺めていた。驚かしてはいけないと思って、彼はずっと手前から声をかけて近寄った。多津は振返らなかった、側《そば》へいって立停ってもじっとして動かない、直弥は暫く待ってから、静かにどうしたのですと訊《き》いた。彼女は川を眺めたまま艶のない声で云った。

「郁之助——御存じですわね、去年うちへ養子に来た子……あれは養子ではございませんでした、跡取りでしたわ」

直弥はすっと背筋に風のとおるのを感じた。多津の表情のない声は続いた。

「あれは信一郎の子供ですの、信一郎がわたしを娶《めと》るまえに、或るひとに産ませた子供ですの、——昨日はじめて知りました、初めてですのよ、多津がどんな気持だったかおわかりになるでしょうか、……十五年」よろよろと声がよろめくように思えた。「わたくし、良人を信じていました、針の尖《さき》ほどもそんな疑いを持った事はございませんでした、信一郎がわたくしの他《ほか》に誰かを愛して、子供まであるなんて、夢にも思った事はございませんわ、それが今になって、——直弥さま、人間にはこんなにも人を欺くことができるものでしょうか、こんな欺《あざむ》き方をしたまま黙って死ぬことができるものでしょうか」

直弥はやや長い沈黙の後に云った。

「私はこう思う、――矢部が死ぬとき私になにか話したいと云った、あれはそのことだったと思うんです。なぜかというと、……彼にそういう子供があることを、私だけは知っていたんですから」

「貴方が」多津ははっとしたように、初めてこっちへ振返った。「直弥さまが、知っていらしったんですって」

「貴女が矢部へゆくまえに、此処《ここ》へ来て貰ったことがありますね、あれはそのことを話したかったからです」

「でもお話しなさいませんでしたわ」

「しませんでした、その積りでいたのが出来なくなったんです」

「どうしてですの、なぜ、――」

多津と直弥の眼が激しくむすびつき、殆ど火を発するかのようにみえた。こんどは直弥が川のほうを見た、そして静かにこう云った。

「此処へ来て、貴女を待っているうちに、私は自分の本心に気がついた、自分が貴女を愛していたこと、それもずっとまえから、愛していたということに気づいたんです。……矢部にはこういう秘密がある。それを話すには私が公平な立場でなければならない、私が貴女を愛しているとすれば、もうそれを話すことはできない、話せば中傷することになります」

「わかりました、よくわかりましたわ」

多津はこう云いながら両手でそっと眼を押えた。

「でもやっぱり話して下さるのが本当でしたのよ、多津があの日、恥ずかしい怖いおもいをして此処へ来たのは、いま仰《おっ》しゃったようなことをうかがえると思ったからですわ、愛している、そう仰しゃって頂けると思って、初めてお母さまに嘘も云えたんですわ」彼女はそこでとつぜん面《おもて》を掩《おお》い、肩を震わせながら激しく咽《むせ》びあげた。「それを今になって聞くなんて、こんなに色も香もうせて、お眼にかかることさえ恥ずかしい今になって――」

直弥は手を伸ばした。多津の肩を抱き、静かにそっとひき寄せた、彼女は萎《な》えたように直弥の胸に凭《もた》れかかり、凡《すべ》てを任せきった姿勢で泣き続けた。――直弥は川の淀《よど》みの碧色《みどりいろ》を見やった。あの日へ返ったのだ、あの朝も多津は「蜜柑がよく匂う」と云った、今朝も同じことを云ったではないか、あの日この松林の中で二人が会ったように、今こうして二人は会っている、違うのは二人が互いに愛していることを諒解《りようかい》し、これから二人の生涯が始まるということだけだ。――直弥は今まざまざと百日忌の思出を回想する、十五年も一緒に暮しながら、多津が少しも矢部の影響をうけていないようにみえたこと、まったく娘時代そのままにみえたことを。

「今になって、──貴女はそう思いますか」直弥はこう囁《ささや》いた、「もし本当にそう思うとしたら間違いですよ、私たちにはこれがちょうどの時期だったんです、二人が結びつくためには、これだけの時間が必要だったんですよ。──この世で経験することは、なに一つ空《むな》しいものはない、歓《よろこ》びも悲しみも、みんな我々によく生きることを教えてくれる。……大切なのはそれを活かすことだけですよ」

「なにもかもお終いになって、人間さえ信じられなくなってから、それをどう活かせと仰しゃるんですの」

「実家へお帰りなさい」直弥はそっと彼女の背を撫《な》でた、「庄田多津になるんです、ごく近いうちに、貴女さえよければ、直弥が結婚を申込みます」

多津の全身を痙攣《けいれん》がはしり、呼吸を詰めるのがはっきりわかった。直弥は背を撫でてこう云った。

「そう。──やっぱり時期が必要だったんですよ、こんどは直弥も結婚を申込むことが出来るんです、二人で、これまでの経験をむだにしないように、生きてゆきましょう。……」

「今でもおたの棘《とげ》を抜いて下さるのね、おたがこんなおばあさんになっても、――これは夢ではございませんわね」

夢ではない、これまでの年月が夢なのだ、二人は今はじめて二人の現実に足をかけたのだ。直弥はこう思いながら、多津に頬ずりしたいという欲望をじっと抑えていた。

（「面白世界別冊」昭和二十三年七月号）

蘭《らん》

一

秋の日はすでに落ちていた。

机にむかって筆を持ったまま、もの思いにふけっていた平三郎は、明り障子の蒼茫《そうぼう》と暗くなっていくのに気づいて、筆をおきながら、しずかに立って窓を明けた。

北に面した庭には女《め》ダケの荒れたやぶとまだ若木のスギ林がひろがっている。その樹下のもやのたちこめたような暗がりから、障子の明く音におどろいたのだろう、一羽のウズラが荒ら荒らしい羽音をたてて飛びたった。すると樹下の暗がりが、いっそう暗くなるように思えた。

「そうだ、会ってはっきり云おう」かれは低い声で、そうつぶやいた。「……もう、そうしても早すぎはしない」

その時の印象はずっと後になるまで、あざやかに覚えていた。たそがれの鬱々《うつうつ》としたスギ林も、ひっそりと垂れていた女ダケの葉むらも、飛びたったウズラの荒ら荒らしい羽音も、そして、ひとりごとのようにつぶやいた自分の低い声も……

平三郎はその明くる日、須川生之助《すがわいくのすけ》をおとずれた。生之助は、庭で蘭《らん》の手入れをしていた。さわやかな日光が、やわらげた黒土をぬくぬくと暖め、やや膚寒い風が、生垣のイバラの枯葉をふるわせていた。ここのほうが話しよい——平三郎はそう思った。

生之助は、土まみれの手をこすり合わせながら立って来た。

「ことしはたしかだ。つぼみのつきが、しっかりしている。一輪はきっと咲かせてみせるよ」

「話があるんだ」平三郎は友の目を見まもりながら云った。「……いや、このまま聞く耳のないほうがいい。じつは松子さんのことなんだ」

そして平三郎は話しだした。できるだけ、ことばや感情をかざらないように、自分の弁護をしないようにつとめながら……生之助は、だまって聞いていた。かれもいつかは、こういう時の来ることを予想していたのだ。びんのあたりが、やや青くなっただけで、思ったほどおどろいたようすはなかった。

「いちおう相談というかたちにすべきだが、おたがいの仲では、ゆずりあいになりそうだ。それでは気持が割りきれなくなる。どちらかが苦しまなければならないとしたら、初めから、いさぎよく、はっきりするほうがいいと信じた。これだけは、わかってもらいたいと思う」

生之助はうなずいた。そして、手の土をはたきながら、しずかに空をふりあおいだ。

雲のながれる高い空を、ゆっくりと渡っていく鳥がある。その鳥と雲との距離の渺々《びょうびょう》たる深さが、油然《ゆうぜん》とかれの心に悲しい思いをかきたてた。

「松子には、おれが伝えようか」生之助は足もとへ目を落しながらこう云った。

「……それとも自分で云うか」

「自分で云うほうがいいと思うけれど、あまり無作法だし、機会もないだろう。やっぱり、よい折をみて、そこもとから、話してもらうほうが自然ではないだろうか」

「そうかもしれない。いま風邪ぎみで寝ているようだから、起きたら……」

ふたりはそれぞれの気持で口をつぐんだ。平三郎は心のよろめきを感じた。すべてを投げだしてしまいたい、自分のことばをとり消して生之助にゆずりたい、そういう衝動に駆られた。かれはそれに負けなかったが、それ以上そこにいることには耐えられなくなり、では頼む、と云いおいて別れを告げた。

生之助は門まで友を送って来ると、また庭の一隅にあるかこいの前にかがんだ。そこには、いく種類かの蘭が植わっている。そのなかに、「寒蘭」というめずらしい一株があった。琉球《りゅうきゅう》から渡来したもので、冬の初めに咲くという。かれは、三年まえから丹誠しているが、これまでは花が咲かなかった。こんどは、しっかりした、よいつぼみがついたので、どうかして咲かせてみたいものと、怠らず手入れをしているのであった。

「どちらかが苦しまなければならない」風を入れるためにやわらげた蘭の根もとの土を、しずかに押しかためながら、生之助はそうつぶやいた。「……そうだ、どちらかが」

数日のあいだ、かれは力のない目をして、城中でも屋敷でも、だまりながら刻《とき》をすごした。二十二になる今日まで、いささかの汚点も残さなかった平三郎とのまじわりが、吹き来たり吹き去る風のように脳裏をかすめた。黒沢も須川も、おなじ老職の家柄だった。ふたりは、その父親たちのまじわりを受けついで、四五歳のころから往来《ゆきき》するようになった。水と魚、チョウと花、そういうように人々は、ふたりのしたしさをたとえた。気性もよくにていた。平三郎のほうが、いくらか勝ち気だったかもしれない。藩校での成績もそろって群を抜き、十二歳のときから五年、いっしょに江戸へ行って、いっしょに昌平黌《しょうへいこう》でまなんだ。これは主君能登守正陟《のとのかみまさのぶ》が、ふたりの質《たち》と、ふたりの能力を合わせたところに嘱望《しょくぼう》したからだと云われた。たしかにそういう評判がたってもよいほど、正陟のふたりにたいする寵《ちょう》はあつかった。口には出さなかったが、このことは、生之助も平三郎も早くから気づいていた。自然、日常の挙措も、こころがまえも、ほかの青年たちとは違ったし、なにを見、なにを考えるにも、藩の将来と結びつけないためしはなかった。しかし、やがてこういう濁りのない、まれな友情をもってしても、どちらかが傷つかなければすまない事が起った。

それは中原松子というむすめの登場に始まる。

二

松子は中原良太夫のむすめだった。中原は須川家の遠縁にあたるので、良太夫とその妻が、あい前後してなくなるとすぐ、生之助の父兵左衛門が、かの女を家にひきとった。不幸な境遇のためだろうが、はじめは口数の少い陰気な子だった。十三四になるまで、いつもひとりで、べそをかいているというふうだったが、やがて背丈の伸びるにしたがって、顔だちも明るく身ぶり声つきも、きわだって美しくなった。

平三郎と生之助が、その変化に気づいたのはほとんど同じころである。同時に、おたがいが引きつけられている感情のふかいこともわかった。こういう関係はまれでもなく、しばしば愚かしい結果をまねく例も知っているので、ふたりは必要以上に慎みとおした。もちろん、そういう状態が永くつづくものでないこと、いつかは苦しい瞬間に当面しなければならぬということは、わかっていた。なぜなら、ふたりはそれほど深く強く松子を愛していたからである。

生之助の心はしずまらなかった。平三郎から自分が嫁にもらうと告げられたときは、むしろ心の緊張をとかれたようにさえ思った。まったく平静ではなかったにしても、たしかに一種の安堵《あんど》に似た気持を感じた。それが時のたつにしたがって苦痛が強くなり、もう取りかえしがつかないという絶望的な悲しさが、はげしく胸をしめつけるのだった。事は、すでに決定している。どうもがくすべもない。奇跡でもおこらないかぎり、松子は手のとどかぬ存在になってしまうのだ。

「ああ」生之助は、いく百たびうめいたことだったろう。「ああ……」

かれが松子にその事を話したのは、苦痛と絶望に耐えられなくなったからである。

その時、かの女は病床から起きて、初めて髪をあげたところだった。風邪をこじらせた程度のわずらいなので、やつれるというほどではなかったが、みずみずしく髪をあげているためか、ほおから首筋のあたり、膚が薄くすきとおるようだし、うるみをおびた目もとや、どこかしら力なげな身ごなしなど、全体に、なまめかしいほど、ろうたけてみえた。それでなくとも、生之助は毒をのむような気持でいたが、常にない松子の美しさと、話を聞いたときのにおうような恥じらいのしなとは、むざんなほど、かれをうちのめした。

「わたくしには、お返辞の申しあげようがございません」かの女はまつげの長い目を伏せ、ひざの上で、かたく両手の指をからみあわせながら、戦《おのの》くような声でこう答えた。「……おじさまや、おばさまのおっしゃるように、そしてあなたさまのおぼしめしどおりにいたしたいと存じます」

もちろん、否定の色はいささかも見えなかった。すべてが終った。これ以上は未練だ。心のうちで、そう自分に云い聞かせながら、しかしおそらく顔は青ざめたことだろう。生之助は追いたてられるような気持でそのへやを出た。

明くる日のことだった。城中で昼げの休息に平三郎の詰所へ行くと、近習番の者が五人ほど集まって、何か論じ合っていた。みんなかたい表情で、けわしく目を光らせて、ひざを突き合わせるような姿勢をしていた。平三郎だけは、いつもの端正さを失わず、目を伏せ、口をひき結んで、かれらの云うことを聞いていたが、はいって来た生之助を見ると、手をあげて話をとめ、「少し、とりこんでいるから下城の時……」と云った。生之助はうなずいて、そのまま引き返した。……午後からにわかに冷えはじめた。少しおくれた平三郎を待って、いっしょに城をさがって来ると、空は薄日になり、重畳とうち重なる四方の山なみの上に、雪を思わせるネズミ色の雲が、おしつけるように、じっとのしかかっていた。

「脇屋藤六がまたやった」追手門を出ると、すぐに平三郎がそう云った。「増島三之丞と中原又作を馬場へ呼びだして、仲間でとり詰めて、中原は腕を折り、三之丞は頭を割られたそうだ。こまった」

生之助は、だまってまゆをひそめた。法恩寺山から吹きおろす風は、武家町の広い乾いた道にほこりを巻きたて、樹々の枝に散り残った枯葉をひきちぎって行った。

「悪いことには、若い者の間に、だんだん脇屋の勢力が広がっていく。粗暴と慷慨《こうがい》が、わけもなく壮烈にみえる年ごろだ。捨てておくと、とり返しようのないことになる」

「たしかに、あれは将来きっとがんになる」生之助は低い、ささやくような声でこう云った。

「……なんとかしなければならない。心から藩家を思う者は、そう考えているのだろう。けれど、こういうおれ自身でさえ、やはり手をつかねているのだから」

「脇屋はそれを見とおしている。刀の柄《つか》に手をかけることが自分の存在の強大さだということを、そして、人が暴戻《ぼうれい》にたいしてたやすく起《た》つものでないということを。――かれは、そこを根にして伸びあがるんだ。悪はそれ自身では、けっして成長しないものだ」

「だが……」と生之助は云いよどんだ。

「……だが、正しさを守るために、払う代価は必ず大きい。したがって支払う時期と方法は、よほどたしかでなければならない」

三

須川の屋敷は下元禄にある。別れ道へ来たとき、平三郎は町屋のほうへ足を向けた。まだ、なにか言いたりないようだった。つま先あがりになっている道を、ふたりは九《く》頭竜川《ずりゆうがわ》のほうへくだっていった。町の軒に、たそがれの色が濃くなり、凍るような風が、家々のひさしや、樹立や、枯れた道草を飄々《ひようひよう》と鳴らしていた。……暮れていく光のかなたに、ぞっとするほど冷たく川の流れの見えるところまでいって、ふたりは元へひき返した。

「松子へは話をした」別れるとき、生之助はそう言った。「……異存はないようだ」平三郎は友の顔を見るに耐えなかったのだろう。わきを向いたまま、ありがとうと云った。

生之助は、つとめて脇屋藤六の問題に考えを集めた。藤六は老職のひとり脇屋七郎右衛門の子である。少年のころからからだはすぐれてたくましかったが、頭は単純で、どちらかといえば愚かなほうだった。老職の子で、からだがよくって、愚かだという条件は、しつけが十分でないかぎり、それだけで結果は察しがつく。まして七郎右衛門は子に甘かった。愚かな子ほどという親の弱点がむきだしだった。藤六は育つにしたがって親の威光と、自分の腕力のねうちを知った。そしてこの二つのものは、自分の愚かさを償う上に、権力をさえ与えてくれるということを……では権力を持とうではないか。しだいによれば、筆頭家老にもなれる身の上だ。藤六は、そういう欲望にそそられる年齢になった。それは自然、対立するものに気づくきっかけとなる。

かれは藩の人望が、生之助と平三郎を結びつけた将来にかかっていることを発見した。かれはいきりたった。かれはまず、主家百年のために忿怒《ふんぬ》の声をあげた。かかる文弱の徒に政治を渡しては、勝山一藩の運命は見るべきのみ、と叫んだ。それはやがて、妄執《もうしゅう》のごとき信念となり、かれみずから、おのれを壮士なりと確信させた。

なにがし会とやら、ものものしい結盟の旗をあげたのは、去る冬のことだった。かれは士風作興《しふうさっこう》という名目をふりかざし、腕力だけで頭のない、サルのように単純な若者たちと組んであばれだした。柔弱者だといってなぐり、結盟に加わらぬといって凌《りよう》辱《じょく》した。人々はかれらを避けた。かれらのすることに目をつむった。かかる無知と暴力に対抗することは愚かであると信じて……藤六はこういう状態の上へ、今や底のしれぬ自信をもって、傲然《ごうぜん》と腰をすえた。そしてあきらかに、かれは平三郎と生之助とに正面からいどみかかる気勢を示しはじめた。

しぐれの降る日だった。午少《ひる》し前に平三郎が生之助を詰所にたずねて来た。いま国老に呼ばれたのだがと、平三郎はすわるより早く口ばやに言いだした。江戸在府ちゅうの能登守から使いがあって、将軍家より小笠原流礼法を聞きたいという下命だから、しかるべき者を出府させるよう、自分の考えでは、生之助か平三郎がよかろうと思う、そういう意味の墨附《すみつき》が来た。それで老臣相談のうえ、自分に出府するようにと申しつけられたというのであった。

「ともかく考える時間をもらって来たが……」平三郎は、常になく押しつけるような調子でいった。「……これはおれの役ではないと思う。ぜひ、そこもとに出てもらわなければならない。そうお答えするつもりだから頼む」

「せっかくだがことわる。重役がた合議といえば軽くはない。ほかのこととは違ってお家伝統の大事だ。だれの目にも、そこもとだということは動かないだろう。お受けすべきだ」

「だがおれは――」平三郎は、たたみかけるようにこうつづけた。「……おれは、いま江戸へ行きたくないんだ。松子さんとの話もまとめたいし……」

「そんな私事が辞退の理由なら、なおさらだ。よし、それだけでないにしても」と、生之助はわきへ目をやりながら、冷やかに云った。「……御用はさして長くかかりはしないだろう。ふたりのうち、ひとり勝山に残るとしたら、それはおれだよ」

「そのことばには、なにか意味があるのか」

「かくべつな意味はない。ただ何をするにも、そこもととおれとは、力をあわせなければならない。ふたりがいっしょにいて、かたく手をつないでやれば、たいていな困難は打開できる。しかしひとりではいけない。そう云いたかったのだ」

平三郎はうなずいた。生之助がかれを残したくないのは、脇屋藤六とのあいだに、きっとなにか起ると察したからだ。たしかに平三郎は、そのことを考えていた。穏健な生之助がいては果断な手段をとりにくい。江戸へ立たせた後、しかるべき機会を作って、一挙に藤六らを押えてしまおう。そう心をきめて来たのであった。けれども生之助はそれを推察してしまった。そして、推察した以上は動かないことは明白だ。ふたりいっしょに、ということばをこばむことはできない。平三郎はむなしく詰所から出ていった。

出立までに数日かかった。小笠原家における礼式作法は伝承の秘事である。淵源《えんげん》は遠く承安《じょうあん》のむかしにあった。高倉天皇の御悩おもらせたもう折、信濃守遠光朝臣《しなののかみとおみつあそん》が、紫宸殿《ししんでん》の庭で鳴弦《めいげん》をつとめたところ、めでたく御平癒《ごへいゆ》あって嘉賞《かしょう》され、永く「王」の字を家紋とすべき宣旨をくだされた。以来、三位総領職として宮中、幕府の諸作法をつかさどっているが、それは秘伝として、他には、けっしてもち出さないのである。将軍家の下問であっても、秘伝とすべき条《くだり》は述べられないので、草稿を作るのには、かなり困難がともなった。こうして平三郎の発足がきまったのは、江戸から使者があって五日めのことだった。

四

あすは平三郎が江戸へ立つという、その前夜のことだった。夜食を終えて間もなく、当の平三郎が突然庭からはいって、生之助の居間をたたいた。ふたりだけで話がある、家人には聞かれたくないと云って、すわった。生之助は火おけの火をかきおこしながら、友の目を見た。それはきわだって力強い光をおび、寒い夜道を来たにもかかわらず、ほおには赤く血が広がっていた。

「とうとう脇屋をやった」

「どうしたんだ」

「きょう、お城をさがる時、二の丸の枡形《ますがた》で突っかけて来た。石垣を曲るはずみのようにみせて、はげしくからだをぶっつけた。そして言いがかりだ」

「まさか応じはしなかったろうな」

「かれが、どんな雑言を吐きちらしたか想像がつくだろう。初めから謀《はか》ってしたことだ。是が非でも、怒らせずにはおかないという態度だった。できるだけ忍ぼうと努めてみたが……」

「あすの御用をひかえているのに、そして、つい先日もおれが云ったのに……」

「あの場にいたら、そこもともわかってくれたろう。おれは決して前後を忘れはしなかった」

「結局、どうしようというのだ」

「つい先刻、藤六から決闘状が来た。あさっての明け七つ、長山の丘で立ち合おうという申しこみだ。須川」と、平三郎は静かに友の顔を見まもった。「……どうしても避けられないばあいだ。頼む、江戸へはやはり、そこもとが行ってくれ」

「それはことわる。考えてみないか黒沢。決闘となれば、相手を切らなければならない。その結果は自分も切腹だぞ」

「もちろんだ。そして、これは藩家将来のために、だれかが必ずしなければならないことだ。だれかが……」

「ああ平三郎らしい。あまりに平三郎らしい。暴を押えるのに暴をもってするのは、無為というべきだ。そこもとの勝ち気は、こんなことにしか役だたないのか。いけない。断じていけない。そこもとは刻限どおり江戸へ立つんだ」

「だが、武士と武士との約束をどうする。この上おれに恥辱を重ねろと云うのか」

「長山の丘へはおれが行く。そこもとは穏健と笑うけれど、穏健にも一徳のないことはない。藤六のことはおれにまかせてもらう」

「そこもとには、これが、おだやかにおさまると信じられるのか」

「火を消すにも法はいくつかある。やけどにかまわず手でもみ消すのも法だ。しかし水をうちかけてすむのに、手を焦《こ》がす必要はない。そこもとが帰るまでには、穏健にけりをつけておこう。あとは引きうけた。安心して行くがよい」

大丈夫だろうな。まちがいはないだろうな――いくたびも念を押したのち、なお心を残しながら平三郎はようやく帰っていった。

明くる朝、同僚たちといっしょに、城下はずれまで平三郎を見送った。冬にはいった空は、目に痛いほど碧色《あおいろ》に澄みあがり、雲のわたる遠い山なみのなかには早くも雪をかぶった峰がながめられた。平三郎は下僕をつれて、まだ溶けやらぬ薄氷の張った刈田の間の道をまっすぐに、江戸へ向かって去った。……生之助はその日登城を休み、居間にこもって、終日なにかしていた。昼げも居間でたべるというので、松子がぜんを運んでいった。かれは居間いっぱいに書状や冊子や書きほごを広げ、机に向かって、しきりに何かものを書いていた。

「お片づけ物でしたら、わたくし、お手伝いいたしましょう」

「なに、もうすんでしまった」かれはぜんの前に来てすわった。「……久しくなげやりにしておいたものだから、このとおりだ。あとで、ほごを焼くときに手を貸してもらおうか」

食事のすむまで、かれはついに目をあげなかった。

午後になって日が傾きかけたころ、かれは書状やほごや古い日記などを庭へ持ちだした。松子が附木に火を移して来た。菜圃《さいほ》の一隅に穴を掘って、その中で、かれは書きほごから焼きはじめた。凪のない、どんよりと曇った日で、屋敷の裏にある雑木林のあたりに、しきりとツグミの鳴く声が聞えた。

「黒沢は江戸から帰ったら」と、生之助は古い日記をひきさいて火の中へ投げいれながら、しずかな温かい調子で云った。「……帰ったらすぐ正式にあの話を申しこむそうだ。松子は迷いはしないだろうね」

「はい……」

われ知らず、かの女は片手で胸を押えた。

「あれは、まれな人間だ。お家のためには、けっして欠くことのできない、やがては勝山藩の柱石ともなる人間だ。夫としてはいうまでもない。松子はきっと、しあわせになるよ」

「でもわたくし、黒沢さまの妻として、恥ずかしくない者になれますでしょうか」

「平三郎は松子を愛している。男らしい清明な深い愛だ。それがすべてを生かしてくれる。かれの愛を信じていれば、松子は、しあわせなよい妻になれるよ」

煙がなびいて来たので、かれは目たたきをしながらせきいり、立ってわきのほうへ位置を移した。

「……ああけむい。すっかり目にしみてしまった」

五

すべてが灰になってしまうと、かれはその穴を埋めた。松子は、夕げの菜をとるのだといって、菜圃のほうへまわったが、そこから、にわかに声をあげて、かれを呼んだ。蘭が咲いたというのである。行ってみると、そのとおりだった。寒蘭が一輪、ひっそりと、花を咲かせていた。濃い紫色の五弁の花で、結い根に近く、あざやかな朱の点がある。——きょうという日に、そう思いながら、かれはかがみこんだ。かこってあるわらの中は、高雅な香りに満ちていた。——きょうという日に咲いた。目に見えぬえにしの糸でもつながれてあるような、かなしい愛着の情にそそられながら、いつまでも、かれはその花をながめつづけた。

その翌朝まだ暗いうちに、生之助は家をぬけだして長山の丘へ向かった。家々の屋根も、道の上も、雪のように白い霜でおおわれ、足にしたがってさくさくと砕ける音が聞えた。長山は城下を東へ出はずれた丘陵で、マツ、スギ、ナラなどの深い林に包まれているが、うしろに講武台のできた背のところには、平らな草地がある。生之助はそこを目あてにして登っていった。……乳白の朝もやが薄くはいたように、枯草のしがみついた地表に垂れ、条《すじ》をなしてたなびいていた。腰から下を、その朝もやに消されて、草地の一隅に脇屋藤六の姿が見えた。かれにつき添って三人の若侍がいる。

生之助はそのようすをながめながら、しずかな足どりで近づいていった。

「よう、来たな」藤六が、しゃがれた声でそういった。「……黒沢はいっしょか」

「おれひとりだ。黒沢は江戸へ立った」

「逃げたか」藤六はひきゆがんだあざけりの笑いをうかべ、ずかずかとこっちへ踏みよって来た。

「……それで、つまり貴公は申しわけの使者というわけか」

「そうではない。黒沢のかわりだ」

「なに、かわりだと……では貴公がおれと果し合いをするつもりか」

「そのとおりだ」生之助は身じたくをしながらうなずいた。「……黒沢は勝山藩に欠けてならぬ人間だ。おれは、かれと幼少のころからいっしょに成長して来て、かれがどのような人物か、だれより、よく知っている。どちらかが死ぬとすれば、かれではなくて、このおれだ。これは友情ではない。勝山藩百年のためだ」

「おれは平三郎に果し状をつけたのだ。貴公との立ち合いはことわると云ったら、どうする」

「そんなことは、ありえないさ」

生之助はすでにはかまのももだちをとり、覆い物をぬいでいた。

「……なぜなら、そこもとが承知するしないにはかかわらない。おれは脇屋藤六を切る」

「と、と、と」こう叫んで藤六は二三間うしろへとびすさった。かれの面上には火がついたように闘志が燃え、双眸《そうぼう》がにわかに殺伐な光を放ちだした。「……こいつは本気だ。こいつは骨がある。よし、相手になってやろう、抜け」

生之助は右足のつま先でとんとんと地面をたたき、しずかに刀を抜いた。そのとき向うにいた三人の若侍たちが、こっちへ近づいて来た。

＊　＊　＊

小笠原家の江戸屋敷は下谷池《したやいけ》の端《はた》にある。平三郎は着いて三日休息し、四日めの朝、召しをうけて城へ登った。そして主君能登守正陟につれられて、雁《かり》の間《ま》にはいると間もなく、屋敷から使役《つかいやく》が追って来て、勝山から急使のあったことを告げた。急使は登城ちゅうでも注進する定めだった。正陟は廊下で使者に会った。

「十月十七日早朝」と、使役は、口ばやに云った。「……城外長山の丘におきまして、須川生之助、脇屋藤六の両名、わたくしの遺恨をもって決闘におよび、生之助こと藤六を討ちはたしましたるうえ、その場を去らず自害つかまつったとのお届にございます」

「生之助が、生之助が……」声を放って、うめくように正陟が叫んだ。

しかし、平三郎の驚きはたとえようもなかった。必ず穏便におさめてみせる。そう云った生之助の声はまだ耳にある。静かな確信ありげな表情も目に残っている。それにもかかわらず……それにもかかわらず、かれは藤六を切って自害した。では、やはり、あのことばはおれを安心させるためだったのか。あの時すでに、こうする覚悟をきめていたのか。それほどの思慮がおれにはわからなかったのだろうか。平三郎はわれ知らず、こぶしをひざにつきたてた。その時、使役が、会釈《えしやく》してこちらへすり寄った。

「殿中でははばかりであるが、殿のおゆるしがござったのでお渡し申す」そう云った使役は、ふくさに包んだ文《ふ》ばこをさしだした。「国もとからの急使が持参したもので、須川生之助よりそこもとへの文《ふみ》でござる」

平三郎は主君を見た。正陟はうなずいた。それで、かれは座をすべり、しずかにふくさをときひろげた。須川の家紋を散らした文ばこのふたをあけると、こもっていた高雅な香りが、かれの面をうった。……中には一輪の蘭花が、しんとおさめてあった。

（「家の光」昭和二十三年八月号）

渡《わたる》の求婚

一

平林渡《わたる》が下城しようとして、役机の上を片づけていると、落合外記《げき》が来て「いっしょに帰ろう」と云った。渡は頷《うなず》き、少し待ってもらって、いっしょに退出した。すると大手御門のところで、外記は「うちへ寄らないか」と誘った。

「もう三年ばかり来ないだろう、久しぶりだから寄って一杯飲んでゆかないか」

渡は「そうさな」と、眼尻《めじり》ですばやく外記の顔をみた。縁談のことではないか、と直感したのである。

寄合の島村靫負《ゆきえ》の娘をどうだと、四、五十日まえからすすめられていた。島村と落合とは親しいので、その話をするのではないか、と思ったのであるが、それならそれではっきり断わるだけだと、肚《はら》をきめて「では馳走になろう」と答えた。

柘榴《ざくろ》小路の落合家に着くと、久しぶりの訪問なので、家人はみな、珍しがって歓待し、外記の母は風呂をすすめた。渡は風呂を断わり、外記は妻に酒の支度を命じた。

——役所の話などをしながら、四半刻《しはんとき》ほど経《た》つと、妻女が召使といっしょに、酒肴《しゅこう》の膳《ぜん》を運んで来た。外記は「勝手にやるからいい」と云って、給仕に坐ろうとする妻を去らせた。

——やっぱり縁談の件だな。

と渡は心のなかで頷いた。

盃《さかずき》で三つほどあげたとき、外記の妹のゆみが挨拶《あいさつ》に来た。風邪ぎみで籠《こも》っていたのだが、久しぶりの平林だと聞いて、挨拶だけ述べに来たのだと云い、渡にいちど酌をして、すぐに去っていった。

渡はゆみの挨拶にも、うわのそらな答えしかしなかったし、彼女が去ってゆくと、そのうしろ姿を、ぼうっとした眼つきで見送っていた。

「平林——」と外記が云った。「どうした、酒がこぼれるぞ」

渡は「お」と狼狽《ろうばい》し慌《あわ》てて盃を口へもっていったが却《かえ》って酒をこぼしてしまい、さらに慌てて濡《ぬ》れた袴《はかま》を懐紙で拭《ふ》いた。

「ずいぶん大きくなったな」と渡は照れ隠しのように云った。「大きくなったし、顔だちまで変ったようで、ちょっと見違えてしまったよ」

「久しぶりで見たからさ、昔のとおり椎《しい》の実でいくじなしだ」

「椎の実だって」

「平林が云ったんだろう、瘦《や》せっぽちで色が黒いからってさ」と外記が笑った。「それでゆみを泣かしたのを、覚えていないのかね」

「冗談じゃない」と渡は赤くなった。「色が黒いどころか、眼にしみるほど白いじゃないか、ぬけるほど白いというのかもしれないが」

「まあいい、そう云っておくよ」と外記は微笑し、銚子《ちょうし》を取って酌をしながら「ときに」と云った。「話は変るが、島村から縁談がいってるそうじゃないか」

渡は「そら来た」と思った。

外記は問い詰めた。あの娘ならよく知っている、自分は良縁だと思う。平林は二十六になるのだろう、これまで十幾たびも縁談を断わったそうだが、この辺で結婚しないと、もう世話をする者がなくなってしまうぞ、と外記は云った。渡はぼんやりした顔つきで「うん」とか「そうだな」などと合槌《あいづち》は打つが、気乗りのしていないことは明らかであった。

「また柚《ゆず》の伝だな」

「柚とは、――」と云って、渡は右手の指で、自分の前にある膳の縁を、こつこつと放心したように叩《たた》いていたが、ふと外記を見て、「じつにきれいになった、おどろいた」と云った、「もう年頃なんだな」

「なにを云ってるんだ、いったいなんの話だ」

「ゆみさんのことさ、定《きま》ってるじゃないか」

外記は口をつぐみ、なにか珍しいものでも見るように、じっと渡の顔をみつめた。そしてやがて、唇の隅に微笑をうかべながら「ゆみなら十八だ」と云った。

「十八だって」

「十八さ」と外記が云った、「ばかに感心しているが、嫁にでも欲しいのか」

渡はぎょっとしたらしい。不意をくらった感じで「えっ」と外記を見た。

「だがあいにくだ」と外記は笑った。「そっちで欲しがっても、ゆみにはもう婚約者がある、年内に祝言《しゅうげん》をすることになってるんだ」

「婚約者って、――誰だ」

「勝田さ」と外記はちょっと吃《ども》った、「――勝田敬之助だよ」

「ゆみさんが、あの鬼瓦《おにがわら》とか」

「鬼瓦でも剣術は家中《かちゅう》第一さ、ゆみなどには過ぎた相手だよ」

渡はぐっと眉《まゆ》をしかめ、「あの鬼瓦」と呟《つぶや》いて、さも不味《まず》そうに酒を啜《すす》った。それからはすっかり浮かぬ顔つきになり、外記が話しかけても、ろくろく返辞もしなかった。そうして、食事を出すまえに「急用を思いだしたから」と云って立ちあがった。

外記は渡を送り出すと、「おれもちょっと出て来る」と妻に支度を命じた。

「右京町の勝田だ」と外記は出がけに云った、「わけは帰ってから話すよ」

二

それから七日めに、平林渡が落合家へ訪ねて来た。外記は非番で家にいた。

「今日は頼みがあって来た」坐るなり渡は云った、「ゆみさんと話したいことがある、ゆみさんに会わせてくれ」

外記は渡の顔に、ひどく思いつめた「決意」といったようなものが、現われているのを認めた。

それで「用はなんだ」となだめるように訊《き》いた。用はゆみさんに会って云う、作法に外れていることも承知だ、ぜひ二人だけで会わせてくれ、と渡は云った。

「むずかしいな」と外記は眼をそらした、「なにしろもう婚約者があることだし」

「婚約者はまだ良人《おっと》ではない、婚約というものは破約するばあいだってあるんだ」

「ばかなことを云うな」と外記が云った、「平林にも似あわない、おれだからいいが、そんな不縁起なことを、ほかの者に云えば唯《ただ》では済まないぞ」

「悪かったらあやまる」と渡は叩頭《こうとう》した。「だがゆみさんには会わせてくれ、頼む」

外記はふきげんに唇を曲げた。

「やむをえない、母に訊いてみよう」と外記は云った、「おれの一存にはいかないし、仮に母が許しても、ゆみが不承知ならだめだ、それは断わっておくぞ」

渡は「有難う」と答えた。

奥へ去った外記は、かなり長いこと出て来なかった。渡は不安そうに、扇子を置いたり取ったりし、溜息《ためいき》をつき、口の中で絶えずぶつぶつとなにか呟いた。外記はやがて戻って来たが、その顔はもっとふきげんになっていた。

「会ってもいいそうだ」と外記はいった、「しかし二人だけはいけない、母がいっしょならと云っている」

「それはゆみさんの意見か」

「そうだ、それでも会うか」

渡は下唇を嚙《か》み、放してはまた嚙みしていたが、ついに心をきめたようすで、「よろしい会わせてくれ」と頷いた。――外記が立ってゆき、またしてもかなり待たされた。およそ四半刻も経ったと思われるころに、ゆみが母親といっしょに、茶を持ってはいって来た。

渡は眩《まぶ》しいような眼をした。ゆみはこのまえよりも際立《きわだ》って美しくみえた。彼女は化粧をし、着替えをしていた。はいって来て挨拶をし、渡の前へ茶をすすめたとき、彼女の全身からほのかに香料が匂《にお》った。

「無作法はさきにお詫《わ》びをしておきます」と渡はまず母親に向って低頭した、「これからゆみさんにうかがうことがありますが、お母さまには聞き苦しい点があるかもしれません、しかし私としては、やむを得ない、じつにやむを得ない事情なものですから」

「どうぞ」と母親は微笑した、「わたくしに御遠慮なくどうぞ」

渡は「はっ」といって坐り直した。

「ゆみさん、ばあいがばあいですから率直に云います。貴女《あなた》もどうか率直に、御自分の正直な気持で答えて下さい、いいですか、貴女御自身の、正直な気持でですよ」

ゆみは「はい」と答えた。

彼女は顔を赤らめたが渡は気がつかないようであった。

「まず貴女にあやまらなければならない」と渡は云った、「私は貴女のことを、いつか椎の実と云ったそうです、色が黒くて痩せっぽちだから椎の実と綽名《あだな》を付けたそうです、自分では覚えていません、けれども落合がそう云うところをみると慥《たし》かなんでしょう、あやまります、どうか勘弁して下さい」

渡は四角になっておじぎをした。母親はふきだすのをけんめいにこらえたが、ゆみは「はい」と会釈《えしゃく》しながら、美しい袂《たもと》で口を押えた。渡はめげたようすもなく、言葉どおり率直に「自分と結婚してもらいたい」と斬込《きりこ》んだ。

「先日おめにかかってから、今日までよく考えてみました」と渡は云った、「よくよく考えてみて、貴女のほかに自分の妻はないということがわかったのです、いや待って下さい、私は貴女が椎の実、——失礼、こんな小さいじぶんから知っています、亡《な》くなったお父上はもちろん、お母さまだって私がどんな人間かわかっておいでしょう、私は、いやもう少し待って下さい、私は貴女のこんな小さいじぶんから知っているし、知っているばかりでなく貴女が好きだった、久しくおめにかからなかったので、つい、なにしていたんですが、それは落合にも罪があると思う、貴女が年頃になられて縁談などが起るようになったら、誰より先に私に話すべきです、彼はそうすべきだったんです、そうじゃないでしょうか、お母さま」

三

渡はなお外記の怠慢を責め、自分の迂闊《うかつ》を罵《ののし》り、そして当然、ゆみは自分の妻になってくれるべきだ、と主張した。ゆみは彼の言葉の終るのを待って、静かに眼をあげて彼を見た。

「わたくしから、一つだけうかがいたいことがございます」とゆみが云った、「わたくしが承知いたしましても、故障のあることを御存じでございますか」

「それは私が片をつけます」

「あとに不和が残るようでは困ります」

「それは私に任せて下さい」

「穏やかにきまりをつけて下さいまして」

「それは」と渡は口ごもった、しかしすぐに敢然と頷いた、「――大丈夫です」

ゆみは微笑し、眼を伏せながら、口の中でそっと「ではそれをお約束に」と云った。渡は袴をわしづかみにして「承知して下さるんですね」と訊いた。ゆみはかすかではあるがしっかりした声で「はい」と答えた。

落合家を出ると、渡は拳《こぶし》で一つ空を殴り、胸を反らして「大手は落ちたぞ」と呟いた。できることなら絶叫したいという顔つきで、――しかしすぐに、「本丸はこれからだ」と云って、右京町のほうへ歩きだした。

勝田家を訪ねると、敬之助はまだ明道館から戻らない、ということであった。明道館は藩校で、そこに武芸道場も付属している。

敬之助は八十石ばかりの郡奉行《こおりぶぎょう》であるが、明道館の師範も兼ね、一刀流を教えていた。彼の一刀流は江戸の小野家仕込みであり、小野家でも上手の一人に数えられていた、という評判であった。——道場へゆくとまだ稽古《けいこ》ちゅうで、渡は暫《しばら》く待たされた。これまで二人はつきあいがない、会えば目礼を交わすくらいで、殆《ほと》んど口をきいたこともなかった。「あいつも男さ」と待ちながら渡は呟いた、「胸を割って話せばわかるだろう、たかが女ひとりのことだし、ほかに女は幾らでもいるんだから」

竹刀《しない》の音が聞えなくなってから、やや暫くして敬之助があらわれた。稽古着のままで、汗を拭きながらはいって来ると、「やあ」といって坐った。背丈は五尺二寸ばかりだが、軀《からだ》つきも顔も、角張って肉付きが逞《たくま》しく、「鬼瓦」という綽名のほかに、一言の説明も加える必要はなかった。

渡はここでも率直に話した。男同志として、ゆみに対する執着を隠さずにうちあけ、ゆみを譲ってくれるようにと云った。敬之助はときどき汗を拭きながら、黙って、無表情に聞いていたが、まだ渡が話し終らないうちに、力のこもった太い声で、「断わる」と云った。

「まあ待ってくれ、もう少し仔細《しさい》を話すから」

「仔細は聞いた」と敬之助は遮《さえぎ》った、「ゆみどのを幼少のころから知っていたこと、久しぶりに成長した姿を見て、にわかに嫁に欲しくなったこと、みんな聞いて知っている」

「誰が――」と渡は吃った、「そんなことを誰から聞いたのだ」

「答える必要はない」

「落合か、――」と渡が訊いた、「彼のほかにそんなことを知っている者はない、落合外記が来たんだな」

敬之助は黙っていた。渡は嚇《かっ》となり「なぜだ」と云った。外記は自分と古くからの親友だ、「その親友の外記がどうしてそんなことを云いに来たのか」とたたみかけた。

敬之助は冷やかに微笑し、首筋の汗を拭いた。

「それは親友だからだろう」と敬之助は云った、「平林がゆみどのを見て、のぼせあがったような顔で帰ったそうだから、間違いのないようにと思って知らせに来たんだろう、但《ただ》し、これはおれの推測だ」

渡は下唇を嚙み、放してはまた嚙みした。敬之助は黙ってそれを見ていた。

渡は眼をあげて、「では」と口ごもった。

「では、――どうしてもだめか」

「断わる」と敬之助は答えた、「飽くまで欲しければ腕で取れ」

「腕で取れ」と渡は目をあいた。

「侍と侍だ」と敬之助が云った、「勝負をしておれが負けたら、いさぎよく譲る、だが」と彼は微笑した、「よしたほうがいいだろうな」

渡は相手を睨《にら》んだ。彼は心のなかで「この野郎」と思い、そんな威《おど》かしで尻尾《しっぽ》を巻く平林渡じゃあないぞと思った。

「勝負というのはいいね」と渡は云った、「少し俗っぽいがはっきりしていい、どうせやるなら真剣にしよう」

敬之助は渡をみつめた。それから「よし」と頷《うなず》いた。

「では明日の朝六時」と渡は云った、「六時ならもう明けているだろう、場所は千段ケ原でどうだ」

敬之助は「心得た」と答えた。渡は相手を睨みつけ、そうしてふと微笑し、刀を取って立ちあがった。

四

枯草を巻くように淡い乳色の靄《もや》が、地面から三尺ばかり上まで、幕をひいたようにながれていた。——落合外記とゆみは、靄の向うを透し見ながら、小走りに千段ケ原へとはいっていった。ゆみの顔は蒼《あお》ざめ、からげた裾《すそ》から、白いきれいな脛《はぎ》が見えた。

「あ――」とゆみが指さした、「あそこです」

「騒ぐな」と外記が云った、「大丈夫だ」

そして外記は足をゆるめた。

渡と敬之助とは、二間ほど隔てて、相対していた。渡は刀を青眼に構えているが、敬之助はまだ抜いていない。だが、近よっていったゆみが（外記が制止する暇もなく）声をふるわせて「渡さま」と呼びかけたとき、渡が絶叫して踏み込んだ。腰から下を靄に包まれている両者の軀が一つになり、二本の白刃が横と上へするどくきらっと閃《ひら》めいた。

ゆみは「あ」と袂で顔を掩《おお》った。

「みごとだ」と敬之助が叫んだ、「みごとだ、平林、勝負あった」

ゆみが袂をおろして見ると、両者の位置が変っていた。敬之助の右にいた渡が、いまは左にあり、刀を下段に構えて、若い野牛のように「突《つき》」を覘《うかが》っていた。敬之助は八双に上げた刀を、いま静かにおろすところであった。

「勝負あったとは」と渡は身構えたままで叫んだ、「――どうあったのだ」

「念を押すな、おれの負けだ」

「慥かだな」と渡が叫んだ、「間違いないな」

「この勝負は負けだ」と刀にぬぐいをかけながら頷いた、「間違いない」

渡が刀をおろすとゆみが走りよった。

外記は敬之助のほうへ近より、ゆみは渡の側へ走りよった。そして「渡さまは穏やかにやると仰《おっ》しゃった筈《はず》です」と云った。渡は手をあげて微笑し、なおゆみがなにか云いかけるのを、首を振って遮った。

「大丈夫です、心配ありません」と彼は明朗に云って、敬之助に呼びかけた。「そうだな、勝田、――あとに遺恨などは残らないな」

「安心しろ、おれも勝田敬之助だ」

「わかったでしょう」と渡がゆみに云った、「男同志はさっぱりしたもんです」

ゆみは「まあ」と微笑しながら眼をそらした。

「明日、挨拶《あいさつ》にゆく」と外記は敬之助に会釈し「平林ゆこう」と云った。「――待て、勝田に礼ぐらい云ったらどうだ」

「そうだ、有難う」と渡は敬之助に向って云った、「どうも有難う」

ゆみも複雑な表情で会釈した。敬之助は「鬼瓦」の顔で、酸《す》っぱいように微笑し、そして、ゆみの会釈に頷いた。

翌日の夜、――勝田家の客間で、外記と敬之助が話していた。

「おどろいた、まったくおどろいたよ」と、敬之助が云っていた。彼は渡のむてっぽうな突に呆《あき》れた、「あれは勝負ではない、法も技もない初一念の凝集だ」初一念が烈火となってとび込んで来たようだ、と敬之助は云った。「あやまる」と外記が低頭した、「とんだ役目を引受けさせてまことに済まなかった」

「しかし、どうしてもこうしなければならなかったのか」

「そのほうが確実だと思ったんだ」と外記が云った、「彼は昔から妙な性分で、人がくれる物には手を出さない、無い物ねだりとでもいうんだろう、いまでも笑い話になっているが、少年時代におれの家に六、七人集まったことがある、茶の時刻になって、母が串柿《くしがき》を茶うけに出した、すると彼は――私はあのほうがいいと云って、庭へとびだしていってまだ青い柚《ゆず》をもいで来た、母がおどろいて、渡さんそれは柚ですよ、と注意したがきかない、私はこれが好きですと云って、彼はその柚を喰《た》べてしまったよ、いやどうも」

敬之助も笑って「それは呆れた」と云った。

「いやどうも、いま話していても生唾が出る」と外記が続けた、「――その後も同じようなことが幾たびかあった、持って来られる縁談も、その伝で断わったのだろう、久しぶりに妹を見てひどく感心しているから、嫁にでも欲しいかと訊《き》いた。むろん冗談に訊いたんだが、そのときふと――柚を喰べたときの、彼の、なんともいえない顔つきを思いだしたんだ」

「それに手を出すな、というわけか」

「ふと思いついたんだ」

「そして彼は、みごとに柚をもぎ取ったんだ」

「妹は反対したがね」と外記が云った、「承知させるのに骨を折ったが、真剣勝負と聞いたら色を変えたよ」

「ゆみさんも平林が好きらしいな」

「どうやらね」と外記は苦笑した、「どうしても千段ケ原へゆく、と云い張った顔は、見せたいくらいだった、こうなると、――渡が責めていたそうだが、おれがもっと早く、二人の縁組に気がつくべきだったかもしれない」

敬之助は頷いて、「そうすればおれも偽婚約者《にせ》などにならずとも済んだろうな」と云いたげな顔をした。しかし彼はそうは云わなかった。敬之助は「鬼瓦」の顔で淡白に笑い、自分を慰めるようにいった。

「しかし、やっぱり串柿より柚にするほうが、確実だったかもしれないよ」


（「大阪新聞」昭和三十一年一月）

出来ていた青

一

山手の下宿屋街にある、『柏ハウス』の二階十号室で殺人事件が起った。

殺されたのはマダム絢《じゅん》と呼ばれる女で、桑港《シスコ》に本店のある獣油会社の販売監督《セイルス・インスペクタア》をしているチェムス・フェルドという亜米利加《アメリカ》人の妾《めかけ》であった。

その日。

マダム絢は、ひる過ぎから自分の部屋で、左に記す三人の男と花骨牌《はな》をしていた。

高野信二、新聞記者、二十九歳、同じハウスの二階十二号に住む。

吉田倫平《ろんぺい》、無職、四十一歳、同じく十一号に住む。

木下濬一《しゅんいち》、ホテルVのクラアク、二十四歳、これは十一番の樺山《かばやま》ハウスに住んでいる男。

その日の勝負は、はじめからマダム一人がさらっていた。八時夕飯のときには高野を除いて二人とも、濬一は二十貫を越し、倫平は四十貫近くの負越しになっていた。夕飯を済ませてからも、勝負は続けられた。倫平はいくらか恢復《かいふく》したが、濬一は負けがつむばかりである。

ここでちょっとマダム絢という女の素性を記しておこう。彼女は地震前のこの開港市の紅燈街では、『ナンバ・セヴンの絢公』といわれて、それこそ、山手、海岸、南《ナン》京町《キンまち》かけて席捲《せっけん》した時代があったのだ。明暗の濃い表情あり、逞《たくま》しい体力あり、飽かざる好色あり、天才的な花骨牌の技あり――何拍子も揃《そろ》った、じつに体そっくり心の隅までの娼婦《しょうふ》なのだ。それゆえ、今ではこうしてメリケンの妾などで下宿屋街あたりにくすぶってはいるが、花骨牌と男道楽のふた道にかけては、人後に落ちぬ精力をもっているのである。

――で、勝負は十時が鳴ったのを機会《しお》に打切になった。勘定をしてみると結局みんなマダムに負けていた。ところで龠平に金がなかったので（それはその日に限ったことではなかったが）ＩＯＵを書くことになったのだが、そのときちょっとした紛擾《ごたごた》があった。それはＩＯＵを書く伝票《カード》があいにく無くなっていたので、彼女は八号室のフェルドの部屋へそれを取りに行ったのである。ところが彼女が入って行くとしばらくして、その部屋でフェルドと二人が大喧嘩《おおげんか》を始めたのだ。

「……きさま、殺してくれるぞ！」

フェルドのそう云う声（彼の言葉をいちいち英語で反転することは避ける）がしたかと思うと、彼女がヒステリカルに、

「けだもの！」

と叫び返すのが聞えた。

「やっているな、浮気の虫と、嫉妬《やきもち》の犬が！」

倫平がそう云ってくすっと笑った。しかし喧嘩はすぐにけりが着いた。フェルドは何か罵《ののし》り喚《わめ》きながら足音荒く階段を下りて外へ出て行ったし、マダム絢は居間へ戻ってきた。

「どうしたの？」

「――ふん、お定《きま》りさ！」

彼女は濬一の問いにはかまわず、持ってきたフェルドの商売用の空伝票の裏側を出して倫平に渡した。高野が笑いながら、

「ぢえらしい？――」

「可笑《おかし》くもないこった、本当よ」

彼女は、びしんと肩を揺上げて、ミス・ブランシを一本抜取って火をつけながら、

「二三日うちに上海《シャンハイ》へ廻るんだよ、それにお金の集りが悪いというんで焦《じれ》ているってわけさ。ふん、もうちっとどうかしてるんならお金を貢《みつ》ぐ気にだってなるけれど、あれじゃね！」

「強《こえ》えこと！」

高野はそう云って頭を振った。マダムは倫平の差出した伝票を手に取って、その金額にちらと眼をくれたが、いきなりそれを突戻して呶鳴《どな》った。

「なんだい倫平、あんたのは三十八貫五十だよ、おふざけでない！」

「――」

ひどく辛辣《しんらつ》な調子だったので、さすがに倫平ちょっと気色ばんだ。しかし手にとって見ると、なるほど伝票には二十八貫五十と書いてあった。倫平は黙ってそれを書改めた。

「あんたのもう三百貫ちかくになるねえ、倫平いいかげんに何とかしてもらわなくちゃ困るよ？」

「まあそんなにがみがみ云うなよ」

倫平は卑屈に苦笑したまま取り合わなかった。マダムはそのＩＯＵを卓子の隅に片寄せて、ふいと濬一のほうへ振返ったが、濬一はもう勘定を済ませたので、帰るために立上るところだった。

「じゃこれで僕は――勤めがあるから」

「そう、じゃまた――」

彼女はそう云って素速く誰にも気付かれぬように片眼で眴《ウインク》しながら云った。

「頼んだこと……いいね!?」

「ええ、分ってます！」

濬一はそう云って部屋を出た。それと同時に倫平も、何かぶつぶつ云いながら自分の部屋（それはマダムと向い合っている室だ）へ帰って行った。

二

倫平と濬一の去った後も、高野は残っていた。

「ばかっ花《ば》骨牌《な》（金を賭《か》けぬ骨牌《カルタ》）でもする？」

「してもいいな！」

「じゃあ切って」

一回だけという定《き》めで、ふたたび骨牌が持出された。親定めをすると高野の親だった。

「こんだあ勝つよ、賭けなきゃ運がいいんだから、口惜《くや》しいけど！」

「文句を云わないで」

切った札を配った、自分の札を取上げたマダムは、ふうんと鼻を鳴らせてから、すと云いながら札を全部場へ晒《さら》した――七枚とも空札なのだ。

「あいた！」

高野は舌うちをしながら自分の手を見た。

そのとき廊下を走って来た給仕が、扉《ドア》をノックして、顔をだした。

「高野さんこちらですか――あ、高野さん御面会のかたですよ！」

「誰だい？」

「何だか妙な人ですよ。名前も云わないし、それに変なかっこうをして」

「変なかっこう――よしすぐ行く！」

「どうぞ」

高野は『青ができるな！』と思いながら、自分の札を場へ伏せて、給仕の後から室を出て行った。

下の応接間にはひどい身妝《みなり》をした、ひと眼で浮浪者と分る男が待っていた。自分が高野だと云うと、面はゆげなようすで、

「ちょっとそこまでお出《い》でが願いたいんで、へい、すぐそこまで……」

「何の用です？」

「わたしゃ何も存じません。どこかの旦那があなたに外でお話したいことがあるから

ってんで、何でも家じゃ話しにくいことだからって……」

「おかしいな、誰だろう——」

審《いぶか》しくはあったが、ともかく高野はその男について外へ出た。男は無言のまま先に立った。御代官坂へ抜ける街角まで来ると、男はうろうろ四辺《あたり》を見廻している。

「どうしたんだい？」

「へえ——」

男は頭を傾《かし》げながら、

「その、ここんとこだったんですが。はてな、どこへ行っちまったんだろう。つい今しがたここで……」

高野は焦《じれ》ったくなったので、暗がりのほうへ大声でおーいおーいと何度も叫んでみた。しかしあたりには人影もなく、答える声も聞えなかった。ぜんたいどんな男だったかと訊《き》くと、その男がその辻《つじ》へさしかかると、暗がりの中から黒っぽい外套《がいとう》を着た男が出て来て、五十銭銀貨を二つ握らせて、高野をそこまで呼び出して来てくれと頼んだのだ、と話した。

「何だいばかばかしい、もういいよ！」

てっきり記者仲間《なかま》のうちの誰かの悪戯《いたずら》だと思った高野は、そう云い捨てたまま帰って来た。このあいだがおよそ七八分、多くとも十分そこそこだったに違いない。

二階へ上って、マダムの室の扉を明けると、彼女の姿が見えなかった。

「おや――」

と呟《つぶや》いて二三歩踏入ったとたん骨牌卓子の向う側に、椅子《いす》もろとも仰向《あおむけ》ざまに倒れているマダムの姿が眼についた。

「どうしたんです！　マダム!!」

何か発作でも起しているのだと思った高野は、そう叫びながら卓子を廻って行った。マダムの裾《すそ》がひどく捲《まく》れて、脂《あぶら》ぎった白い腿《もも》の根までが露《あらわ》になっているので、高野は手早くそれを引下ろしてやった。そのときぷんと鼻を衝くような血腥《ちなまぐさ》さを感じた。おやっと思ってみると彼女の左胸部に突刺さっている短刀の柄《つか》が目に入った。そしてはだかった胸から床の上まで溢《あふ》れるような血だった。はじかれたように立上った高野は、廊下へとび出して喚きたてた。

「人殺しだ!!」

三

急報に接した県警察部から、刑事課長星谷《せつや》氏が、四五名の部下と同車で駈けつけて来た。

皆が現場へ着いたときは、すでに招かれていた付近の開業医の手当ても間に合わずマダム絢は絶命していた。呈谷氏はただちに警察医を督《うなが》して死体を検《あらた》めにかかった。用いた兇器《きょうき》はありふれた日本の九寸五分《くすんごぶ》で、心臓のまん中をほとんど柄まで突刺していた。刺傷の角度と深さを量ると短刀は柄に印された指紋の検出をするため、係の刑事に廻された。

「――刃を上に向けてやったんだな、日本では珍しい殺《や》りかたですね！」

警察医はそう云いながら、死体の着衣を念入に剝《は》いでいった、そしてごく外部的に情交関係の有無を調べた結果、性的な機能昂進《こうしん》の事実をたしかめた。

呈谷氏は簡単に証人の陳述を聞いた後、ただちに現場の探査に移った。

扉のノブ、ベランダに明いていた窓、卓子、有《あら》ゆる場所の指紋検索が行われた。

その室は三方に扉があった。その一つは廊下、一つはベランダ、一つは寝室にと通じているので、そのうち寝室へ通ずる扉だけが閉まっているきり、他のふたつは明いていた。

ベランダへ出ると非常梯子《ひじょうばしご》に通じているのだが、それは内部から自動的に上げ下げできるようになっているもので、毎夜十時にはハウスの主人がそれを上げる習慣であった。もっとも二階の階段の角に釦《ボタン》があって、それを押しさえすれば、いつでも梯子を下げることはできたし、梯子を下りてから上へ押上げると自動的にはね上るようにもなっていたのである。呈谷氏が見たときその梯子はあがっていた。

室内はべつに格闘したらしい形跡もなかった。彼女は正しく卓子に向った位置のまま後へ倒れているのだ。裾がひどく捲くれていたという高野の陳述と、性的機能昂進の事実とは、この死体の位置と重ね合せてすくなくとも兇行者が彼女にとって未知の闖入者《ちんにゅうしゃ》でなかったということを想像させるにじゅうぶんだ。

「犯人はここにかけていたよ」

呈谷氏は被害者と向合って椅子にかけた。

「――そして隙《すき》を見て、ここからこう刺したのだ。そのとき卓子越しに左手で被害者の右肩を摑《つか》んでいた……、いや、そうじゃない――」

云いかけて、ふと卓子の上を見やった刑事課長は、おやっという表情でそこにある花骨牌札を覓《みつ》めた。それと云うのは――高野が手を見ただけでそこへ伏せていったと陳述した札がめくられていたし、すでに、『青』というやくがそこにできているのだ。花骨牌は明かに戦わされてあるのだ。

「ふうむ――」

呈谷氏は二三度頷《うなず》きながら呟いた。

「——こいつ臭いぞ！」

そう、それは実際何かしら異常な、人に呼びかけるものをもっていた。何となくそれひとつが、この殺人事件の秘密を解く鍵《かぎ》であるかに思われた。

検事局から矢島上席検事、倉石判事がかけつけて来るのと同時に十一番の樺山ハウスへやった刑事が帰って来て、濬一がまだハウスへ戻っていないということを報告した。

「午飯《ひるめし》を早く済ませて出たまま戻らぬそうです。勤先のホテルVへも電話をかけてみましたが、そちらへも来ていないということです！」

「ごくろう！」

呈谷氏はすぐに濬一と高野を呼出しに来た浮浪者に対する非常線を張るように命じて、仮訊問《かりじんもん》にかかった。

仮訊問に宛《あ》てられた室は、同じ二階の草花室を片付けて卓子と椅子を持ちこんだものので、それは兇行のあった十号室の真向うにあった。順にゆくと十三号となるべきなので嫌って、主人の丹精になる草花などを置いてあるのだ。

四

まず最初に柏ハウスの主人夫妻が呼入れられて、昱谷氏の訊問に答えた。

「ヂェムス・フェルドさん御夫妻に部屋を貸したのは去年の三月でした。二階の八九十と三室で、部屋代は月八十円です。御主人は年に二回、二月ぐらいずつしか滞在なさいませんです。御夫婦仲は良いほうではないと思います。この春も一度ひどい諍《いさか》いがあって、フェルドさんが拳銃《ピストル》を持って、マダムを追廻したことなどありました。マダムの素行についてはお調べくだされば分りましょうが、あまり香《かんば》しくありませんです。私どもの存じているだけでも常に二人や三人の男は欠かしたことがありません。フェルドさんもこれは知っていたと存じます。しかしひじょうにマダムを愛しているのでしょう。別れ話などの出た話はかつて聞きませんです。

マダムは花骨牌の名人だそうで、いつもそのほうの人たちの出入が絶えませんでした。今日もお部屋ではひるから花骨牌をやっておられるようでした。よくは分りませんが、樺山ハウスの濬一さんが見えていたようです。龠平さんと高野さんは同じ二階のことですから、今日に限ったことではないと思いますが、そのつど賭事があったかどうかは存じませんです。

十時頃でした。二階で御夫妻の呶鳴り合う声がしたかと思うと、間もなくフェルドさんが足早に階段を下りて来て、そのまま外へ出て行かれるのを見ました。また嫉妬《しっと》喧嘩《げんか》ですね！　と家内《これ》が申しましたので、うん！　ああいう女をもつと男も楽ではない、などと話し合いましたです。

それから非常梯子をあげて戻ると、ちょうどそこへ濬一さんが二階から下りて来まして、いつものとおり（愛相の良い人で）にこにこと笑いながら、『さいなら、おやすみ！』と云って帰って行かれました。これがフェルドさんの出て行かれた十五分か――二十分も後だったでしょうか。

濬一さんが帰ると間もなく、見馴れない男のかたが高野さんを訪ねて来たようすでした。給仕が取次ぎますと、高野さんは何かその男と二言三言話をなさって、一緒に外へ出て行かれましたです。いつ戻られたか存じません。それから十分か――十二三分も経《た》ったでしょう。人殺し!!　という大きな叫声がしますので、驚いて家内と二階へ行ってみますと、高野さんが蒼白《そうはく》な顔をして廊下で叫んでおられて、すぐにマダムの殺されたことを知らせてくれました。そこで私は警察のほうへお電話をかけましたのです」

陳述はすべて妻が肯定した。

続いて給仕が呼出された。これは簡単に終って、次に箭平が招かれた。

箭平は胆汁質の、顔色の悪い、どこかすぐに賭博《とばく》常習者を思わせるところをもっている男だった。彼はけっして相手の顔を正面から見ずにいつもよそを向いたり俯向《うつむ》いたりして話した。

「お前は前科があるな！」

箭平が椅子につくと、聖谷氏は突然刺すように叫んだ。箭平はびくっと顔面筋を痙《けい》攣《れん》させて面を伏せた。そして吶《ども》りながら答えた。

「――前科と申しましても、賭博犯で三回あげられただけです。お調べくだされば分ります。

マダムと知合ったのは地震前のことで、まだあの女《ひと》がナンバ・セヴンの雪ホテルで売っていた時分のことです。地震後私は大阪で暮らしていましたが、去年の暮こっちへ舞戻ったとき、ちょっとした機会からマダムと邂逅《めぐりあい》まして、その紹介でこの二階へ間を借りるようになったのです。

今夜の事件については私は何も存じません。十時半……ちょっと前でしょうか、よく覚えておりませんが、自分の部屋へ帰って、寝台の上に転げて煙草《たばこ》をふかしておりますと、廊下で高野さんが、人殺しと呶《ど》鳴《な》ったので慌《あわ》てて出て行きました。そしてマダムの殺されているのをみつけたのです」

「花骨牌の勝負でお前は金がなかったので借証文を入れたそうだね！」

「はい、金額は三十八貫五十です――」

「そのとき何かあの女とのあいだに諍いがあったそうじゃないか!?」

「いえ！　それは私がぼんやりしていて金額を書損なったのです。べつだん諍いと申すほどのことではありません。それに――」

呈谷氏はこのとき、静かに血に染《し》んだ九寸五分を卓子の上へ取出した。

「この品に見覚えはないかね？」

倫平はひと眼見た瞬間、明かにはっとしたようすだったが、しばらく躊《ため》らった後、たしかにそれは自分の持っていた品だと認めた。そして取締が厳しいので、もうしばらく持ったことはないし、どこへ納《しま》っておいたかもはっきり覚えていないと述べた。

倫平の陳述はきわめて単純であるだけ、どこかに確然としたものがあった。課長は兇器を引っこめると、穏やかな調子にかえって、何か悲鳴のような声を聞かなかったか、思い当る節はないかと二三訊《たず》ねた後、倫平を控室へ退けた。

倫平が済むと続いて高野が呼ばれた、しかしこれは最初に事件の経過を申立てているので、呈谷氏の訊問は重要な点の証言を求めるに止《とど》まっていた。

「——君は外から呼び出しが来たとき、花骨牌札をどうしておいたのかね」

「先ほども申上げましたように、私が親で札をきり、配り終えますとマダムは、から、すと云って自分の札を場へ晒《さら》しました。私は自分の手を見て青ができるなと思いましたので、場を見にかかりました。そこへ呼び出しが来ましたので、そのまま札をそこへ伏せておいて部屋を出たのです——」

「——なるほど」

呈谷氏は美しく刈込んだ口髭《くちひげ》を噛《か》んだ。

「すると君は、札を見ただけでそれを伏せて面会人に会いに行ったのだね⁉」

「——そうです！」

「それはふしぎだ！」

「——なぜですか⁉」

「というのは、現場を調べると明かに花骨牌がめくられているんだ、そのうえ、君のほうの場には青札が二三枚揃《そろ》っている、つまり青のできやくができているんだ！」

「そんなばかなことが……」

「どうして——！」

高野の驚く眼を、呈谷氏は鋭く見返って、

「君がやったのでなくとも、君の出たあとで誰かが被害者と勝負をしたかもしれぬではないかね？」

「しかし、私が留守にしたのはほんの十分足らずの時間です」

「君はいま自分の手に青ができるなと思ったと云ったではないか、二度目のめくり、あるいは三度めのめくりで青の揃うようなチャンスはそう珍しいことではないよ？」

「――――」

高野は黙っていた。

五

臨検の判検事と簡単な意見の交換をした後、呈谷氏は二名の部下とともに高野、倫平、フェルド、三名の居間の捜査を行った。

呈谷氏が倫平の部屋で、意外な獲物を検挙して仮訊問所へ戻って来たとき、非常線に引掛って、例の高野を呼出しに来たという浮浪者が捕えられて来た。呈谷氏は浮浪者には簡単な訊問を試みただけで別室へさげた。

そしてもう一度倫平が呼び出された。

ふたたび訊問を受ける倫平は、前にも増しておどおどと怯《おび》えていた。それに反して呈谷刑事課長は、ぐっと砕けた態度で、まるで友達に対するように親しい調子を見せていた。

「——君は大分あのマダムに借金しているね」

「ええ、その……」

「いくらばかりだね？」

「なに、ほんの少しで、ほんの……」

「三百円ばかりね⁉」

倫平はびくっとして、尻眼《しりめ》に課長の顔を見た。しかし呈谷氏はそ知らぬふうで続ける。

「今日君は借用証書を書いたそうだね！」

「——ええ、さようです」

「ところが、その君の書いた伝票が紛失しているんだ、現場に無いんだよ！」

「——」

「——そればかりでなく、マダムの手文庫の中が掻廻《かきまわ》されて、若干の現金と、それから二三人から受取った借用証書の伝票の束が無くなっているのだ！」

「——で？」

倫平は唾《つば》を呑《の》んだ。そして、黙って自分を見つめている呈谷氏の眼を見ると、耐《たま》らなくなったかして、しどろもどろの調子で弁明をはじめた。

「それで私がその——いいえ違います、私はそんな物を盗み出す必要はありません。なぜかといえば私の借金についてはマダムと特別な諒解《りようかい》がついていたのですから！」

「特別な諒解？——それはどういうことかね」

「それは——」

倫平は意気込んだ出鼻を挫《くじ》いて、はたと困惑の表情を見せながら俯向いた。

「それは、どういう諒解だね!?」

呈谷氏の声に力が入った。倫平は明かに狼狽《ろうばい》して赭《あか》くなったが、しかしすぐに思い切った左のような告白をした。

「——じつはマダムと私のあいだには特殊な性的関係があったのです。私がマダムの異常性慾《せいよく》を満足させることができれば、そのつど二十貫ずつ借金を棒引にするという約束なのです」

雪ホテルにいたころ、外人相手にあくまで荒《すさ》んだ性慾生活を繰返したマダムの体は、体格のか細い、紳士的な日本人の普通の男相手では、とうてい慾望を満足させることができなかった。

ことにノルウェイ人のオウルという男が教えていった性技は、彼女の性生活を根本的に覆《くつが》えしたほど異常なものだった。そして、オウルなにがしが日本を去って以来、遺《のこ》していったその性具や薬品を上手に使うことのできるのは、当時グランド・ホテルの厨房《ちゆうぼう》にいた彼倫平ただ一人だったのである――。

「そんなわけで、大阪から帰って来て会うとすぐ、マダムはほとんど無理強《むりじい》にこのアパートへ私を引入れて、部屋の心配までしてくれたのです。私はそれ以来、ずっとマダムの性慾を満足させることを条件に、部屋代から食事代まで出してもらっていたような次第です！」

「――ふうむ、そうかね！」

呈谷氏は、倫平の申立を聴終ると静かに頷《うなず》いた。そしてしばらく口髭を嚙みながら何か案じているふうであったが、突然、ひと束にした伝票を卓子の上へ取出した。

「これを知っているかね⁉」

「うっ！」

ひと眼見るなり倫平は呻《うめ》きながらさっと顔色を変えた。彼の額にふつふつと汗の滲《にじ》み出てくるのが見えた。

「これは君の部屋から出たんだ、通風筒の中へ押込んであったのだがね――これについても何かマダムと特殊な諒解ができているのかね⁉」

「――恐れ入りました」

倫平はがくり挫けながら頭を下げた。

「いかにも私はマダムの手文庫を明けて、その中から三十円ばかりの金と、ＩＯＵの束を盗み出しました、しかし――」

と彼は、きっと面をあげて、必死の表情を見せながら、額に流れる汗を拭《ふ》きもせず陳述を始めた。

「――しかし、マダムを殺したのはまったく私ではございません。けっして嘘《うそ》は申上げません。

高野さんが人殺し‼　と叫んだので、私は寝台から跳び下りて廊下へ出ました。すぐにマダムの部屋へ行って死体を見つけて、こりゃとんでもないことになったと思っていると、そこへここのハウスの主人夫妻が上って来たのです。そしてこのありさまに吃驚《びっくり》して、警察へ電話をかけると云って階下《した》へ駈け下りて行きました。すると高野さんも自分の社へ電話をかけておくからと云って私に見張りを頼んで階下へ行かれたのです。――残った私はふと衣装戸納《いしようとだな》の上にある手文庫をみつけました。そのときその中に現金のあることを知っていた私はふらふらと金が欲しくなり、急いでそれを下して搔廻してみますと、偶然ＩＯＵの束が出てきたのです。そこで私はちらっと考えたのですが——もしマダムの死後この借用証書が発見された場合は、マダムとの特殊な諒解などは無効になると同時に、フェルドさんから借金として督促されるに相違ないと気がついたのです。そこで持っていって焼棄ててしまうつもりで、金と一緒に懐中へ捻《ね》じこんだのです。そして手文庫は元の場所へ戻し、ＩＯＵの束は通風筒の中へ押しこんでおいたようなわけです——、この外には何も存じません。けっしてもう嘘《いつわ》りは申上げません！」

陳述を終った侖平は額から横鬢《よこびん》へかけて流れる汗だった。そこへ刑事の一人がチェムス・フェルドの帰って来たことを知らせたので、呈谷氏は侖平を退かせた。

六

呈谷氏がしばらく休憩をとるために、煙草に火をつけて片隅の椅子《いす》に腰を下ろすと、先ほどから指紋の捜索をしていた警部がやって来て満足な結果が一つもないことを報告した。短刀の柄《つか》にはきわめて古いしかも不明瞭《ふめいりよう》な二三の指紋があるが、それは無論兇行時に印されたものでない。また窓枠《まどわく》や扉のノブなどからもほとんどこれはと思われる収穫はなかった。

続いて警察医の報告があったが、これは解剖を待たなければ精密なものではない。しかし性的機能昂進《こうしん》が自動的なものであるか、他動的なものであるかという概念的な検案については、おそらく他動的な手指弄《てなぐさみ》などであろうと答えた。それは被害者の手指が汚れておらなかったことから推測するのみのことではあったが。

「――やはり侖平がいちばん濃厚だね！」

倉石判事が低く呟《つぶや》くようにいった。

「高野が留守にした十分以内の時間に兇行を終えることのできるのは前後の関係を推して侖平より外にはない！」

「そう、おそらく高野の出て行くのと入違いにあの室へ入って行って、花骨牌を始め、隙《すき》を見て女を殺害したのだろう！」

矢島上席検事もそう云って頷いた。呈谷氏は静かに頭を振った。

「――では高野を呼出しに来た浮浪者を誰が雇ったのでしょう、侖平は事実一歩も室から外へ出ていません。また――浮浪者を雇ったのが高野の云うとおり友人の悪戯《いたずら》だったとしましょう。それでなおかつ侖平の嫌疑には不充分なところがあるのです。それは――」

と云って呈谷氏は例の伝票束を叩《たた》いた。

「侖平の匿《かく》したこの束の中に、今夜彼が呈出した三十八貫なにがしのIOUが一枚入っていないのです。もちろん現場にも見当りません」今夜の一枚、三十八貫五十と書いて侖平の署名のある伝票が行方不明なのだ。誰が何のためにその伝票を持去ったのだろう。

ヂェムス・フェルドが、刑事に案内されて入って来た。

彼は見たところ四十前後のブロンドの男で、眼は際立《きわだ》った茶色、それがときどき猫のように鋭く光った。どちらかというと好人物型で、言葉は片言の日本語を明瞭に話した。

彼は、自分はいま八番の酒場《バー》フロイラインから帰ったばかりで、マダムの殺害されたことを聞いて吃驚している、ということをわりに落着いて申述べた。しかし、次の陳述が進むにしたがって次第に傷心の色を見せたのはさすがに隠しきれぬ故人への愛情の深さを思わせた。

「私は桑港《シスコ》にあるKBD獣油会社の、東洋販売監督を勤めています。当地と上海と香港《ホンコン》の三ヵ所を受持って、当地には毎年春秋二回、およそ八週間ぐらいずつ滞在します。

マダム絢と知合ったのは去年の春のことで、相談の上この柏ハウスの二階一室を借りて同棲《どうせい》生活を始めました。申上げておきますが、私は本当に真面目《まじめ》な気持で彼女を愛しておりましたのです」

フェルドは手帛《ハンカチ》を取出してそっと鼻を押えた。

「絢は元来多情な女で、性慾生活には驚くほど異常な好みがありました。したがって常に男関係が絶えず、外泊することなどは珍しくないのです。しかし前身が前身であったし、私の留守にする期間の長いことでもあり、これは是非もないことだと私は諦《あきら》めていました。

そんな次第ですから、私たちの仲はいつも平和であるというわけにはゆきませんで、ときどきひどい衝突が起りました。一度などはいっそ彼女を殺して自分も自殺しようかと思い詰め、拳銃を持って追掛けたこともありましたが、結局私には彼女を殺すことはできません。彼女もまた私にそんなことのできないのをよく知っていたと思います。

今度当地へ来ましたのは六週間前で、世界的不況から商売方面が思わしくなく、本店からの命令もありましたので、滞在日数を繰上げ、二三日内に上海へ廻るつもりでいたのでございます――」

と、このとき突然廊下にあわただしい跫音《あしおと》がして、二人の刑事が濬一の腕を両方から抱えこんで引立てて来た。

「――どうしたのか⁉」

と昱谷氏が訊くと、蒼白《あおじろ》い硬《こわ》ばった顔を振向けて濬一が喚《わめ》きたて、

「誤解です！　誤解です‼」

七

刑事は濬一を沈黙させた後、――彼が九号室（フェルド夫妻の寝室）の窓からベランダへ忍び出て、非常梯子《ひじょうばしご》のところから裏庭へ跳び下りたところを取押えたのであると申立てた。

「寝室から？……この男が⁉」

昱谷氏は疑うように濬一を見た。濬一は乾ききった唇を痙攣《けいれん》させながら喚いた。

「そ、それには仔細《しさい》があります。それは――」

昱谷氏は刑事に濬一を控室へ下げるように命じた。そして意外なありさまに驚いていたフェルドに、陳述を続けるよう促した。

「――今日、私たちは帝劇へ行く約束でした。私が上海へ立つフェアウエルの意味です。

ところが午近くなると急に機嫌を損じて、男の友達を呼集め、花骨牌《はな》を始めてしまったのです。私は再三でかけようと促しましたがどうしてもききません。ついに諦めて私も事務を執ることにしましたのです。

お茶も夕飯も独りで摂《と》りました。ひじょうにむしゃくしゃしますので酒でも呑もうと思い、十時近くでしたが、出ようとするところへ彼女が入って来ました。そこで私は銀貨の持合せがなかったので、少しばかり銀貨をくれと申しました。すると彼女はそんなことには耳もかさず、大変口汚なく私を罵倒《ばとう》するのです。そこで私も昼からのむしゃくしゃが破裂して、同じように呶鳴りかえし、自分は今夜帰って来ないと云い残して外出しましたのです」

「──そのときあなたは、マダムに、お前を殺してやるぞ！　と脅《おど》かしたそうですね？」

「──あるいは、そんなことを申したか知れませぬ。何しろ昼からいらいらしていたものですから、思わずかっとなってしまいまして……」

「酒場へはまっすぐ行かれましたか!?」

「──行きつけのフロイラインへは後でした、その前に坂下の裏街で二三軒寄りましたです。何という家であるかは覚えておりませんが、しかし──行ってみれば分ると思います」

「おって、そう願うことでしょう！」

呈谷氏はそう答えると、叮嚀《ていねい》に挨拶《あいさつ》をしてフェルドを控室へかえした。フェルドを退けた刑事課長は、ただちに部下を呼んで、別室に入れておいた例の浮浪者に、控室を覗《のぞ》かせて、そこに集っている者のうち、誰が高野を呼び出すように彼を雇った男であるか慥《たしか》めさせるように命じた。

検事も判事も、今度は頓《にわか》に口をきこうとはしなかった。小さな仮訊問所の中には、盛上ってくる事件の進展につれて、重苦しい緊張が翼をひろげた。

間もなく浮浪者は戻って来た。そして控室の中に、たしかに自分を雇った男がいると証言した。しかしそれがその男だということを聴くと、呈谷氏の眸《ひとみ》は急に失望の色をあらわした。

そして濬一が訊問室へ呼入れられた。

八

濬一はすっかりあがっていた。色白で眉《まゆ》の秀《ひい》でた、どう安く踏んでも二枚めの柄はある男だが、ひどく狼狽しておどおどと顫《ふる》えているので、何ともかっこうがつかない。

それでもどうやら刑事課長の訊問にたどたどしく答えた。

「――私がマダムの寝室から脱け出たのは事実です。けれど殺人事件とは何の関係もありません。それは神様にでも誓います」

「誓わないうちにすっかり事情を話したまえ、どうして一旦帰った者がマダムの寝室へなど隠れていたのかね!?」

「それは……その……」

「え!? はっきり云いたまえ!!」

「じつは……じつは私は、先週の水曜日来、そこでマダムと情交関係があったのです。マダムが機会を作っては、私を寝室へ呼入れてくれましたのです」

呈谷氏は眉をひそめた――、何という女だ、何という爛《ただ》れた性生活だ。

「――君はあの男を知っているね!」

呈谷氏は室の隅に、刑事に付添われて立っている浮浪者を指さした。濬一はちらとそれを見てすぐ頷いた。

「存じております」

「では今夜君のしたことをすっかり話したまえ!」

「申上げます!」

濬一はやや落着きを取戻して、次のように語りだした。

それによると。彼とマダム絢との肉体関係はひじょうに爛れたものであった。この一週間というもの、ほとんど毎晩会っていたのだ。今夜は濬一が勤め先であるホテルVの明け番なので、十一時に出勤するから会うことはできなかったのだが、フェルドと喧嘩《けんか》して部屋へ戻って来るといつもの合図——それは右手の食指でとんとんと三度卓子の面を打つので、つまりフェルドが留守になるから来いという意味——その合図をしたのだ。それからまた高野と龠平とが話をしているあいだに、マダムはすばやく、外へ出たら人を頼んで高野を呼び出せ、そのあいだに非常梯子を下ろしておくから、と教えたのである。

なぜそんなことをしたかというと、この二三日来、高野は二人の関係を感づいたらしく、とかくあいだに入って邪魔をするようなふうがあったのだ。今夜も三人一緒にマダムの室を出るべきだったのに、高野一人だけ知らぬ顔で残っていた。マダムはそれを見越して、そんな計りごとを用いたのだ。

濬一は外へ出ると、御代官坂まで行って、その浮浪者をつかまえ、高野を呼び出すように頼んだのである。そして建物の横に隠れて、たしかに高野が浮浪者と一緒に外へでかけて行くのを見届けてから裏へ廻ったのである。裏へ行ってみると約束どおり非常梯子は下りていた。そこでそれを伝ってベランダへ登り、素速くいつものとおり寝室の窓から室内へ忍びこんだのである。

寝室の上に寝転んでいると、間もなく高野が人殺し!! と叫びはじめた。吃驚してすぐ跳び出そうとしたが、考えると自分の立場は危険だし、そうでないまでも具合が悪いので、ともかく外へ逃げようとベランダへ出てみると、ふしぎや今しがた彼が登って来た非常梯子があがっているのだ。

前にも云ったように、この非常梯子を下ろすには、階下の主人の部屋か二階の階段口の角の釦《ボタン》を押すよりほかに方法はないのである。そこで濬一は機会をみて逃げようと、ふたたび寝室の中へ忍びこんでしまった。しかし、その機会のないうちに検査官たちの乗込みとなり、捜査となったのでいたたまれず、無謀とは知りながらベランダへ出て下へ跳び下りたのであるが、ちょうどそこへ張込んでいた刑事に捕まってしまったのである。

「――なるほど、すると君は兇行《きようこう》のあった室の隣にいたことになるね」

罡谷氏は深く眉を寄せながら、鋭く――

「では十号室で何か悲鳴でも起ったのを聞かなかったかね。それとも諍う声とか――」

「何も聞えませんでした。べつにそれらしい物音もしなかったと思います。が――」

云いかけて濬一はふと声をあげた。

「――そうです。忘れていました、私はベランダへ上ると、マダムの室の外から、窓硝子《ガラス》を指で叩いて、来ましたよ！　と云いました。すると中でたしかに返事をしたのですが、その声が、今考えるとマダムの声ではなかったように思われます」

「それはどんな声だったね。聞き覚えのある声だったかね⁉」

「――さあ、聞き覚えがあるようでもあり、しかしそうでないような気もします。何でも低い、だみ声のように覚えますが――」

濬一の訊問はそれで終った。

濬一が刑事に付添われて控室へ去ると、杲谷氏は起上《たちあが》っていらいらと室の中を歩き廻った。そして矢島上席検事のほうへ近寄りながら、低い声でせかせかと云った。

「濬一がベランダから声をかけたとき、すでに室内では兇行が済んだあとだった。おそらく犯人は、高野のでかける直前からベランダで機会を狙《ねら》っていたのでしょう。そして高野の出てゆくのを見るととっさに侵入して女を殺害したのです。そして濬一がベランダから寝室へ入るのを見すましてベランダへ出てゆき、非常梯子を伝って下へ下り去ったのです。下りている非常梯子は下から押上げると自然に上る仕掛けになっ

ているのですから、犯人は梯子を上げて立去ったのです——。つまりこれを要するに、
一、高野が出て行く直前に犯人はベランダにいた。
二、濬一が来るまでに犯行が済んだ。
三、濬一が寝室へ入ったとき、非常梯子から立去った（下りていた梯子が上ってい
たことによって証明される）。
つまり犯人は、マダムが濬一のために梯子を下ろす前、ハウスの主人が梯子をあげ
る前にベランダへ登っていたのだ。そう考えないといかに素速くやってもこの兇行を
果すには間に合わない。したがって犯人は——」
旦谷氏がそこまで話しかけたとき、室の中へ高野信二がせかせかと入って来た。そ
して旦谷氏に近寄ってはっきりと囁《ささや》いた。
「犯人を捉《とら》えましたよ！　課長さん‼」

九

「え⁉——犯人をどうしたって⁉」

旦谷氏ははじかれたように立った、高野はにやりと笑って、

「トリックが分ったんですよ。現場をもう一度見せてくださいませんか？」

「よろしい、行きましょう！」

確信ありげな高野の態度に、呈谷氏は快く先に立って十号室へ導いた。高野は室へ入るとまっすぐに骨牌卓子に近寄って、そこに並べてある花骨牌札を叮嚀に見はじめた。

「課長、ここにある札は動かしはしないでしょうね！」

「一切手は触れてない！」

「しめた！」

高野はそう叫んで、手帳と鉛筆を取出すと、手早くその場にできている青の場札をスケッチした。

「できていた青か、ふん。課長、これは犯人が造った墜《おと》し穴ですがね、まさかこの穴に自分が墜ちようとは気がつかないでしょうね！」

「――――」

呈谷氏は黙って高野のすることを見守っているばかりだった。スケッチがすむと、高野は衣装戸納《いしようとだな》の上にあったべつの花骨牌の箱を取下ろして溢《あふ》れ出る快心の笑みを噛《か》みしめながら、

「――どうぞ控室の外へ来ていてください。そして僕が合図をしたら猶予《ゆうよ》なく入って

来てください、そうすればお渡しいたします。それまでは絶対に内部に干渉しないように頼みます。なあに事件はもう解決ですよ！」

そう叫ぶと、足も軽く控室へ帰って行った。呈谷刑事課長は、高野の意外な行動に、いささか度胆《どぎも》を抜かれたかたちで、云われるとおり控室の外に合図を待つことにした。

高野は控室へ帰った。

彼は今、まったく職業に洗練された沈着を取戻していた。彼は室へ入ると看視に当っている刑事を、課長が呼んでいるからと云って室外へ追払った。もちろんその刑事は戻って来なかった。

「——ああ疲れちゃったなあ」

高野は煙草《たばこ》に火をつけながら、欠伸《あくび》まじりに云いだした。

「どうだい、いま訊《き》いてきたら、まだ訊問《じんもん》は長びくそうだから、ばかっ花骨牌《ばな》でもやろうか、なにいま課長にそう云って来たからかまわないさ」

そう云って、持って来た札を取り出した。倫平も濬一もいい加減くさっていたところなので、すぐに椅子を持って卓子の廻りへ寄って来た。しかしフェルドはまたもや手帛《ハンカチ》を取出して鼻を押えながら、自分は今そんな遊びをするような気分でないからと断った。

高野は札を切りながら皮肉な調子で、

「あなたは、殺人者がマダムと花骨牌をしたというのを聞いて、嫌疑のかかるのを恐れていらっしゃるんですね？」

「——ノウ！」

フェルドは激しく頭を横に振った。そしてすぐ笑顔をつくって、それでは自分も仲間に加わろう、いくらかこのやりきれない気持がまぎれるかもしれないから、と云って自分の椅子を持ってやって来た。

四人は卓子を囲んだ。親定《おやき》めをすると倫平が親だった。札を切って配ると濬一が下りた。そこで高野と倫平とフェルドの勝負となった。

「——おやこりゃ気味が悪いぞ！」

自分の手を見た高野が呟《つぶや》くように、

「——こりゃさっきと同じ手だ、マダムとやったときと——やっぱり青がかかっている、妙だなあ——」

一瞬、妙に暗い空気が室内をかすめた。高野はちらとフェルドの顔を窺《ぬす》み見た。

勝負は始まった。しかしそれは長くは続かなかった。皆がおのおの四回ずつめくったとき、突然高野が椅子から立った。そして扉の外へ向って叫んだ。

「課長！　どうぞお入りください！」

吃驚《びっくり》している皆の前へ、扉を明けて判検事とともに呈谷刑事課長が入って来た。

「諸君椅子を立ってくれたまえ、そして卓子から離れてくれたまえ。よろしいそれでけっこうです」

何だか狐につままれたような気味で、こそこそ三人が卓子から離れると、高野は呈谷氏を近くへ招いた。そして、さっき現場で卓子の上からスケッチしてきた『出来ていた青』の場札の画を見せながら云った。

「課長、このめくられてある札は、ずいぶん妙な順序に置いてありますねえ……」

十

高野は沈着に、しかも適確に続けた。

「花骨牌をめくったとき、取札を並べるのに、普通ふたとおり形式があります。それは二十札、十札、五札、空札という順序で、これを右から順に置くか、左から順に置くかのふたつです――。

ところが殺人現場にできていた青の場札を見ると、このスケッチのとおり、右からまず二十札があり、次に空札があり、次に十札終りに五礼という、非常に変てこな順序で置いてあるのです。これは花骨牌に馴れていない人か、でなければすくなくとも普通我々の習慣にしたがわぬ、特殊な置きかたをする人の並べたものだということが分ります。ところで——」

と彼は今まで自分たちの向っていた卓子の上を指さしながら、

「ところが——ここにもまた、それと同じ置きかたで並べられた場札があるとしたら——」

「罠《わな》だ！　墜し穴だ!!」

突然フェルドが呶号《どごう》しながら、卓子の上の花骨牌札に摑《つか》みかかろうとした。しかし傍《そば》から一名の刑事が抱すくめて動かさなかった。玊谷氏は卓子に進寄って、高野の手帳にあるスケッチと、卓子の上に並べられた取札とを比べて、フェルドの取札が、スケッチされた殺人現場に『出来ていた青』の置きかたと同一のものであることを認めた。そして満足気に何度も頷《うなず》いてみせた。

フェルドは刑事に抱すくめられたまま、あらんかぎりの言葉をもって、これは巧妙に仕組まれたトリックだ、自分は罠にかかったのだと絶叫してやまない。

と、ふいに高野はきっとした態度で、

「これがトリックだというなら、もっと動かぬ証拠を見せてやろう!!」

そう云ったかと思うと、つかつかと進寄って、フェルドの上衣《うわぎ》の右ポケットから半ばはみ出していた手帛と一緒に一枚の伝票を取出した。

「――これはあなたのですね!」

「――」

フェルドは審《いぶか》し気に高野を見た。

「この伝票はあなたの商売用の物でしょう!?」

「――そうです」

高野は大股《おおまた》に罡谷氏の前へきて、その伝票を見せた。それは鯨脂《ホエルグアノ》の商売用に使われた反古《ほご》伝票である。――

「――これが?」

罡谷氏は不審そうに見るばかり、すると高野はそれを裏返して見せた。おう、そこにはなまなましいインクで（38.50 倫平）と認《したた》めてあるではないか、すなわち、現場で紛失していた当夜の倫平のＩＯＵなのである。

「みすたフェルド、あなたはほかのすべての犯罪者と同じく、きわめてつまらぬところで重大な失策をしたんです。――さっきあなたは、訊問室から戻って来て、頻《しき》りに手帛を出して鼻をかんでおられたでしょう？　そのときポケットの中から手帛と一緒に落ちたこの伝票が、ふと僕の眼についたのです。それですべてが解決したんです。あなたの失策、それはたった一枚のこの伝票なんです。あなたはマダムを殺害した後、何か証拠になるような物を遺しはしないかと、じゅうぶん注意したでしょう、犯行を我々花骨牌をしていた仲間になすりつけようとして、わざわざ伏せてあった札をめくって青ができているように拵《こしら》えたなんぞは、ずいぶんひねった考えです。しかし、それだけの落着きがあったことが、このばあいあなたには禍だったんです。

あなたは多分、立上ったときぱっさり何か床の上に落ちたのを見て、驚いてそれを拾い上げたでしょう、するとそれは自分が鯨脂の売買に使った反古伝票だった。ああ、こんな物を落としておけばすぐ足がつくところだった、危い危い！　そう思ってあなたは伝票をポケットへ捻《ね》じこんだでしょう。

ところが、その伝票をあなたは拾ってはいけなかったんです。フェルドさん！　それは今夜あなたが外へ出られてからあとで、倫平君が書いてマダムに渡した借用証書なんです。あなたがマダムを殺害した犯人でないとすればこの伝票をあなたが持っているはずは絶対にありませんよ！

この伝票は僕の覚えているかぎりでは、マダムが卓子の右隅へ片寄せておいたはずです。それを何かのはずみであなたが床へ落したのでしょう、そして落ちるとき不運にもこの伝票は『表がえった』のです。もし裏のほうが出たままだったら、おそらくあなたもこれを拾いはしなかったでしょうね――」

それを聞くとともに、ヂェムス・フェルドはくたくたと床の上に膝《ひざ》をついてしまった。それも無理からぬことであろう、呈谷課長は心から悦《うれ》しそうに、高野の手を固く握りしめた。

それから三十分ほど後のこと。

深夜の京浜国道を、がたがたのフォオドが一台、まっしぐらに東京へ向って疾走していた。中にふんぞりかえっているのはいうまでもなく我が高野信二君である。

「――特別の賞金が二十円、事件探査の功で月給《サラリー》が――さあ、五円昇給は確実だな。ふふ、悪くねえぞう――」

そして、原稿の文案にかかりながら、ふと低く残惜《のこりお》しそうに呟いたものである。

「だが、あの女、一度でいいからマスタアしてみたかったな、本当に踵《かかと》と臀《しり》で部屋中を動き廻るというんだからな――残念だったな」

（「犯罪公論」昭和八年六月号）

酒・盃《さかずき》・徳利

荒廃した田舎家の中だ。

半漁半農の村だから、数年前までは恐らく一番貧しい漁夫の棲家《すみか》だったに相違ない。藁葺屋根《わらぶきやね》はなかば腐れ、荒木田の壁は崩れ、天井板も柱も黒く煤《すす》け、二段になっている造り付けの戸納《とだな》の戸は欠け、畳はみるかげもなく脆《くだ》けて、歩くたびに床板の軋《きし》む音がする。部屋はひと間きりない、土間が広くとってあるのは、以前そこに竈《かまど》を据えたり、漁具を置いたり、雨降りのとき子供の遊び場にしたりしたものであろう、今はその隅に罅《ひび》のいった焜炉《こんろ》と土鍋《どなべ》とバケツと、みじめな釣り道具とが置いてある。部屋の上框《あがりかまち》には障子がないので、広い土間から直《じき》に雨戸だ、その雨戸も欠けたり釘《くぎ》が抜けたりしているので、風は自由に吹き通るし、月明りの窺《うかが》うにも不便はない。

夜半である。

燭光《しょっこう》の弱い電燈が、壁に近くひとつぼんやりと光っている。光を辿《たど》ってゆくと大きな手製の書架がある、五つ並んでいるがいずれも乱雑に書冊で埋まっている、脆けた畳の上にも、腰高窓の障子のない敷居の上にも、手当たり次第に投げ出したままの書物が始末しようのないほど散らばっている。大きな、畳一帖《じょう》ほどもある書きもの机が、書架と書架との間にあって、一人の貧相な青年が、せっせと何か書いている。部屋の中と同様に机の上も混乱している、書き損じの紙をまるめたのが、屑籠《くずかご》をぶちまけたようにころがっていて、雨戸から風が吹き込んで来るたびにかさこそと音を立てる。

青年はふとペンを措《お》いて、右側にある大きな安物の瀬戸の火鉢へ手をかざした。節くれだった指はぶざまにインクに汚れ、寒気のために凍えてふるふると顫《ふる》えている。火鉢には小さなニュームの鍋がかかっていて、さっきから温たかい湯気をたて、鮒《ふな》を煮る味噌の匂《にお》いをいっぱいに部屋へまきちらしている。

「さて――」

と青年は呟《つぶや》いた。そして手を火鉢へかざしたまま、頭をめぐらせて荒涼たる部屋の内を見廻した。何もない――、一瞬、青年の眼に絶望の色が表われた。

「ああ、何ということだ、何も見えない、寒い、がらん洞だ、何も聞こえない」

青年は額へ垂れさがっている髪毛を摑《つか》んだ、それから眼を閉じて机の上へ俯伏《うつぶ》せになった。風が雨戸を音高く叩《たた》いて過ぎた。

火鉢の上で鍋はことことと煮えたぎっている。雨戸の欠けたところや、板の寄った隙間《すきま》から、月の光が条《すじ》をなして流れこみ、広い土間から上框まで伸びている。堤の彼方《かなた》から、氷った河が凍《し》み割れるのであろう、ぴしぴしと澄んだ音が聞こえてくる、やがて青年は身を起こした。

書架の蔭《かげ》から土瓶《どびん》と酒徳利とを持ち出し、煮物の鍋を机の上へ取り除《の》けて、酒をつぎ入れた土瓶を火鉢にかけ、それから土間へ下りてバケツの水の中から、盃《さかずき》と箸《はし》とを摘《つま》みあげた。仕度が出来ると青年は納戸《なんど》をあけ、どてらを取り出して着込んでから、机の前へどっかりと坐った。

口の欠けた土瓶の中で、酒は熱く、手のもげた、へこみだらけの鍋の中で、鮒は骨までやわらかに煮えていた、歪《ゆが》んだ三文盃には、悪い地酒のあかに染《し》んだふた条の罅がいっている、青年は酒をはじめた。

「一杯、一杯、また一杯——」

青年は額を高く挙げた、地醸《じづくり》の酸《す》い酒は、舌を滑り喉《のど》を潤《うる》おし、刺すように胃へしみた。鮒の香りとこまかい脂肪の溶け込んだ味噌汁は、酒の酸味の残った舌の上に、濃く溢《あふ》れひろがって、次に含む酒の刺激を快く緩和した。青年は手を伸ばし、書きかけの紙を引寄せて覗《のぞ》きながら読む。

「弘高　それで貴様は三度同じことを云ったぞ。

清明　わしは博士阿倍《あべ》ノ清明だ。

弘高　神慮汝《なんじ》の上に安かれ。
（弘高大股《おおまた》に歩み去る）——幕」

青年は唇に快心の微笑をうかべた。そして紙の余白へ、ペンを執ってしっかりと第三幕と書き入れた。

「例えこのままこれが世に出る機会を得ないとしても、とにかくこの画師弘高は傑作だ。ここには文章の粉飾もなく、色模様もなく、めりはりもなく、約束もなく愁嘆もない、が——凡《すべ》てがある！」

青年は盃を呷《あお》った。

外では氷の凍み割れる音がしている、風は少しずつ衰えてさし込む月明りもようやく崩れかかった壁まで廻った。

「われ眠らんと欲す、君しばらく去れ」

青年は昂然《こうぜん》と吟じ始めた。

「明朝、志あらば琴を抱いて来れ」

一瓶の酒が終わると、青年はどてらの上から古いマントを引っ掛け、銚子《ちょうし》を手に持って土間へ下りた。雨戸を明けると凄《すさま》じく冴《さ》えた月夜だ、青年は帽子を冠りながら振り返って部屋の内を見やった。——頽《くず》れかかる壁と、腐れた畳と、煤けた柱と、散らばり放題に散らばった書冊と、山のような書き反古《ほご》と、惨憺《さんたん》たる食器とを。

「これがこの傑作を書いた部屋だ」

青年はそう呟くと、フランスの傑作はすべて屋根裏から生れた、と云う言葉を思いうかべながら、刺すような寒風の中を大股に、河の方へと歩み去った。


五年経《た》った。

丘と木とにかこまれた二階家に、青年は妻と二人の子と生活していた。二階の部屋は終日明るく日がさし窓の外には——狡猾《こうかつ》な家主が借り手を誘《おび》き寄せる為《ため》に無理をして植えた——松が枝をさしのべている。

青年は机に向って酒を呑《の》んでいる、秋の午後の強い光が、西の窓にかっとさしつけて、安手の窓帷《カーテン》の縞《しま》を青年の横顔に染めつけている。五年前、漁夫の廃屋に積んであった書冊はどこへやったのか、床間には四、五冊の小説本と辞書、それに壊れたセルロイドの玩具が、ぽつんとひとつ置き忘れてあるばかりだ。あの大きな、畳一帖ほどもある机の代わりに、今は擬紫檀《まがいしたん》の卓子が居心地悪く据えられ、その隅には洒落《しゃ》れた硝子《ガラス》のインク壺がきれいに拭《ぬぐ》われて置いてある。

青年は焼きの良い燗徳利《かんどくり》を取り上げた、青磁色の盃に、匂い高く澄んだ美酒がつがれる、投げ売り物の錦手《にしきで》の鉢には鯛《たい》の刺身があり、小皿には妻君にがみがみ言って作らせた芋棒が、体裁よく盛られてある。もはやあの手製の五つの書架はない、しかし桑の小綺麗《こぎれい》な茶箪笥《ちゃだんす》があり、壁にはゴッホの複製画が掛けてある。青年は綿の厚く入った座布団に坐り、紬織《つむぎお》りの袷《あわせ》を着て錦紗《きんしゃ》の帯をしめている。

青年はふと盃を措いた、そして左手で書きかけの原稿用紙をひき寄せ、覗き込むようにしながら読み始めた。

「正則は思わず、はらはらと落涙しながら、十郎左の屍体《したい》の前に崩折れるように坐って、胸から絞り出すような声で云った。

——よくぞ死んだ、十郎左——」

読む調べは故意に高められた情熱と、自分で煽《あお》りつける抑揚のためにひどく張切った響きをもっている。青年は眸子《ひとみ》はおよそその調子とは逆に、空虚で、暗澹《あんたん》としている。青年は眼を閉じて、数日前にやって来た通俗雑誌の記者の顔を思い出した。毬《まり》のように肥えた男であった、両頬に髭《ひげ》の剃《そ》り跡が青く、肉の厚い唇は絶えず活発に運動を続けていた。

——要するに、これは面白い！　と読者が膝《ひざ》を打つようなものですな、すっと筋が通っていて、しかし何処《どこ》かぐいっと突っ込んだところも欲しいです、註文《ちゅうもん》を申せば色模様にからんで、ほろっとくると云う深刻なものですな、どうかひとつそんな点を御考慮願って――。

青年は低く呻《うめ》いて、その記者の幻想をかき消しでもするように、強く頭《かぶり》を振りながら再び盃を取り上げた。酒は蓬《よもぎ》のように苦く、酔は胃の中にこちんとかたまっている、刺身も芋棒も、石灰を舐《な》めるように徒《いたず》らに舌をよごすばかりで、脂肪のたまった食道を頓《にわか》には下りて行かない。青年は北向きの窓から外へ眼をやった。

丘の上には素晴らしい邸宅がある、南面した二階は硝子張りのサンルウムになっている、門から玄関までゆるく丘を迂廻《うかい》して登る道はコンクリイトで、その左右は明るく広い芝生だ。建物の両端は応接間を兼ねた一家団欒《だんらん》の部屋になっているらしく、夕方になると風呂を浴びて寛《くつろ》いだ家族が集まり、笑いさざめきながらレコオドをかけたり、息子がヴァイオリンを弾いたりしているのが見える。

青年はふと、いま自分がその芝生の上へ、自分と妻と二人の子供を置いて考えているのに気付いた、そしてそのことに気付くと同時に、身も世もあらぬ羞恥《しゅうち》と自嘲《じちょう》の念に襲われて、額に垂れさがっている髪毛を両手に摑みながら、卓子の上へ俯伏してしまった。

階下からは、泣きだした子供を妻の綾《あや》しているのが聞こえてくる、三年ばかりの間に二人の子を産んだ妻の声は、韻の深さを喪《うしな》い艶《つや》をなくし、貧乏に圧《お》し拉《ひ》しがれて、弱々しく縮かんでしまった。

「夢だ、これは途方もなく長い夢なのだ」

青年は俯伏したまま呟く、

「眼を覚ませば、自分はやはり浦安町の廃屋にいるに相違ない、画師弘高を書きながら、絶望して、髪毛を掴んだまま机の上へ俯伏した、あの時から自分はこうやっているのだ。妻も子供も、感激読物も、酒肥《ぶと》りのした醜いこの体も、みんな夢の中の出来事なのだ、夜が明ければみんな消えてしまう、何もかも、夜が明ければ——、土堤《どて》を歩こう、鮒を釣って来て、晩にはそれを味噌で煮ながら仕事を続けよう。ふところに一銭の金なく、通俗読物を一枚書かずとも、その荒れ果てた部屋の中にはすべてがある、豊富な美しい空想が、熾烈《しれつ》な情熱が、純粋な魂の高揚が——、覚めるのだ、夢から覚めるのだ」

青年は呟きながら、両の拳《こぶし》で頭を強く打ち続けた。けれども、青年が夢から覚める暇を与えることなく、襖《ふすま》を明けて妻が恐る恐る声をかけた、

「あなた、酒屋がお勘定を取りに来たのですが、何日頃って云って置きましょうか」

「——」

青年は暫《しばら》くは呆然《ぼうぜん》として、蒼白《あおじろ》い妻の面を見戍《みまも》っていた。

妻が階下へ下りて行ってからも、青年はながいこと痴呆《ちほう》のような顔をして、卓子の上をぼんやり見ていた、焼きの良い燗徳利を、青磁色の盃を、鉢と小皿にとり澄まして盛られた肴《さかな》を。青年はふいに、刺すような胸の痛みを覚えて顔をそむけた、そして卒然と立ち上がると、汚穢《おわい》の中から去るようにして部屋をぬけ出し、せかせかと林のある丘の方へと出掛けて行った。

（「ぬかご」昭和九年三月号）

解説

木村久邇《くに》典《のり》

本書には、昭和三年、作者が二十五歳の、文壇的にはほとんど無名だった時代から、満州事変、日中戦争、太平洋戦争を経て、敗戦後の昭和三十一年、すなわち作者の代表作品とされる『樅《もみ》ノ木は残った』執筆中の五十二歳にわたる作品十一編が収容されている。とくに留意ねがいたいのは、作者の生前に板行《はんこう》された『山本周五郎全集』（十三巻、講談社）にも、また没後、新潮社から公刊された『山本周五郎小説全集』（三十八巻）の両全集のいずれにも収録されなかった短編だけがあつめられていることである。

さらに本書の全作品は、二種の全集が刊行されたのち、十数年の歳月の間に、全国に散在する山本作品の熱烈な愛読者、支持者たちから、わたくしの手許《てもと》に寄せられた諸雑誌（「日本魂」「講談雑誌」「娯楽世界」「ぬかご」）によって編まれた旨《むね》を、冒頭に特記して謝意を表したいと思う。

『宗太兄弟の悲劇』（昭和三年七月号「日本魂」）は作者が日本魂社に在勤中、俵屋宗八の筆名で発表した短編小説で（敵討後日譚《たん》）という副題が付せられている。武術の使い手でありながら、酒乱の癖のある父が、ある酒席で口論を吹きかけた相手に斬《き》り殺されたことから村上宗太兄弟の悲劇が始まる。もともと非は父にあっても、親を討たれた以上、敵は討たねばならない。藩許を得た兄弟は仇討《あだう》ちの旅に出、讐敵《しゅうてき》を仕留めて帰藩したものの、それがために兄弟の評判はますます悪くなる。父の非分は別として、彼らは侍としての一分《いちぶん》を徹《とお》すため、故意に悪評を放った者たちを討ち果たして自《じ》刃《じん》するという、武家社会の陰惨な〝意地〟のすがたを浮き彫りにした悲劇である。緊張した筆調で、封建道徳の矛盾を冷厳に抉《えぐ》り出し、すでにして只ものならぬ才幹だったことを十二分に証明している。『樅ノ木……』や『五瓣《ごべん》の椿《つばき》』の発端が、森鷗外の世界と気脈を共有することについては、すでに奥野健男や山田宗睦《むねむつ》らの指摘するところだが、本編が描かれた昭和三年の時点において、すでに作者の内部に発芽していたことを強調しておきたい。

『秋風不帰』は日中戦争中の昭和十四年、「講談雑誌」十一月号に発表された。これも前作同様、敵討譚である。親友の裏切り、許婚《いいなずけ》町の肉体を犠牲に供しての、主人公夏雄への献身、下男の娘お高の協力など、色模様も添えての大立ち回わりが展開され、夏雄は存分に怨《うら》みを晴らすべく必殺の剣をふるう。きびきびした筆の運びには、豊かな娯楽性もあり、『宗太兄弟の悲劇』が陰鬱《いんうつ》であるのに比べ、明朗な雰囲気《ふんいき》さえ漂わせているが、御注文どおりの大剣戟《けんげき》物語といえないこともない。人間造形も型にはまりすぎている。だがこの種の捨て石を、漫然と無意味につみあげていかなかったところに、後日の山本作品の基盤が培《つちか》われていったのである。この点を考慮に入れて作品の背後にも視線を配りたいものである。

『矢押《やのし》の樋《とい》』は昭和十六年三月号の「キング」に執筆した作品である。羽前国向田藩は、奥州の雄藩伊達《だて》家の押えとして置かれた幕府直轄地《ちょつかつち》で、政治的軍事的に枢要《すうよう》の地を占めていた。ところが延宝八年から天和《てんな》元年と二年もの天候不順で、旱魃《かんばつ》のため凶作がつづく。他の大藩が一時に米穀を買い付けたので、財政窮乏状態の向田藩は非常倉を開いて領民に配給する一方、幕府に借款《しやつかん》を懇請するが、緊縮財政方針を堅持する幕府は頑として応ぜず、最後の使者として国を出た利《き》け者の名のたかい矢押監物《けんもつ》も、目的を果たせずに江戸で切腹してしまう。領内の動揺はいっそう激しくなり、農民の大量逃散《ちようさん》さえ口の端《は》にのぼるような危機にさらされる。こんな緊迫した状況下で、監物の弟梶之助《かじのすけ》は、のんきに城の内濠《うちぼり》で厳禁されている水泳ぎに興じ、勘定奉行外村重太夫をひんしゅくさせたりし、奔放不埓《ふらち》の振る舞いを改める様子もない。だが実は梶之助には秘《ひそ》かに期した決意があったのだ。内濠の水がどんな日照りにも枯れたためしがないのは、水が湧《わ》いているためであろう。また領内には僅《わず》か一部だが、旱魃の年でも青い稲田の地域がある。そこへ濠の水を樋で流してやれば、農民の人心も収まり、退散騒ぎも鎮《しず》まるにちがいない……。梶之助は城中の協議の席でそう強調するけれども、城の石垣をくずして樋を埋めるなどもとより禁制であり、重職たちはみな反対だ。藩の廃絶に関わる法度違犯になるからだ。ついに梶之助は同志二十余人と立ち、独断で石垣を掘りくずし樋をひく工事にとりかかり、崩落してくる石垣の下敷きとなって命をおとす。もちろん責を負っての覚悟の死である。兄と弟の二様の死が、まことに対照的に描かれているが、基本テーマとするところは、城濠を毀損《きそん》してでも、領民の生計を第一に守ろうとするさむらいの倫理の当否を、厳しい筆致で問いかけているのである。軍部最優先、一般市民最後列時代に放った作者の、断固たる抗議の一矢であったと読みたい。佳作である。

『愚鈍物語』（昭和十八年十二月号「講談雑誌」）も力作である。太平洋戦争はすでに末期に入り、軍部の躍起の呼号にかかわらず、国民のだれの目にも敗色歴然たる時期に描かれた作品であったことを踏まえて鑑賞ねがいたい。三之丞は寡黙《かもく》なおっとりした好人物で、金を貸してくれと頼まれれば拒むことができない。三之丞の奉公している福井藩は目下、藩ぜんたいが深刻な窮乏状態にあるのだが、彼には亡父の遺産があり、自身の生活も極めて倹約なため、いくらかゆとりがあったのだ。中でも頻繁《ひんぱん》に借用を申し込むのが、九頭竜川普請《くずりゅうふしん》工事の人事支配をしている黒板猪七郎で、用立てた金も遊興に費消してしまうらしい。ところがこの工事は松丘村の迂回点《うかい》で九分通りできあがると必ず崩れて、振り出しに戻ってしまう。藩は普請のため幕府から多額の借款をしていたし、親藩ながら睨《にら》まれている家柄であり、失敗が度重なれば家政不取締りの口実で取潰《とりつぶ》しにもなりかねない。そこに気付いた三之丞は、夜釣りにゆくとみせて、猪七郎が楔《くさび》をぬく現場を取り押え、自害させて、お家の大事を未然に防ぐ。愚鈍が定評だった三之丞は、実は英知の男だったのである。彼が犯人を黒板と見破ったのは、黒板が借りる必要もない金を、しばしば三之丞にせびりにくるからだった。その人間洞察の鋭さは凡庸の及ぶところではない。しかも彼は、結婚まえの許婚《いいなずけ》とも一つ家に起居するという事実を拵《こしら》えて、彼女の父の破約の申し渡しも無効にしてしまうちゃっかりした才覚の持ち主でもあるのだ。悠揚迫らぬユーモラスな味わいをもつこの作品は、当時の時勢では一服の清涼剤の効果をもっていたのではなかろうか。一局面の戦況に一喜一憂せず、あくまで大局を見詰めよと、作者は説きたかったのかもしれない。

『明暗嫁問答』は昭和二十一年九月号「講談雑誌」に、風々亭一迷の筆名で発表されたこっけい小説で、講談調の文体が主題とみごとな調和をしめしている。高滝勘太夫の硬骨ながら愛すべき老人ぶり。養子直二郎の憎めぬ愛敬ある人柄、小笛の美貌にもましたうつくしい心ばえと利発な頭脳の回転……。三様の人間像が紙面に躍動して、一読抱腹の思いにさそわれる。十五年戦争という暗く長いトンネルをぬけ出た作者が、明るい天日のもとに、大きく息をすいこんで机に向かうこころのはずみがそのまま読む者につたわってくるようだ。

『椿説《ちんせつ》女嫌い』（昭和二十三年二月号「娯楽世界」）も、こっけいものと武家ものに両属する作品である。『明暗嫁問答』が講談調の色彩こいものだったのに比べると、大きく趣向をかえた文体に、作者の新機軸をうみだそうとする苦心のほどがうかがわれよう。山本周五郎は〝女性の作家〟と評するムキもあるほど、女性の深層心理に立ち入ることに追随を許さぬ小説作者であった。この短編では権高《けんだか》な老女波尾ゆうを、いささか手荒な方法で仮面を剝《は》ぎとり、本来の優しい女性に立ち還《かえ》らさせ、しかも彼女を妻に射止める新任の勘定奉行折岩弥太夫の、勇気ある決断と実行とが痛快に描かれていて読者を飽《あ》きさせない。昭和三十年の『しゅるしゅる』の源をなし、作者に女性観察の新しい視野を与えた作品と位置づけられよう。

『花匂う』は昭和二十三年七月号「面白世界別冊」に掲載されたすがすがしく爽《さわや》かな

小説。三男坊に生まれた部屋住みで冷飯食いの境遇にある直弥は、隣りの多津を愛している。隠し子のある矢部信一郎と彼女の婚約がまとまったと聞いたとき、直弥は事実を多津に明らかにして、翻意させようと思うが、彼にはそれもできない。信一郎は彼の親友であり、しかもその秘事を知っているのは直弥だけだからだ。そして十五年。矢部夫婦には子が恵まれず、生活も幸福なものではなかったらしい。無聊《ぶりよう》を慰めるために直弥は領内の風土資料の蒐集《しゆうしゆう》に没頭し始め、幼友達で出世頭の竹富半兵衛は彼の成果に注目している。国家老就任が決まった竹富が、直弥を郡奉行《こおりぶぎよう》に推挙する胸の内を告げに来たとき、直弥は信一郎が重篤《じゆうとく》の病にあることを知る。やがて矢部は死去し、隠し子が跡目養子に入り、多津は初めて長い間の秘密を知らされ、亡夫に深い失望を覚える。直弥ははじめて彼女に本心を打ちあけ、矢部家を出て自分と結婚してくれと申し込む。直弥は云う「私たちにはこれがちょうどの時期だったんです、（略）この世で経験することは、なに一つ空《むな》しいものはない、（略）大切なのはそれを活かすことだけですよ」。

はなはだ迂遠な道程のようであっても、果実が熟するのには時間が必要なのである。人生また然《しか》りとこの作品は説いているのだ。蜜柑《みかん》の花の匂《にお》いが、感情のありかたによって悪臭にも芳香にも変化するという人間生理の機微を、鋭く衝《つ》いた好短編である。

『蘭《らん》』は昭和二十三年八月号「家の光」に執筆した作品である。これも北陸の小藩を背景にした物語である。親友である二人の有為の若侍が一人の乙女に恋をし、二人を嫉《しっ》妬《と》する乱暴者の重職の息子が彼等に絡《から》む。須川生之助は自分の恋を平三郎に譲り、江戸へ赴かせたあと不逞《ふてい》の暴れ者を討ち果たし、みずからも自害する。悲恋と友情をないまぜた構成に、珍しく咲かせた生之助丹精の寒蘭を配して、厳粛な感動の盛りあげに成功している。作者長年の地道な努力の堆積《たいせき》が、漸《ようや》く時を得かけてきたかの感が深い。

『渡《わたる》の求婚』は昭和三十一年一月「大阪新聞」に発表された作品で、人間の無意識の潜在心理を逆手にとり、縁談をめでたくまとめるというトリック小説である。「彼（渡）は昔から妙な性分で、人がくれる物には手を出さない、（略）母が串柿《くしがき》を茶うけに出した、すると彼は——私はあのほうがいいと云って、庭へとびだしていってまだ青い柚《ゆず》をもいで来た、（略）私はこれが好きですと云って、彼はその柚を喰《た》べてしまったよ、いやどうも」という性格のアキレス腱《けん》を巧妙に衝いた外記《げき》のみごとな一本勝ちである。登場人物も実に生き生きと造形されており好個の短編小説の見本の趣をもっている。

『出来ていた青』は昭和八年六月号の「犯罪公論」に掲載された、新進時代の〝現代もの推理小説〟である。このころ、劇作、童話、少女小説、冒険小説、時代もの、現代ものと、オールラウンドの書き手だった山本は、娯楽小説の重要な一分野である推理小説にも少なからぬ野心を持っていた。本編はあきらかに筋立てのパズル性に重点を指向した作品であって、しかも主要人物の輪郭が、明確に描かれているのはさすがである。晩年、一家を成してからの諸作品にも、推理性、伝奇性の影が、主題の奥にきらりと光っていたのは、新進時代からの修練のたまものだったといえよう。ただしこの作品には、作者の気づかなかったミスがある。殺人事件が警察に報じられ、犯行現場に刑事のほか臨検の判・検事が乗り込んでくる場面がある。このような刑事事件が発生したときは、事件の捜査はあくまでも警察が主体であり、例外的に検事が検視に立ち会うことはあっても、判事が現場に赴くことは絶対にない（新・旧両刑法とも）との鈴木秀雄弁護士（元司法研修所教官）の教示である。博識の作者にして、愛嬌《あいきょう》ある勇み足というべきか。

『酒・盃《さかずき》・徳利』は昭和九年三月号の俳誌「ぬかご」に発表した小品である。随筆と小説のあわいをねらったこの作品は、三題咄《さんだいばなし》的な構成に拠《よ》って、凝った作風を示している。千葉県浦安での苦闘時代と、馬込《まごめ》での作者の新進時代の家常ぶりを、かなり克明に窺知《きち》しうる意味でも〝価値ある作品〟といえよう。

（昭和五十八年三月、文芸評論家）

「宗太兄弟の悲劇」は実業之日本社刊『強豪小説集』（昭和五十三年三月）、「秋風不帰」は同『感動小説集』（昭和五十年六月）、「愚鈍物語」は同『士道小説集』（昭和四十七年七月）、「明暗嫁問答」は同『滑稽小説集』（昭和五十年一月）、「椿説女嫌い」「酒・盃・徳利」は同『真情小説集』（昭和五十七年八月）、「花匂う」は同『浪漫小説集』（昭和四十七年十二月）、「蘭」「渡の求婚」は同『愛情小説集』（昭和四十七年九月）、「出来ていた青」は同『現代小説集』（昭和五十三年九月）、「矢押の樋」は講談社刊『菊屋敷』（昭和四十五年九月）にそれぞれ収められた。

新潮文庫編
文豪ナビ　山本周五郎

乾いた心もしっとり。涙と笑いのツボ押し名人――現代の感性で文豪作品に新たな光を当てた、驚きと発見がいっぱいの読書ガイド。

山本周五郎著
樅ノ木は残った
毎日出版文化賞受賞（上・中・下）

仙台藩主・伊達綱宗の逼塞。藩士四名の暗殺と幕府の罠――。伊達騒動で暗躍した原田甲斐の人間味溢れる肖像を描き出した歴史長編。

山本周五郎著
さぶ

職人仲間のさぶと栄二。濡れ衣を着せられ捨鉢になる栄二を、さぶは忍耐強く支える。友情を通じて人間のあるべき姿を描く時代長編。

山本周五郎著
赤ひげ診療譚

貧しい者への深き愛情から〝赤ひげ〟と慕われる、小石川養生所の新出去定。見習医師との魂のふれあいを描く医療小説の最高傑作。

山本周五郎著
日本婦道記

厳しい武家の定めの中で、愛する人のために生き抜いた女性たちの清々しいまでの強靭さと、凛然たる美しさや哀しさが溢れる31編。

山本周五郎著
ながい坂
（上・下）

人生は、長い坂。重い荷を背負い、一歩一歩、確かめながら上るのみ――。一人の男の孤独で厳しい半生を描く、周五郎文学の到達点。

山本周五郎著

青べか物語

うらぶれた漁師町・浦粕に住み着いた私はボロ舟「青べか」を買わされた——。狡猾だが世話好きの愛すべき人々を描く自伝的小説。

山本周五郎著

五瓣の椿

連続する不審死。胸には銀の釵が打ち込まれ、傍らには赤い椿の花びら。おしのの復讐は完遂するのか。ミステリー仕立ての傑作長編。

山本周五郎著

柳橋物語・むかしも今も

幼い恋を信じた女を襲う悲運「柳橋物語」。愚直な男が摑んだ幸せ「むかしも今も」。男女それぞれの一途な愛の行方を描く傑作二編。

山本周五郎著

季節のない街

生きてゆけるだけ、まだ仕合わせさ——。貧民街で日々の暮らしに追われる住人たちの15の悲喜を描いた、人生派・山本周五郎の傑作。

山本周五郎著

寝ぼけ署長

署でも官舎でもぐうぐう寝てばかりの〝寝ぼけ署長〟こと五道三省が人情味あふれる方法で難事件を解決する。周五郎唯一の警察小説。

山本周五郎著

栄花物語

非難と悪罵を浴びながら、頑ななまでに意志を貫いて政治改革に取り組んだ老中田沼意次父子を、時代の先覚者として描いた歴史長編。

新潮文庫最新刊

芦沢央著
神の悪手
棋士を目指し奨励会で足掻く啓一を、翌日の対局相手・村尾が訪ねてくる。彼の目的は一体。切ないどんでん返しを放つミステリ五編。

望月諒子著
フェルメールの憂鬱
フェルメールの絵をめぐり、天才詐欺師らによる空前絶後の騙し合いが始まった！　華麗なる罠を仕掛けて最後に絵を手にしたのは!?

午鳥志季・朝比奈秋
春日武彦・中山祐次郎
佐竹アキノリ・久坂部羊著
遠野九重・南杏子
藤ノ木優
夜明けのカルテ
―医師作家アンソロジー―
その眼で患者と病を見てきた者にしか描けないことがある。9名の医師作家が臨場感あふれる筆致で描く医学エンターテインメント集。

霜月透子著
祈願成就
創作大賞（note主催）受賞
幼なじみの凄惨な事故死。それを境に仲間たちに原因不明の災厄が次々襲い掛かる――日常を暗転させる絶望に満ちたオカルトホラー。

大神晃著
天狗屋敷の殺人
遺産争い、棺から消えた遺体、天狗の毒矢。山奥の屋敷で巻き起こる謎に満ちた怪事件。物議を呼んだ新潮ミステリー大賞最終候補作。

カフカ
頭木弘樹編訳
カフカ断片集
―海辺の貝殻のようにうつろで、ひと足でふみつぶされそうだ―
断片こそカフカ！　ノートやメモに記した短く、未完成な、小説のかけら。そこに詰まった絶望的でユーモラスなカフカの言葉たち。

花《はな》匂《にお》う

新潮文庫　や - 2 - 42

昭和五十八年四月二十五日　発行
平成二十一年五月二十五日　三十四刷改版
令和六年六月五日　三十八刷

著者　山《やま》本《もと》周《しゅう》五《ご》郎《ろう》

発行者　佐藤隆信

発行所　株式会社　新潮社

郵便番号　一六二―八七一一
東京都新宿区矢来町七一
電話　編集部(〇三)三二六六―五四四〇
　　　読者係(〇三)三二六六―五一一一
https://www.shinchosha.co.jp

価格はカバーに表示してあります。

乱丁・落丁本は、ご面倒ですが小社読者係宛ご送付ください。送料小社負担にてお取替えいたします。

印刷・錦明印刷株式会社　製本・錦明印刷株式会社
Printed in Japan

ISBN978-4-10-113443-7 C0193